麥　田　人　文

王德威／主編

麥田出版

Modernity in Re-vision: Reading Postmodern／Postcolonial Theories.

Published by Rye Field Publishing Company,
6 F-5, 82 Hsin-Sheng S. Rd., Sec. 2, Taipei Taiwan.

麥田人文3

回顧現代

——後現代與後殖民論文集

Modernity in Re-vision: Reading Postmodern／Post-colonial Theories

作　者／廖炳惠(Ping-hui Liao)
主　編／王德威
責任編輯／鄭立俐
發 行 人／蘇拾平
出　版／麥田出版有限公司
台北市新生南路2段82號6樓之5
電話：(02)3965698　傳眞：(02)3410054
郵撥帳號／16008849　麥田出版有限公司
印　刷／宏貴印刷文具股份有限公司
登 記 證／行政院新聞局局版臺業字第5369號
初版一刷／一九九四(民八十三)年九月十五日
售　價／三二〇元

ISBN／957-708-196-7

回顧現代

後現代與後殖民論文集

廖炳惠／著

序

回顧現代

後現代文化論述曾在台灣風靡一陣子，如今則被後殖民論述所取代，但是流行來流行去，大家對這些思想的來龍去脈及其代表人物依舊是捕風捉影，甚至完全扭曲。常把後殖民論述掛在嘴邊，或者動輒加以排斥，其實未必瞭解後殖民論述形成的過程及其洞見與不見。一般人對後現代與後殖民論述，不是太輕易接受，信手拿來便套到台灣或用在任何遭到壓抑的膚色、性別、階層上；要不就是以跨國聯盟的左派思想去駁斥後殖民論述，認爲後殖民知識份子無法眞正契入世界之間的不均發展及更加惡化的跨國剝削。不管是採完全接受或徹底排斥，這兩種學者都把問題看得過分簡單，同時也沒注意到地區文化的特殊性及文化理論的不適切性。

有一次到夏威夷開會，司機聽說我來自台灣，便告訴我一則笑話說夏威夷要獨立，不妨來與台灣結盟，脫離大陸（美國或中國）的控制。這雖然是很容易明白的笑譚，但是不少左派份子竟認爲結盟可從原住民、婦女、勞工團體開始運作，邁向「本土國際」。頭腦清楚的人馬上看出地理環境與文化歷史的差距是問題，何況誰來主導跨國結盟？這個（後國家）之中到底是什麼樣的人在裡頭，他們能超越差異而眞正形成社群認同感嗎？這是一位夏威夷的司機兼文化工作者與馬克思主義者告訴我的「學院軼聞」。雖然有點荒唐，但是不少台灣學者對後殖民的擁護或唾棄卻是極其類似夏威夷左派的離奇行徑：認爲台灣追求獨立的模式可適用於夏威夷或其他地區，或者甚至於幻想台灣與夏威夷（或其他地區）遭到壓抑的族群可形成國際正義連線，構築一種或幾種後國家。

本書是想在這兩種觀點之外，以回顧、反省的方式，來整理後現代與後殖民論述的文化意涵，並且將一些潛在問題納入傅柯、哈伯瑪斯、泰勒等人有關現代文化的論述架構中，以台灣與外地社會文本的辯證，提出個人的看法。有些文章是針對新歷史主義與後殖民論述、後現代與後殖民的關係，有些則討論較早期的作品或現、當代的歌劇、電影、文化批評及多元文化問題。這些文章大多是近年來發表在《當代》、《中外文學》、《聯合文學》、《新史學》、《*Public Culture*》、《*Musical Quarterly*》上，並經過部分修正或增訂，文章的前後排列順序並非按照寫作年代或理論發展，可各自獨立讀，也可順著看下去，在歷史脈絡中忽前忽後跳動。

幾位朋友逼我寫出本書大部分內容，在此得以回顧的心情感謝他們：王德威、楊儒賓、李有成、張漢良、金恆煒、林富士、王汎森、Homi K. Bhabha、Robert Christensen、Benjamin Lee、Michael P. Steinberg 等。翁振盛、段馨君、李根芳等同學幫我將幾篇文章中譯，十分費心。書帆及我們的女兒藝珊與藝珈是本書得以完成的主要動力，一如往常，我要將本書獻給她們及我的父母，同時要感謝麥田出版社的陳雨航先生及鄭立俐小姐促使本書得以順利推出。

廖炳惠

一九九四年七月二日於風城

目錄

《導讀》後殖民論述

從十六世紀帝國主義興起以來，全球有五分之四的人口籠罩在殖民夢魘下，歷經十六—十七世紀的帝國主義時期、十八—十九世紀的殖民時期、與十九世紀末的解放獨立運動，直到二十世紀二次世界大戰後，才進入後殖民時期，開始努力擺脫五世紀來積存的殖民經驗後遺症。

從殖民到後殖民的漫漫長路中，出身文學批評與文化研究的「後殖民批評家」，以「殖民主義」一詞取代歷史學與社會學中慣用的「帝國主義」，以「新殖民主義」代替「文化帝國主義」，從另一個角度來檢視帝國／殖民的一體兩面，他們警告：西方文化霸權以文化商品及學術研究行帝國主義利益與資本主義掠奪之實，其實是政治、軍事、經濟殖民的變相延伸，隱然已蔚成新殖民主義。

對全球而言，後殖民時代似乎一直不曾全面來臨，在香港這塊英國最後殖民地即將在一九九七不情願地邁向後殖民紀元時，美國的《紐約時報雜誌》卻刊登〈殖民主義及時重返〉一文，衛護美國出兵索馬利亞一事，並在副題直言：「面對事實，有些國家就是無法統治自己。」全球後殖民論述的發展，因而特別值得身處晚期殖民與新殖民主義交匯期的台灣借鏡。

殖民到後殖民的過渡・二十世紀上葉

全球有五分之四的人口曾受到殖民經驗的影響，直到今日，人類仍無法完全擺脫殖民夢魘，在世界各地，社會、文化、政治、軍事、經濟、種族、宗教、性別、階級、語言等衝突，依舊沿著殖民經驗去開展，殖民文化的後遺症並沒因爲殖民地已經獨立而煙消雲散，問題反而日愈嚴重、複雜。隨著全世界性的經濟不景氣，各地的文化新保守主義逐漸興起，殖民者與被殖民者的新仇舊恨又成了種族暴力的焦點，到處製造各種族和社群之間的糾紛與不安。

以英、法、德、義、日這幾個殖民強權爲例，她們在殖民時期曾大量引進或運用被殖民者的人力及生產力，將許多繁重的工作交給其他「次等人種」或「次等公民」，目前這些外籍勞工及其後裔突然變成了後殖民時代的毒瘤，似乎不將之除去，便無法解決其社會困境。這些強權正面臨如何重新詮釋殖民行爲的微妙抉擇，例如：是否要將海外殖民的掠奪及血腥屠殺史納入教科書中，是否得重新定位一些殖民地區研究機構？是否得將殖民時期所蒐集的文物公開，或對殖民時期的作爲作一些象徵性的補償？如何面對此一歷史「悲劇」，而依然十分自我肯定地宣揚本身的國民性格、文化屬性？尤其被殖民者與殖民者在擺脫舊有關係之後，彼此又在環球經濟、文化交流之中，互相依賴或競爭，在種種牽連而又隔絕的多元關係之間，如何看待彼此的地位？殖民者是否要爲被殖民者目前的處境有所承擔？而殖民國家本身的發展是否受限於當初的殖民經驗，在種族隔離、教育與文化、都市設計、藝術表達上受到影響，以至於產生了本身的政策及內在問題？

以上這些問題在殖民地獨立後，才逐漸被凸顯，大致上是由一些脫離殖民之後的知識份子提出，然後再由所謂的「後殖民批評家」進一步去闡揚。就如同人在離婚或面臨離婚抉擇時，才會去回首、反省，重新玩味或思索過去的關係及其後果，被殖民者與殖民者也是以回顧的方式，了解自己如何被殖民經驗所建構、限制。被殖民者在獨立之後，首先便碰到誰來領導，什麼樣的政府、政策等問題。據阿爾及利亞的精神醫生兼殖民論述學者法農(Frantz Fanon)的說法，被殖民者獨立之後的最大困擾即是沒有本身的國家文化，所有的社會機構、法令、教育體系、公共建設，包括領導者及官僚、警察、軍隊，都是殖民者一手所訓練或建立的，被殖民者沒有其他選擇，只好接受殖民者所留下的次等人及次等管理方式，抱定明日絕不會比昨日更好的心理，對獨立之日便成爲孤兒的情勢感到由衷的矛盾與無助。這種「只會比以前更差」的依賴心理，不僅是殖民者離開之前所留下的詛咒，也是被殖民者面臨獨立時往往如此自怨自艾或妄自菲薄的藉口。

對這種非洲黑人及被殖民者的自甘墮落，不斷以白人文化的邏輯爲自己設限，一直以白人所能接受的面具將自己的膚色、想法、地位完全掩飾，並且又以非理性的暴力，針對自己的族群，發出自相殘害的言論與行爲……等現象，法農有相當深入而矛盾兩難(ambivalent)的探討，他提出「黑皮膚白面具」的內在認同危機，喚醒被殖民者身爲「世上最慘」的人種意識，鼓吹革命及獨立。法農受法國醫學訓練，本來他認爲自己是法國人，具有上流社會的醫生身分，直到有一天在法國街上，有法國小孩對著他叫道：「你看，那是個黑人！」頓時，他透過別人對他的稱謂，明白自己的眞正身分。法農是於一九二五年生於西印度群島的馬提尼格，後來被派到阿爾及利亞當醫生，在病人身上，他看出殖民的後遺症，因此發表各種精神分析及獨立運動的文字。

而早在一九一三年，塞哲赫(Aimé Césaire)也出生於馬提尼格，他是在巴黎高等師大受教育，而後返國擔任市長及法國國會的印度群島代表。一九二〇年，梅米(Albert Memmi)生於突尼斯，在巴黎大學受教育，後來也在巴大教哲學，並出版小說、文學，另一位殖民論述學者是麥隆尼(O. Mannoni)，這些人都在殖民國（法國）受高等教育，並且用殖民者的語文（法文）表達出複雜的文化認同問題。麥隆尼以卡力班(Caliban)這位人物來描寫被殖民者的地位，在莎士比亞的《暴風雨》劇中，卡力班被殖民者普羅士佩羅(Prospero)征服，學會了殖民者的語文，但同時也遺忘了自己的母語，在祖先的故土上，當個臣服他人、講別人語文的奴隸，既不得寵，又喪失了自己的本我。

非洲、西印度地區，於一九六〇、七〇年代，有不少極其重要的作家，以法文、英文這些殖民者的語文發表作品，如阿謝貝(Chinua Achebe)、尼吉(Ngugi Wa Thiongó)、索因卡(Wole Soyinka)、奈帕爾(V. S. Naipaul)、詹姆士(C. L. R. James)等等，備受世界文壇矚目。另外，印度、中南美洲、澳洲、加拿大、南亞的作品也不斷造成世界文學與文化界的震撼，爲歐洲主流派文學注入另一股新生命，改變了法、英文文學的生態及其領受(reception)情況。這些作家雖用英、法文寫作，卻以混用、交織、反諷、魔幻寫實方式，將文字及其世界轉化，創造出新的表達內涵。他們敍述的故事通常圍繞殖民經驗，描寫殖民者對當地文化的迫害，以及被殖民者的內在殖民、自我迫害。

新殖民與後殖民交織・二十世紀下葉

一九六〇年代末期，有愈來愈多的作家、學者對另一種殖民作爲——新殖民主義，尤其是美國的好萊塢文化及其商品侵略——開始注意。針對新舊殖民經驗，如何界定自己的本土文化，強調傳統文化的契機及其不同之處，便成爲刻不容緩的課題。歐美本身的知識份子在殖民、法西斯主義及新興的文化工業之後，也逐漸探討啓蒙的神話，形成所謂的「新左派」陣營，從事文化政治與文化政策的分析、解構，參與新興的社會運動，倡導女權、種族人權、環保、公共政策等。而在此時，冷戰及殖民者對被殖民者的長期控制也逐漸寬鬆，開始採取跨國貿易、資訊、文化合作的方式，縮短第一世界與第三世界的距離，進入新殖民主義與後殖民主義交織的時期（有時學者以較簡單的跨國貿易文化邏輯，稱之爲後現代情境）。隨著新殖民與後殖民的並行，殖民地的文化社群被迫要重新界定本身的傳統，針對本土與環球文化生產模式之間的辯證關係，提出自我及他人再現的文化政治問題，以堅持文化差異。絕大部分的「後殖民批評家」或「後殖民知識份子」是在此種社會環境（越戰及冷戰結束）裡受高等教育，而且通常是到英、美上大學、研究所，然後留在英、美或回到本國，形成其「後殖民」觀點，與歐美正崛起的女權主義、多元文化、後現代及後結構主義彼此搭配，在推波助瀾之下，儼然是文化批評及文化研究的一大重點。這些後殖民批評家不但置身於英美的著名學術機構，而且不斷爲刊物、雜誌撰寫論文，推出專書、專刊，藝術或文學創作。

在這麼多的後殖民批評家中，最爲人知而且可能是在文學、文化研究中被引用的頻率僅次於傅柯(Foucault)的學者，便是愛德華・薩伊德(Edward W. Said)。薩伊德一九三五年出生於巴勒斯坦的耶路撒冷世家，從小就目睹阿拉伯與猶太人的宗教衝突，一九四七—八年，他隨著家人遷居埃及，上英文學校，高中則到美國唸，後來進入普林斯頓大學，主修英國文學與歷史，然後在哈佛大學，追隨雷文（Harry Levin），撰寫英籍的波蘭作家康拉德研究，順利找到大學的教職，由羅契斯特到哥倫比亞大學，一路發展上去，成爲學術及大衆媒體上最受矚目的教授兼文化政治人物。他既是哥倫比亞大學的講座教授，同時也是巴勒斯坦國家協會的活躍成員，不斷公開發表言論，並撰寫文化、音樂評論。

薩伊德在一九七八年所發表的《東方主義》(*Orientalism*)使他一夕成名，並且得罪了所有研究東亞、中東的學者。這本書的觀點在他後來的幾本著作如《世界、文本與批評家》（*The World, the Text, and the Critic*）（一九八三）、《音樂營造》（*Musical Elaborations*）（一九九一）、《文化與帝國主義》（*Culture and Imperialism*）（一九九三）裡均有發揮，而他也在一些書裡探討巴勒斯坦及中東的問題。薩伊德將中東研究視爲是殖民時期與其後的新殖民時期，殖民者所建構出來的產品，學術研究與帝國的利益、資本主義的掠奪相輔相成。他以德、法、英、美爲例，去分析學術殖民史的演化，對美國的中東研究痛加針砭，認爲中東被納入研究領域實際上等於被納入版圖，而且各種研究背後均有軍事、政治、經濟利益，這一點可從其贊助機構找到線索。換言之，東方是西方帝國主義以其殖民想像建構出來的都會神話。

薩伊德在其後來出版的著作裡，更進一步指出西方理論、音樂及文學作品以及客觀絕對、霸權思考，不斷將其他人種置於被支配、被陶醉的地位，藉此完成奴隸他人的帝國文化大業，如奧斯汀的《曼斯菲爾公園》中的奴隸，使得歐洲的上流社會得以十分優雅清閒地發展其文化。文化與帝國主義的沆瀣一氣，因此是薩伊德一再堅持的論點，即使是音樂（如歌劇《阿伊達》）、音樂理論或某種鋼琴的彈法（如Glen Gould的），都鞏固了帝國主義。薩伊德本身是個多才多藝、能言善道的文人，也彈一手好鋼琴，對西方霸權的理解十分深入，他的研究開啓了一個後東方主義的紀元，鼓勵本地人爲自己找到發言位置，破除西方帝國主義的迷思。

一九八〇年代，印度的「下層民間研究群」(Subaltern Studies group)與薩伊德的東方研究論，在旨趣上有些類似，但是「下層民間研究群」更致力於發掘民間的聲音，尋找未被殖民者徹底支配的民間論點。相對於上層精英，這些歷史、文化研究者希望重寫歷史：由未受到殖民者污染的民間觀點所彙集成的歷史。根據他們的代言人古哈(Ranajit Guha)的見解，殖民者可能會「征服」他人，但不可能完全「說服」他人，人民可以被支配，但不一定會被徹底統合、含納。而就在征服與說服的空隙裡，本土而屬於民間的聲音得以發展，因此透過口述歷史或其他方式，民間的聲音可化爲人民的聲音，對眞正的社會存在有所闡發。對於此種研究旨趣，基本上，學者都相當肯定，但是有趣的是這些研究下層聲音的學者，如古哈等人，大多是英國大學訓練出來的精英知識份子，同時大部分人目前是在澳洲、英國，離所謂的「民間」似乎有一大段距離。

史比維克(Gyatri C. Spivak)因此提出「下層民間能出聲嗎?」的質疑，建議以「協商」的方式，仔細審查學者的精英身分及其機構與觀點構成的歷史過程，對自己的觀點採取解構的方式，去深入思索其方法的框架與限制，同時對本身在第一世界的學術機構，並且接受其贊助等事實要加以反省，一方面善加利用，另一方面則避免其政治代表問題。史比維克出身印度的中產階級，生於加爾各答，在美國康乃爾大學追隨保羅・德曼(Paul de Man)，早期是以德希達的《書寫學》(*De la grammatologie*)的英譯者成名，中期則以法國女性主義爲研究對象，近來則針對殖民、新殖民問題，提出許多細膩而顚覆性的解構分析，就帝國主義與小說敍事觀點(如《簡愛》中的黑人)切入解構歐美女性主義，爲第三世界的女性主義開拓理論空間。她的〈三個女人的文本與帝國主義批判〉、《其他世界》(*In Other Worlds*)(一九八七)、《後殖民批評家》(*The Postcolonial Critic*)(一九九〇)都是極其重要的著作。她的分析比薩伊德的更加細緻，而且沒有薩伊德的東西二元論包袱，十分具有說服力。目前史比維克在哥倫比亞大學任教，她曾於一九八九年應清華大學文學所之邀來台演講，頗受矚目。

目前最常被引用的後殖民文學理論是巴峇(Homi K. Bhabha)所提出的「含混、交織」(ambivalence, hybridity)。巴峇是印度的波斯人，曾在牛津大學追隨伊果頓(Terry Eagleton)。他主要是以解構批評結合班雅明的翻譯理論，分析殖民者與被殖民者交互牽涉的敘事與翻譯問題，以殖民經驗中雙方所無法控制的謠傳、耳語、無意義的聲音，去切入文化想像與外來文字之間的互動空隙，因此將重點放在刻板印象經驗不斷「翻易」（翻譯及改易，mimicry）的過程所產生的分歧、斷裂、演現效果。他的分析策略比較是放在時間與殖民雙方的焦慮上（尤其是想了解對方，但又怕會誤解及自我矛盾），與史比維克的文本空間分析或薩伊德的政治微觀地理學有很大的差別。巴峇最近推出的《文化定位》(*Location of Culture*)是他多年來討論後殖民論述的文集，另外他也是法農的再詮釋者，正在編寫一本《法農讀本》。

除了中東、印度背景的後殖民學者，加勒比海出身的霍爾(Stuart Hall)、非洲出身的姜莫漢美德(Abdul R. Jan Mohamed)、貝貝(Achille Mbembe)，以及許多猶太及非裔美人學者，也提出許多重要的後殖民論述。霍爾是英國伯明罕當代文化研究中心的發起人，在新左派的陣營及族群認同論述上，與保羅・吉爾若伊(Paul Gilroy)等人，可說執英國文化研究之牛耳。他的「多種弱我」論指出自我有多元的形塑，相當深邃。姜莫漢美德生於肯亞，他不斷以非洲的當代文學作品去闡揚非洲作家如何從殖民的陰影中重新找到自己的地位。而貝貝則以日常的虛應故事，去說明後殖民情況中複雜而交織的抗拒與逃避策略。

在亞洲及太平洋地區，事實上，殖民經驗更爲多重、複雜，以台灣歷經葡、荷、日等的殖民及幾個時期的移民來說，異、同文化及族群的殖民過程比起其他地區顯得格外錯綜，最近有些學者如邱貴芬與廖朝陽等人，用後殖民的理論來分析台灣文化與文學，然而台灣在一連串的殖民、移民過程中，語言與文化的承襲、抗拒、吸收行爲一再演變，目前是在晚期殖民(late colonialism)與新殖民主義(neocolonialism)彼此交匯，而本土化運動又受到大中國主義的質疑，整個社會是在微妙而流動的多元變數中，試圖找出新舊殖民體制之中的倖存策略。如同香港這塊英屬的最後殖民地，即將但卻不願邁向後殖民——接受中國大陸的「解放」，台灣在多重殖民與移民經驗之後，語言與文化主體性仍在重新協商、認定之中，後殖民時代似乎一直不曾來臨。

後殖民與後現代
——Homi K. Bhabha的訪談

Homi K. Bhabha(巴峇)現爲美國普林斯頓大學英文系客座，是英國色薩斯大學英文系的教授，曾主編《*Nation and Narration*》（一九九〇），同時也是《*New Formations*》的編輯，他的論文集《*The Location of Culture*》於一九九四年出版；另外，他也正編輯《*The Fanon Reader*》。他是目前歐美談後殖民地論述最重要的學者之一，也是研究Fanon最有心得的文化理論家。

一九九一年我本想與他在英國見面，後來他要來普林斯頓，便邀我到美國與他從事獨立研究。我們平均每兩週見面一次，交換論文，提供對方批評與建議。

以下並非正式的訪問，只是幾次談話的要點，我重新整理、改寫，並略加簡化。

從法農出發

廖：我知道你目前正爲Blackwell出版社編輯《*The Fanon Reader*》，請問你如何發現Fanon（以下作法農），法農如何提供你新的觀點去討論殖民主義與後殖民主義的問題？

巴：法農確實在我的著作中佔了很重要的分量，一方面是我對牛津大學那種教育有所不滿，另一方面則是我一直想找個有色人種維護文化差異的策略，法農所採取的精神分析及強調文化含混(ambivalence)的作法，正好讓我脫離舊日那種文學研究的典範。二十年前，討論任何一個地區的文學，學者大多只就當地的政治、歷史、文學暗喩、象徵、形式、敍事技巧等的深入分析，儼然本身是當地文化的代言人，掌握到眞正的作品要素。但是，隨著批判的民族誌研究逐漸興盛，文化之間的不能並比，語言的不透明性，變得不容忽視，法農的著作《*Black Skin, White Masks*》對殖民地的土著不得不以殖民者的語言及其文化來樹立自己的身分，從一開始便形成內在的分歧與合成（黑色的皮膚，卻得戴上白色人種的各種面具），這種實際生活（也就是歷史及時間）的矛盾以及其理論意涵，對殖民之後的環境依舊成立，我們無法很單純地想像殖民者與被殖民者、壓迫者與被壓迫者彼此對立的關係，法農告訴我們那要複雜多了，而且殖民者也常受到質疑，也常被殖民經驗的含混性所困擾，我最喜歡引用的一句，想必你常讀到，是"The Negro is not. Any more than the white man"這句話中間的句點，突然結束，正好道出殖民與殖民之後中間變動過程中最有意思的戲劇及謎般的性質。畢竟，當法農從阿爾及利亞上了法國，首次體認到自己是黑人——次等人種的那一剎那，也是他開始質問自己的身分以及殖民者身分的一個戲劇片刻。這種含混而充滿張力的互動關係並非像薩伊德(Edward W. Said)所能描述的。

廖：我記得你曾與 David Bennett 與 Terry Collits 談到，您的出身背景多少影響到您對文化差異的興趣。

巴：對，我是在印度成長的波斯人後裔，我們族人在當地雖然開銀行，作生意，卻不屬於印度人，是制度之外的弱勢民族；儘管有錢，享有十足的西方中產階級生活及教育，但卻毫無政治影響力，在印度作爲波斯人就像齊克果筆下的原罪罪惡感的承受者，十分痛苦，一直到我從 Elphinstone College 到牛津大學的 Christ Church College，仍感覺到這種身分的詭異，似乎自己的地位很特殊，比別人出衆，但是同時又比普通的印度人都不如，不能講他們的語言，無法被認同爲「眞正」的印度人。後來我又娶了英國籍的律師（就是你見過的賈姬），有時我情不自禁便莫名其妙地生氣，覺得我太太與她的朋友把我們波斯人看作十分洋化、有錢有勢，因此認爲我們的文化認同不是什麼大問題。事實上，我一直對自己的邊緣而又處於疆界的身分感觸良多。不過，我比較關心的是從這種身分得出的文化意義，並不只是個人歷史的意義而已。

後殖民論述的流行

廖：Louis Gates 在"Critical Fanonism"(*Critical Inquiry*，一九九一年春)，一開始便討論您，並且說您將法農理想化。據他說，法農一輩子也無法講阿爾及利亞話，同時他晚期對被殖民者應如何力求解放，曾大聲疾呼，顯然是採激烈的立場，並不一直維持您所謂的含混矛盾。

巴：我對法農也有所批評，認爲他有時爲了一時的主張而忘記了更具理論及歷史意義的文化含混觀，事實上，這也是他內在的矛盾及張力，你不能以他後來的見解就說以前的看法不對，反而應該說這是他比較複雜的地方，內在有其矛盾，始終無法絕對的劃分、獨立、對抗。

廖：在《*Nation and Narration*》裡，您提出國家在強調統一之過程裡所發展出的敘事體，往往在內在的空間及時間上（尤其時間上），會產生矛盾的分化。您所謂的"Pedagogical"與"Performative"之間的無法並比的兩面，您將這內在的分化一方面放在語言本身的無法對譯，總是會太多或太少上，另一方面則放在現代政治生活的代表性上，說邊緣團體的時間及數目會威脅到中心所要達成的統一。請問您這種分化的過程基本上是來自內部的差異，德希達所說的內在總已存在的矛盾(difference within)，或是在歷史上發展出的彼此之間的差異(difference between)？

巴：這兩種敍事位置的分化及兩面性並非辯證性的，而是增加（adding up）及含混的矛盾(ambivalence)，無法成爲(adding up to)統一或一個更大的整體，因此並非黑格爾式的，而是比一個還多又比一個少的分化（不是「揚棄」）；比一個還多因爲會分裂，比一個少是永遠不會成爲統一的一個整體。也正是因爲這時間性(temporality)，有關國家統一欲求的敍事體總留下一些內在變化的空間，可以被重新定位、安排。我說的矛盾因此並不意謂著有個完全解決的第三項或大綜合。

廖：霍布斯邦(Eric Hobsbawrn)在《*Nations and Nationalism*》說民族主義已經不會再流行，同時他也不認爲語言、敍事體對國家的形成有絕對性的影響。

巴：我是一九九〇年初讀到這本書，他的論點大致上已不記得了。有時歷史學家也沒料想到最近東歐及蘇聯的變化。他的書並沒對我留下什麼印象。

廖：我覺得您最近的研究逐漸由拉崗走回弗洛依德，這有什麼特別的意義嗎？

廖：沒錯，我是回到弗洛依德，不過是透過拉崗回去弗洛依德，弗洛依德有關"uncanny"的見解愈來愈引起我的興趣，可能是弗洛依德對含混矛盾講得更多吧。

廖：後殖民論述(postcolonial discourse)最近十分流行，你對這種論述逐漸在學術界、課堂上、機構裡受人注意，有什麼看法？我記得你與 David Bennett 等人也談過這個問題。

巴：學院一直喜歡找新的研究題目，有時風尙被推行或排斥，並不是完全因爲對風尙有任何瞭解。對後殖民論述如何在學院機構中盛行這個問題，我想有很大的部分是愈來愈多從殖民地出來的學者正對本身的歷史、身分開始提出十分嚴肅而又理論的反省。然而，這種研究也面臨一種不容忽視的威脅，那就是普遍的文化相對論，借用此一新課題，試圖完全消除後殖民環境的文化創意及歷史涵意，乃至其政治與社會目的，而且，目前大學及社會上也逐漸出現新的多元論，或如 Richard Rorty 等人所提出「重新描述」說，一心要重新界定白人文化的容忍性，企圖鞏固大傳統。當然，這些你來我往的學術及社會互動，透過一些有關學術經費補助、教育的性別與種族歧視、弱勢人權等問題，也不斷形成新的社會契約，讓社會空間中的種族、國籍、性別、社群、法律、歧視問題成爲我們一再協調、重新評估的問題。

現代與後現代的評價

廖：您在《*The Location of Culture*》的導言裡，說您想藉「將力量協商加以錯誤複雜化，使意義及認同成爲更多元的結構」，去重新分析主體的發言位置及其社會矛盾及政治權威的空間。據我所知，您除了在書中運用大量的殖民文獻外，也對現代主義及啓蒙時代以來的西方思考有所批判，能否就傅柯的例子，談一下您如何進行對現代及後現代的重新評價？

巴：在我這本書（你已讀了部分的稿子）的結論裡，我有比較詳細的討論。我想針對傅柯的說法「不能只追求進步的目的軌跡，我們得在現代情境的歷史裡去孤立某一事件，使之擁有符號的價值。」也就是去看待現代情境爲解碼的方式，得在一些看不見的事件、小敘事體裡，一些看似沒有意義與價值、空洞而詭異、在大歷史事件之外的符號中，去尋找其符號景觀，根據這種說法，我們可以說現代情境是在歷史中建構歷史發言及寄託之地位的活動，現代情境對哪些歷史「見證」？被奴役及在歷史上「晚到」（落後）的人種特別給他們一個空間上疏離、時間上落後的代表位置，讓他們在「大事件」（西方的大事）之外沈淪，成爲交換、貿易的歷史符號，沒有具體的面貌（如在喬治歐威爾〔George Orwell〕或康拉德〔Joseph Conrad〕），以這種身分構成歷史的外在或詭異的在外補充空間，我認爲在現代情境裡這正是所謂的去除大事件中心的敍述，但是經由康德，傅柯將法國大革命視作現代情境符號的舞台起點，因而將文化同質性加在現代情境的符號上面，在他將現代情境的時間加以空間化這項見解上，歐洲本位中心的論點尤其明顯。事實上，在傅柯的空間化裡，我們也可看出他的矛盾，他遺忘了其他空間與時間裡的種族因素。重新探討西方有關現代情境的理論，並從中發現到異質人種及文化這些被遺忘的因素，可能是目前後現代主義盛行、文化多元論變得理所當然的時代中，最能展現另一種後現代性及後殖民的由外、由下面而起的聲音及立場。後現代的一種可能性因此是去探索日常的敍事體，發展自我活動的倫理，去深究一再回頭的歷史符號，看出其中時間在新穎、現代化的檔案中非順時性的過渡變化，以質詢的形式去問：現在我到底屬什麼？我是以誰的方式去認同「我們」？從這些質詢中找到一個令人不安的另一個可能性，發現到現代情境如何將他人排除在邊緣的過程。

廖：您曾以《印度之旅》中的空谷回音去分析殖民者的焦慮及文化的不可並比性，但是您又一再強調重新定位文化，讓他人的文化得以發言。這中間是否有矛盾，因爲您還是得以英文去顯示另一種瞭解他人或不能瞭解他人的可能性？

巴：我一直堅持語言的無法對譯，但是翻譯是有其必要的。這一點我很認同班雅明的翻譯理論。我比較想分析的是文化交流中的「無意義」，例如回聲、暴力、誤解等，有時比有意義的符號更具有暗示作用。以某一種語文去發言，並不就表示其中沒有潛存的另一種發言位置。這也是我爲什麼不斷提醒世人有關含混矛盾這個主題。

（註：David Bennett 與 Terry Collits 訪問 Homi Bhabha 的文章 “The Postcolonial Critic”，刊於 *Arena* 96(1991): 47-63. Bhabha教授同意讓我借用其他一些片段來介紹他。）

新歷史主義與後殖民論述

近幾年來，新歷史主義備受批評，首先是歷史學者認爲它一點也不新，而且在方法論上並未提出一貫的見解，甚至於犯了論證上的謬誤；其次是批評家發現新歷史主義只是形式主義的重新包裝，以文本經濟或作品所虛構的模仿資本(mimetic capital)及其複製、流通過程去取代眞正的歷史及政治經濟，因此在本質上是另一種形式主義，不外是一群中古、文藝復興專家將自己在後現代社會裡的無力感、尷尬加以掩飾，設想出另一個時代的知識份子與其應有的社會作爲，藉此解決學者本身的邊緣地位所導致的困擾；同時，文化批評家、女性主義者也紛紛表示新歷史主義在文化、政治立場上顯得曖昧、中上階級與父權取向、乃至與支配性的霸權沆瀣一氣；隨著大多數的新歷史主義者宣佈自己並非新歷史主義者，以及德希達(Jacques Derrida)戲稱新歷史主義與解構批評之爭只是柏克萊與沃買校園之差，新歷史主義儼然成了葛林布雷(Stephen Greenblatt)的專有名詞，所有的責難也紛紛以他爲明槍暗箭的目標，例如皮士(Donald Pease)在一篇論文裡即拿葛林布雷代表新歷史主義，而且以他的著作去凸顯新歷史主義的內在衝突。

由於皮士這篇文章針對葛林布雷的殖民及霸權論述，拿法農(Frantz Fanon)與葛林布雷對照，披露了葛林布雷轉移歷史暴力事件（殖民的事實）並將之吸收爲社會象徵活動的隱喻與分析範疇的不法勾當(頁一三五—一三八)，在許多方面均引導我們再進一步思考新歷史主義及後殖民論述的問題。底下，我想以葛林布雷的新作，去演繹皮士的說法，然後指出皮士的盲點，並將他的論點擴大，也談一下目前後殖民論述的關懷所在，希望藉此闡明新歷史主義與後殖民論述之間的過渡及矛盾空間，在皮士的彼此對立的模式之外，提出另一種彼此牽連、對譯、交涉及重新定位的可行性。

一、從自我形塑到權力交涉

皮士分析葛林布雷的新歷史主義策略是由自我形塑(self-fashioning)到權力交涉(negotiation)的逐漸側重霸權，並將權力操縱的結構看成是無所不在、無往不利的象徵結構。在葛林布雷的代表作《文藝復興的自我形塑》中，伊亞哥(Iago)對奧塞羅的諸般操縱是全書的主要形象之一，葛林布雷特別標出伊亞哥的角色，拿他與莎士比亞在劇場舞台上對觀衆、社會文化的操縱活動相比，看待莎士比亞的藝術是一種操縱幻覺、虛構事件，藉此將玩弄他人的權力操之掌上的才能。與伊亞哥或莎士比亞比較起來，奧塞羅一方面想從社會文化的機構與規矩之中找出自我形塑、安身立命之道，另一方面卻覺得自己成爲那種機構與規矩的限制，無法伸展自我，反而成了體制的犧牲、受害者，葛林布雷說這種現象在摩爾、史賓塞、馬羅身上均可看出這種外、內在自我形塑的衝突。然而，在伊亞哥及莎士比亞本人，權力的交涉及操縱卻順利多了，似乎毫無阻力，而且隨便即可操縱、「殖民」他人。

皮士認爲葛林布雷對伊亞哥的重視，使得他與權力結構及殖民霸權從此沆瀣一氣。在較早先的作品裡，葛林布雷對《暴風雨》的卡力班(Caliban)仍保持相當程度的同情，認爲卡力班對普羅士佩羅(Prospero)的咒罵，表示出他對主人普羅士佩羅所教導他的語言及其語言的殖民行爲有所不滿(*Learning to Curse* 頁一六—三九)。不過，葛林布雷並不是想利用卡力班去批判殖民權威，他也不像孟農尼(Mannoni)、塞捷爾(Césaire)或法農那麼強調反殖民或獨立；他只是要讀者了解莎士比亞透過普羅士佩羅，道出殖民者對殖民地及被殖民者的道德責任。因此，從同情被殖民者到眞正認同殖民者的內心衝突，並加以反省，主張殖民者也是殖民政策的受害者而且更能深入體會殖民過程中的種種矛盾，葛林布雷實際上是把解放者的地位歸給普羅士佩羅及莎士比亞，所以會提出內在距離與自我形塑的說法，主張殖民者將被殖民者的處境內在化，形成內在的矛盾，藉此達成自我反省，而這也正是莎士比亞偉大之處。

皮士以法農的《黑皮膚，白面具》當作對照點，說明法農如何將重點放在被殖民者以殖民者的語言道出自己的身分，而且歷史已被殖民者操弄、說出的種種困擾。雖然葛林布雷表面上似乎遵循相同的方向，去闡述卡力班的地位及其領受到的語言殖民，但是實際上眞正的殖民問題在葛林布雷的筆下卻成了語言問題，而且是由主人的語言本身的矛盾空間中獲致自我反省及解放的機會。眞正的歷史暴力事件（殖民）變成了語言，文本事件，化爲隱喻，象徵作家與劇中人物的錯綜關係，而且完全以主導及支配文化的角度去設想殖民者如何自我形塑，因應殖民矛盾，藉此解脫自我及他人。與法農的著作相較之下，很顯然，葛林布雷是把卡力班看成殖民者在鏡中形象之中所看到的另一個自我，而不是如法農所說的，卡力班是以主人的語言來界定自己及歷史，因此發現自我陷於我與非我之間的曖昧及矛盾中，在無法說出自我的我及以他人之方式說出自我的非我之間對自我及其文化產生內在的暴力與失位感。（這種妾身未明的內在暴力往往轉變爲對自己族人及社會的暴力事件或自我傷害。）

由於將劇作家與普羅士佩羅相提並論，葛林布雷會進一步側重伊亞哥的玩弄權力此一特殊才能，可以說是順理成章。也由於這種認同權力之操縱及其象徵結構，葛林布雷發展出權力交涉、社會魔力的重新流通及轉化，及透過模仿資本的複製與流通將他人加以吸收、內在化的理論，並且在這種廣泛吸收的理論特別標出科際整合，使歷史、文化詩學、人類學、宗教儀式消除界線，讓新歷史主義變成一個消融其他時期、學科、社會、現實的殖民計畫。因此，在他的亨利劇作分析中，哈爾王子(Prince Hal)在社會之中打滾，將社會之中的動亂言行全部內在化，以便成爲來日的國王，逐一將動亂擺平，或者像驅鬼的民間魔法儀式一般，莎士比亞的劇作將社會之中過剩的精力加以吸收、轉化，成爲建立階層等第及秩序的藝術，這種權力交涉及協商是一種操縱、隨機應變的藝術，將他人、被殖民者、被操縱者納入權力範圍，加以吸收、消融、殖民，而這種隨機應變的權力操縱卻只是一種象徵結構，在這種結構中被殖民者的歷史及其所經歷的暴力遂淪爲隱喻的文本事件，成爲新歷史主義的學術主題，同時也是它進行另一種殖民侵略的工具。

皮士認爲這種隱喻象徵結構的論述規範及其抽象的反殖民姿勢主要來自美國在越戰之後的反殖民運動（頁一一八）。葛林布雷自己也說過他的理論多少受到六〇年代末、七〇年代初反越戰思潮的影響，因此他特別強調學術寫作與政治、文化、社會的關聯(*Learning to Curse* 頁一六六—一六七)。不過，如果將這種反越戰的運動與反殖民的作爲或修辭完全等同，或者像皮士那樣，將學術論述與越戰之後的知識份子情緒加以連貫，以至於忘記了八、九〇年代本身的問題——社會、文化、學術、政治問題，那未免把事情看得太簡單了。畢竟，反越戰與反殖民並不一定是同一事。除了越戰的影響之外，葛林布雷在六〇年代中到晚期，是在劍橋、耶魯大學受教育，威廉士(Raymond Williams)及文藝復興時期的作家羅列爵士(Sir Walter Ralegh)對他的學術生涯產生了幾乎是決定性的影響(*Learing to Curse* 頁一一二）。葛林布雷的自我形塑過程與其說是在越戰之後的環境中發展出反殖民的修辭，倒不如說是在支配的形式主義典範中找尋另一條道路，想以威廉士的文化社會美學另闢途徑，並將他人與社會理論加以內在化的過程，因此這種自我形塑是圍繞著自我與他人、機構與限制、寫作與權力交涉協商，大致上是學院之中典範變化程序中的自我定位。

二、回應與驚異

皮士所批評的葛林布雷大致上只限於《文藝復興的自我形塑》及《莎士比亞式的交涉協商》二書。事實上，葛林布雷有關殖民論述的著作在晚近的兩部著作更加明顯：《*Learning to Curse*》及《*Marvelous Possessions*》。由於皮士的文章發表較早，他自然無法討論葛林布雷在一九九〇及一九九一年出版的近作。在《學會咀咒》書中，葛林布雷有一篇〈回應與驚異〉(“Resonance and Wonder”)，便針對種種批評作答覆，他認爲新歷史主義者專究某一文化之中的特殊情況，探討人如何在該文化的衍生規則與衝突，階級、性別、宗教、國家認同的預期，及歷史的約束與變數之中，自我形塑並產生種種活動，這些活動是針對歷史局限與限制發出個人的作爲，看似單一實則是多重，而且個人的天才也往往在其行動之中與集體、社會的力量彼此交融、約束，有時反抗或異議，實際上是整個合法化過程的動力，而穩固現狀的活動或嘗試反而將現狀顚覆或改變。這種特定的人，有其性別、階級、年齡、歷史限制，在歷史的條件中，所產生的活動及所導致的改變乃是新歷史主義者研究的重點。過去的作品則以回應或驚異的方式，引導學者去與傳統呼應，重新加強文化價值，或者對其變化感到驚異，覺得對象有其本身的神祕、魔力，令人覺得一方面既陌生但又被它打動，想於歎爲觀止之餘，去景仰、瞭解這個奇怪的對象。

回應乃是讀者、觀賞者從作品之中得出、感應到其中蘊含的力量，進而與之呼應，喚起本身之中的複雜而活潑有緻的文化力量，看待作品與整個世界有對應關係，能透過這種內心的回響去體會作品的歷史性及歷史的文本性，理解作品於種種衝突的社會力量之中創造出路的緊湊網路，與作品產生文化交涉及互通聲氣。換句話說，是自作品原先產生的歷史環境之中獲致啓示，進而感應到該歷史環境與現代讀者的文化處境之間的關聯。首先是瞭解作品的歷史條件以及作品經歷過的歷史轉化，然後是對作品的歷久彌新、開放結構有所契入，感覺「雖古猶今」，其次是對作品與自己的關係、作品與過去的讀者、欣賞者、收藏者之間的關係與意義有所反省。葛林布雷將回應與景仰作明白的區分，回應是讓讀者了解到作品，過去與自己，現在的關係，不是單純的靜觀其美，而是去追究作品如何到達眼前，它與歷史及文化傳遞、演化的過程關係是如何產生，其中涉及哪些轉變、扭曲，或甚至於暴力？以這種方式去與作品產生回應，自然不是傳統那種價值中立、敬仰過去、一成不變的史學觀念所能比擬。

然而，這種回應也不是尼采式的權力意志，強將自己的註釋加在作品之上的自由活動。

如果回應是針對所能見到的文化對象，感到過去與現在的牽連，那麼驚異則是對那些從未見過的，感到著迷、惶惑，對不可名狀的事物之奇怪、過度、神祕、不倫不類感到莫名其妙地被吸引，歎爲觀止。這種著迷般的注視突然將歷史及熟悉的看法置諸腦後，在一刹那之間，陌生對象的新鮮、詭異立刻將觀賞者整個震撼，一下子似乎言語道斷，忘了自身的存在，完全沈醉在對象之中。這種驚異在碰到從未想見過的事物，聽到匪聞所思的故事及探險，尤其是在見到異國文化的產物，最容易產生。不過，葛林布雷並未將驚異與雄渾(the sublime)密切關聯，他並不主張驚異可令人處於不可理喻的敬畏之中，驚異其實只是佔有或瞭解的先導，而且對他人（他物）的驚異，對他而言，只導致對本身的自我瞭解，因此並不必含有急進或帝國主義的政治在裡頭(頁一八〇)。他的看法是驚異並不足以達成對他人的理解，驚異只道出本身並不熟悉異文化或陌生對象的奇特風貌而已。事實上，馬可波羅的中國之旅充滿了他感到驚異的紀錄及軼聞，但是讓他驚異的中國是他以西方眼光不明究裡的幻覺，他心目中的黃金—絲之國度並非中國人自我理解的中國。馬可波羅所感到驚異的中國對他自己及西方而言有更大的啓示，中國即是以這種驚異的方式一再被推介入西方的想像，進而被複製、流通、擁有，成了另一個歷史產物而且也開啓了新的（雖然不一定是好的）歷史文化——殖民文化、帝國主義及其餘緒。

葛林布雷在他的最近一本書《驚奇擁有》便是以殖民論述爲研究主題，這本書探討新大陸對歐洲所造成的驚異效果，同時也帶給了中南美洲土著空前未有的災難。不過，葛林布雷仍是堅持驚異是要逼本身作自我理解，並且十分巧妙、反諷地避免歷史上眞正發生的暴力事件。然而，在他分析孟德微爾(Mandeville)及哥倫布時，他也不斷讓讀者意味到這些人士的謬誤，例如以爲當地土著沒有文字，文化落後，缺乏信仰與道德，而且也暗示他們由驚奇到眞正接觸所產生的殘酷暴力。儘管如此，他的關注所在只在驚奇與再現(representation)在文本或模仿資本中的複製、流通方式，他十分小心地區分文本世界與眞實世界、再現與現實這兩個截然不同的範圍，但緊接著他又說：「同時我們也不能將這兩個世界完全隔開。」(*Marvelous Possessions* 頁七)這兩個世界交纏在一起的關係像是困難重重的婚姻，既不是興高采烈的合婚，也說不上仳離。問題是：在葛林布雷的世界裡，這種不幸而又難分難捨的婚姻，似乎文字始終要比行動及現實更具實效，彷彿"I do"比眞正做了什麼更具有約束、制約的作用。

因此，在他自己的巴利島奇遇這則故事裡，巴利島上的人是他透過人類學著作所看到的人種，他的歷險也應證了後現代美國文明普及巴利島之後本土文化與美國文明交織的現象，也就是巴峇(Homi Bhabha)所謂的「交界」、「混融」(in-betweenness, hybridity)。當他從旅館沿著田埂去作田野調查，本來是想見到純樸的本土藝術家或農夫，沒想到田埂的另一邊是一戶人家正在看錄影帶，他們還邀他一起欣賞社區的電視錄影轉播：廟會的儀典。第二天，他又看到這戶人家夾在巴利島人群中，徜徉於查理士布朗遜的電影銀幕及巴利島皮影戲之間，個個十分快樂。葛林布雷首先是對看電視的巴利島人感到失望：他眼前的巴利島人居然不是跳龍舞的人群，而是看錄影節目的人群，似乎與美國人無異。後來，他對巴利島人的信心又恢復了，因爲在美國電影之外，有一大批人也匯集在道地的本土藝術表演——皮影戲——前面。巴利島人在人類學著作及民族誌中是天眞無邪的快樂人士，在葛林布雷的眼中果然也是一樣的開心。至於當地人們面臨現代、後現代化不均匀的困頓那就不是他想探究的問題了。事實上，他所說的後現代交混，本土與美國文化交會的場面達成非現實效果，可能是他非現實經驗的投射。

事實上，巴利島人受到現代化及商業主義的侵襲，固然不是一般所謂的殖民，但是如同許多東南亞國家及一些逐漸開發的文化，他們面臨的是新殖民主義。相對於舊殖民者在當地所建立的統治設施與區分體制，新殖民主義是以商品、資訊打進當地的市場，造成更加無法解脫的依賴。除非當地人以更經濟的方式，例如廉價勞工、資訊盜取等，去掌握新殖民者的象徵資本(symbolic capital)，否則他們便是第三世界或甚至是尙未開發的人種。當然，葛林布雷注意到的並不是這些新殖民地的問題，而是當地人在錄影節目中看到自己在廟會儀式中的形象，當地人透過現代科技所作的自我再現(self-representation)。他甚至於說當地人似乎已完全對資本主義的新產品見怪不怪了，整個社群「並沒花費多少力氣在吸收其他文化上」（頁五），因爲現代科技已變成日常生活裡的方便，只是某種媒介用來表達自我欲求與本土的文化想像。

從葛林布雷對巴利島人的失望以至於驚異，發現到他們依然快樂如昔（如書上所說），我們可以看出他是於驚異之中重新體會到自己文化的回應，也就是他在〈回應與驚異〉結尾所說的：「新歷史主義的作用在於不斷在回應之中重溫驚奇。」（*Learning Curse* 頁一八一）因此，《驚奇擁有》這本書是探討孟德微爾、哥倫布等人在驚奇之中如何宣稱自己文化價值、擁有或奴隸他人的文本實踐，例如孟德微爾是以不想擁有他人文化的方式去肯定自己，進而擁有全部的異文化，而哥倫布是以驚奇、無知出發，但卻又能以想像（及行動）去達成絕對的佔有，不僅在宗教上征服，而且以文字去道出「全島都是我的」（*Marvelous Possessions* 頁一三）。雖然葛林布雷一再強調驚奇的語言及其認知方式不足以認識另一個異文化，但是他的重點是放在歐洲文化的回應，而不是在重溫驚奇之中去析出其中遭到壓抑、迫害的異文化。

但是，有趣的是，葛林布雷在回應早期歐洲文化的同時，也不斷要表示對該文化所造成的暴力及其體質上的專斷無知感到驚異。異文化及他人在葛林布雷的新歷史主義中因此扮演了一種含糊矛盾的地位，看似是次要，但卻又是重溫驚異的過程最具啓發的因素，儼然已被文化回應的主體所內在化，但又不斷將之外在化以便加以區分，藉此構成自我形塑過程中相互對照的他人、異文化。換句話說，驚奇的東西，對象不只是要讓人去擁有，而且還反過來擁有，佔據了這個人。將葛林布雷的書名作某種程度的逆轉，我們可以說哥倫布反而是被異文化所擁有，以至於無法擺脫殖民的禍害。

三、殖民者與被殖民者的交織含混

在分析孟德微爾及哥倫布的論述之間，葛林布雷往往對殖民論述的內在矛盾感到驚異，但是他立即以基督教的神學理念去解釋那種內在矛盾，一個明顯的例子是哥倫布一方面將新大陸的土地、財富、黃金說成是自己的，藉此將他所獲取的獻給西班牙國王與皇后；但是在另一方面，他又說「如果我能對他們講清楚，我是要把我所有的東西給這些土著，衣服及其他許多東西全給他們，至於他們的東西我什麼都不接受」（*Marvelous Possesions* 頁六八）。既要別人的東西又說完全不取，這種矛盾在葛林布雷看來是基督教的帝國主義作風，是要土著把塵世裡的財產全部去除之後，才能奉獻給上帝。葛林布雷對這種基督教帝國主義及哥倫布的宗教熱忱始終是以反諷但又努力加以合理化的態度去處理，他專究哥倫布的修辭技巧與政教涵意，同時也暗示哥倫布對新大陸的驚異發現（如當地人貪生怕死，沒有文字）其實並無事實根據，然而他主要的論點是要闡明文藝復興時期的驚異美學（以哥倫布發現新大陸為例）與中古基督教的驚異神學（以孟德微爾所發揚的遊記爲例）的差異，顯示文藝復興的驚異是佔有的前奏，而中古的驚異是消除自我、拒絕佔有的敬畏經驗。哥倫布假藉要土著改信宗教的名義，去佔有新大陸，固然是基督教義的進一步闡揚，但他卻發展出驚異的美學，全心注意到新大陸文化的新鮮與美，看待新大陸是世間樂園，因此可以擁有。在這一點上，他的驚異美學已不再像中古的驚異神學那麼注意對象的神祕及無法理解。葛林布雷於討論哥倫布之後，也提到中南美洲文化的滅亡此一歷史悲劇，他以伯納爾迪亞茲(Bernal Diaz del Castillo)與蒙田(Montaine)去分析歐洲文化對美洲文化所造成的破壞，不過，他的重點仍是文本修辭上的驚異，以及歐洲人對殖民所應感覺到的羞慚。以孟德微爾開始，而以蒙田作結，全書是要指出殖民佔有、統治的驚異美學之外，有更深入的一種驚異，並不是想將他人視作野蠻人，新鮮古怪，而是對歐洲老家的文化作自我反省，因此不是鼓舞人去幻想佔有，統治異地，而是透過對異地的驚奇，對本土文化的殘酷、恐怖感到慚愧。

葛林布雷對這一段殖民史的驚異與殘暴，並不是採主體或客體的觀點，他自稱是個中介人物(go-between)（頁一五〇）。也就是與蒙田一樣，在觀察到殖民者與被殖民者彼此殘殺時，在中間地帶指出問題的核心是在自己的文化本身。然而，這個中介者事實上是站在本土文化、歐洲中心地帶上發展出他的言談地位(enunciative stance)，儘管葛林布雷並不像沙特(Jean-Paul Sartre)那麼自信，認爲「每一個計畫，即使是中國人的計畫，或者印度、黑人的，都可以被歐洲人理解……歐洲人可以在自己設想的限制環境之中投射自己……只要他能蒐集足夠的資料」(頁四六—四七)；或者像羅提(Richard Rorty)那麼實用：「我們該作的是住進該地裡去，住得夠久，以便理解他們如何看待我們，以及他們有什麼觀念是我們可以用的」(頁六一)；但是葛林布雷面對著殖民文獻，卻只願擔任歐洲文本實踐的分析及中介者，他始終沒進入到作品之中更底層的殖民者與被殖民者交織混成的結構，以及由這種結構所導致的焦慮、痛苦、暴力及文化交流中的互動與感染，這些面向雖然都是在帝國主義的觀點籠罩下，但卻是帝國主義式的凝視與控制（或監視）之中的盲點。巴峇對殖民者與被殖民者雙方所交涉的中間地帶的矛盾及混雜性(in-betweenness)曾被葛林布雷提及，然而葛林布雷所採取的批評模式是中介，而非在交涉中間的含混地帶，因此他對驚異如何佔有哥倫布，如何讓他在欲求佔有及無力完全佔有之間搖擺，感受到殖民者的內在矛盾，並未著力鋪寫。同時，他也不像普列特(Mary Louise Pratt)那麼注意遊記中文化交流，接觸的彼此往來，批判的活動。事實上，在哥倫布的論述之中，驚異與焦慮兩種情緒此起彼落，在他的販賣奴隸論述裡，一方面對奴隸的喪失人性（食人族）有所批評，認爲他們與禽獸無異，另一方面卻又對自己販賣人口有所不安，在信件中也表達出想恢復食人族人性的說法，彷彿將食人族送出美洲後，他們便會學到歐洲人的文化及理性，因此變爲人類的成員。在同一文件裡，對異類與同類的說法使得人文主義及基督教理不攻自破，而哥倫布卻不斷以基督教義去彌補這種破綻。在他對野人的驚異文件中，他時而表示瞧不起，時而讚美，而大部分時間則在不解與驚異之中感到焦慮與不安。南迪(Ashis Nandy)總結了以往殖民論述，得出的結論是：殖民者與被殖民者一樣都受到殖民經驗的破壞，最明顯的例子之一是吉普林(Rudyard Kipling)(*The Intimate Enemy* 頁六三〇—七〇)。這種見解在法農的著作，特別是《*The Wretched of the Earth*》裡所說的暴力向外、向內均構成傷害，而最大的焦慮莫過於彼此無法掌握對方所引發的猜忌、懷疑、失控。統治者或殖民者的語言只被模仿、嘲弄，只能發揮它官方的功能，而在被殖民者身上，統治者的語言反而成了護身符，隨時可以將之扭曲、運用，進行利益的協商或反抗。巴峇在一些十八、九世紀的英國殖民文獻中找出許多這種錯綜複雜的模仿戲耍(mimicry)，同時也在殖民論述之中析出其中的矛盾與含混面向，一再顯示殖民者的失控及被操縱的餘地。這個餘地既是在歐洲文化中心裡，同時也在殖民地上，但是在某一特定的歷史與地理局限裡，這個餘地常遭再現或文本策略所掩蓋。在傅柯(Michel Foucault)的《字與物》(*The Order of Things*)裡，生命、語言、勞力的論述透過再現的限制及其反省，獲致本身的自主性，以至於興起人文科學，最後傅柯提出精神分析與人類學作爲西方人文科學理解他人的兩大典範，彷彿不可理解或驚異的餘地已不復存在。雖然傅柯在《知識的考掘》(*The Archaeology of Knowledge*)對斷絕及餘地有些討論，但是他後來的著作如《訓練與懲戒》(*Discipline and Punish*)及四冊《性史》均以監督、無所不看的凝視來顯示權力的不留餘地，連私生活都受到論述的塑造。有趣的是，傅柯所採用的邊沁(Bentham)是來自殖民地教育的模式，然而在傅柯的論述中，殖民論述卻是一個不成問題的起點。薩伊德(Edward Said)、史比維克(Gayatri Spivak)、楊(Robert Young)、巴峇均對傅柯提出十分深入的批評；不過，較少人注意到傅柯對新歷史主義的影響及這種影響所構成的殖民論述(Young，頁八一—九○；頁一五九 note 17)。

傅柯對新歷史主義及新歷史(La nouvelle histoire)的影響是衆所皆知（有關新歷史見Burke)，新歷史主義者喜歡研究種種文化發達，如遊行、札記、宮廷布置、教會諭示、仕女手册、醫療手册、巫術及反巫術的文件、衣飾、建築等，尤其是宮廷所建立的權力中心、女王的身體，或權威展示的儀典，均是新歷史主義者的重要材料，這種現象有一部分是受到傅柯的啓發，而且許多新歷史主義者也試圖補充傅柯。不過，由於傅柯對殖民問題的忽視，許多新歷史主義者也往往只停留在歐洲中心主義的論述中，僅對性別、種族作文本策略上的探討。鑒於這種保守作風，女性主義者或馬克思主義者及後殖民知識份子均不願加入新歷史主義的陣營。史比維克便說她對新歷史主義的側重邊緣(marginality)有所不滿，她認爲該注意的是邊際的歷史，重新去發明邊緣，作爲發展論點的地方，批判片刻的地點，以宣稱利益的地點，也就是將歷史帶進文學批評之中，去探討殖民地的問題，析出其中沒被寫出的問題，而不是只一味窮究中心的轉移，由宮廷到詩人、文本等的一再移位(*The Post-Colonial Critic*

頁一五六—五七）。

史比維克較堅持的論點是在後殖民時代裡，我們只能就現有的暴力結構去與之斡旋，而不是採雙方對立的觀點，想將殖民者與被殖民者從頭劃分。她對暴力結構的根源及其單方面的政治利益並不像薩伊德那麼執著（如Said, *Orientalism*），以柯也齊(J. M. Coetzee)的小說《讎》(*Foe*)爲例，她指出暴力根源無從追溯：「作品暗示我們再也無法恢復帝國的歷史，或以同樣的語言去找回祖國已經喪失了的文本。」（頁一六五）就機構的多重以及其開放結構等主題看，她與巴峇的立場是非常類似的，也因此他們均不屬於印度的「由下而起的歷史研究群」(the subaltern group)，認爲印度可脫離英國的影響，重新寫自己的歷史。巴峇提出「重新定位」(relocate)的觀念，去找出殖民論述中雙方無法掌握的含混空間，重新發展出發言地位；史比維克則主張就地協調，一方面接受另一方面則加以解構。除了這兩種立場外，後殖民知識份子往往在本質主義與二元對立之間尋找更加複雜、政治上更有力的觀點（見Gates; Goldberg; LaCapra等）。

在探究新歷史主義與後殖民論述的關聯，尤其放在葛林布雷身上時，我們不僅要重新回到傅柯身上去檢討殖民地如何被排除在其論述之外的問題，更應評估現代情境(modernity)在傅柯、威廉士的理論中佔何種地位，因爲傅柯大致上是以啓蒙(Enlightenment)爲分水嶺(見他的"What Is Enlightenment?"及"The Art of Telling the Truth")，而威廉士的著作也圍繞著十八世紀以來的現代情境問題（如他對現代小說、現代戲劇、鄉村與城市、寫作與政治等的注意）。現代情境所感受到的傳統隔絕與疲乏感(exhaustion)均是與殖民地的拓展或重新發現以前的歷史（野人）有相輔相成或齊頭並進之處。何以新歷史主義者往往要將中古或文藝復興視作現代情境或另一段歷史變化的開端？在殖民歷史正於黑暗大陸暗中展開的輝映下，這段變化與正統的傳承問題確實值得留意。正如史比維克所揭露的《簡愛》一書中的殖民問題，及薩伊德所看到的《曼斯菲爾公園》中的黑奴，正統歷史及現代情境之所以展開是部分藉助於殖民地的計畫，甚至於連現代情境的理論也建立在排除殖民論述之上。當然，我並不是說這是單純的排斥與包含權力之爭或是對立的模式，而是其中的含混交纏面向。以孟酬士(Louis Montrose)的話來說，文藝復興時代的研究不但要研究文本的歷史性，也得注意歷史的文本性，而在這個歷史的文本性上頭，我們或許得將孟酬士所提出的「主體化、臣服化」(subjectification)作某種程度的修正，這個名詞中的主體（subject）不只是歷史（歐洲歷史）的主體，及女王的臣屬，或者歷史變化的動作者，同時也是被奴役、被掩蓋或犧牲掉，但又引來驚異的他人(the subjected)。要探討這種「主體化、臣服化」的過程，我們得將新歷史主義的重點不只放在女王身邊或她的臣子（也就是一些殖民者），更應包括那些被殖民的人種，進而研究這雙方面的主體如何進行文化交涉、權力協商。

參考書目

Bhabha, Homi K. *The Location of Culture.* New York: Routledge, Forthcoming.

Burke, Peter, Ed. *New Perspectives on Historical Writing.* University Park: Penn State UP, 1992.

Gates, Henry Louis, Ed. "Race," *Writing, and Difference.* Chicago: U of Chicago P, 1986.

Goldberg, David Theo, Ed. *Anatomy of Racism.* Minneapolis: U of Minnesota P, 1990.

Greenblatt, Stephen. *Renaissance Self-fashioning.* Chicago: U of Chicago P, 1980.

———. *Shakespearean Negotiations.* Berkeley: U of California P, 1988.

———. *Learning to Curse.* New York: Routledge, 1990.

———. *Marvelous Possessions.* Chicago: U of Chicago P, 1991.

LaCapra, Dominick, Ed. *The Bounds of Race.* Ithaca: Cornell UP, 1991.

Montrose, Louis Adrian. "Renaissance Literary Studies and the Subject of History," *English Literary Renaissance* 16(1986): 5-12.

Nandy, Ashis. *The Intimate Enemy.* Delhi: Oxford UP, 1983.

Pease, Donald. "Toward a Sociology of Knowledge," *Consequences of Theory.* Eds. Jonathan

Arac and Barbara Johnson. Baltimore: Johns Hopkins UP, 1991. 108-53.

Pratt, Mary Louise. *Imperial Eyes.* New York: Routledge, 1992.

Rorty, Richard. "Cosmopolitanism without Emancipation," *Modernity aud Identity.* Eds. Scott Lash and Jonathan Friedman. Oxford: Blackwell, 1992. 59-72.

Sartre, Jean-Paul. *Existentialism aud Humanism.* Trans. Philip Mairot. New York: Haskell, 1948.

Spivak, Gayatri. *The Post-Colonial Critic.* New York: Routledge, 1991.

———. "Theory in the Margin," *Consequences of Theory* 154-80.

Young, Robert. *White Mythologies.* New York: Routledge, 1990.

在台灣談後現代與後殖民論述

一

傅柯(Michel Foucault)在《字與物》(英譯《*The Order of Things*》)最後一章裡，談到以精神分析與民族人類學研究兩種方法，去掌握他人文化。對他來說，精神分析是針對無意識的面向，以對話移位的方法，將他人視作本身，同時要被分析者將本身當作是他人，透過訴說的語言行爲，表達出他人的「眞正」面目；而民族誌則是對他人的客觀研究(如神話、風俗、禮儀等事與物之間的類比)，將他人視作歷史對象的實際紀錄。傅柯認爲，結合了這兩種主觀與客觀的方法，他人文化便顯得容易理解，幾乎是透明而毫無疑義(頁三七六)。

《字與物》主要是想去解釋十八世紀以降經濟、生理、語言學等科學，藉確認本身的限制與自足性，而奠定其科學地位的發展過程。傅柯以畫家在畫中再現自己，在同一空間中，呈顯同時性的自我反省這一個「空前未有」的現象（頁三一一六），作爲全書的「領導母題」，說明了西洋現代科學與現代性(modernity)的特殊風格；同時假想其本身的局限與自足性，藉此將局限化爲可能性。有關這個「同時性」(simultaneity)及將異時地加以同質化、同一空間化，以至於遺忘了西洋的經濟、生理、語言學與西方殖民主義相輔相成的另一段歷史，不少學者已指出傅柯的盲點(如Bhabha, Harootunian, Nandy)。

事實上，這種同時性與同質空間化的傾向，也正是西洋現代政治文化的精神所在，安德森(Benedict Anderson)便在他的《想像社群》裡，提出「印刷資本主義」的觀點，主張書籍（特別是小說）在十八世紀以後創造出在同一時間內設想同一個世界讀者，因而促成了民族主義或國家的認同過程；瓦納(Michael Warner)更進一步以這種「文字的共和國」去分析美國早期的文學對民主化的影響；在另一方面，哈伯瑪斯(Jurgen Habermas)則以「公共場域」(the public sphere)的觀念，去解釋十八世紀以來在公共場所進行的書報討論，如何強化了公共政策的論辯與形成過程。最近，在一次演說中，泰勒(Charles Taylor)更將這種同時性的思索推到極致，將西洋現代的政治文化區分爲四種模式：①人權社群；②市民社會；③經濟供需；④公共場域，就人們均需要基本人權，想建立國家與家庭之間的媒介社會，滿足經濟需求，或透過公共討論去奠定公共政策等形式，去瞭解社群及民族認同感。

然而，不管採取任何一種形式，這種西洋政治文化均假定某一群人是在同一時間內想像、促成同一件事情——基本人權、經濟或公共政策。這也就是泰勒何以堅持共同的「社會想像」(social imaginary)的原因。泰勒的「社會想像」與民主之內在矛盾說大致上是來自卡斯托黎亞第士(Cornelius Castoriadis)與雷佛(Claude Lefort)等人，但是並不如其他學者那麼強調異時及異質性(Castoriadis，頁二〇二—四〇．Lefort，頁一八一—二七二)，因此他的西洋現代的政治文化四大模式遂陷入大正統論述(grand narrative)，無法解決多元文化的問題。這一點在「市民社會」的討論以及〈體認他人的政治〉一文裡，均以黑格爾式的辯證對話邏輯，將他人設想爲對應的另一個主體，因此基於平等地位，可進一步達成彼此的相互體認與尊重。雖然泰勒相當同情歐美主流之外的其他文化，但是仍是在我們上述的同時性或同質空間思考架構中，將文化差異簡化爲在同一空間中的彼此交流，仍不脫西方啓蒙以來的現代文化邏輯，以至於他重新註釋黑格爾的「主奴」理論時，會認爲奴隸與主人其實是朋友與互惠的關係(見"The Politics of Recognition")，因此忽略了歷史中諸多殖民者及主人迫害他人的事件。

我將傅柯與泰勒的同質空間想像特別在此提出，是因爲有關這種現代情境與現代文化或政治形成的敘事體主要源自康德等人的啓蒙理論，而且在許多後現代的文化論述中，也依舊擺脫不了這種思考方式。最明顯的莫過於以跨國資本的文化邏輯去分析世界各地的後現代的文學、文化表達，或者表面上似乎完全相反，但實際上仍在同質空間中運作，以抗爭、對立的本土論述去發展後現代的另一個空間。因此之故，如何在現代論述中剔出其中的殖民論述，在同質空間的思考裡找到其他時間的衍生譜系(genealogy)，藉此將後現代與後殖民論述作一番釐清與區分，然後進一步去探討東亞及泛亞太地區談後現代的可能性及局限，可能是更加基本的工作。

二

要探討西方的現代情境(modernity)，自然得回到啓蒙(the Enlightenment)的思想上，而康德(Immanuel Kant)的〈何謂啓蒙?〉尤其是一大線索，由康德到傅柯，可說啓蒙的思想有跡可尋，而另一方面哈伯瑪斯則希望將啓蒙之後的哲學及科學加以重新闡述、揚棄，想發展出啓蒙未完成的溝通理性。因此，我們必須瞭解一下康德的見解，以及傅柯後來對啓蒙的看法轉變。

對康德而言，啓蒙意謂「反對迷信的革命」，也就是個人有勇氣去運用自己的理性，打倒別人所賦予的概念與偏見（頁三—四）。也就是由於公共與私人知識領域的區分，這種運用理性的自由才得以施展。例如一位教師或神職人員，只對少數人講授自己的心得時，在這種私下的場合裡知識勢必要受到職位及環境的限制，沒有絕對的自由；但是如果這位教師是對大衆負責任，要將自己的論述公諸於世，他就有「無限制的自由，去運用自己的理性，以自己的身分去說話」（頁六），擴大知識領域，糾正種種錯誤，使大衆得以進一步獲致啓蒙。知識的傳播者因此不但要爲大衆負責，同時也有義務啓迪後人，不能讓後人喪失知道眞理的機會，而學者的身分即是如此。矛盾的是，康德一方面歌頌個人運用理性的自由，另一方面卻暗設限制，對國家、政府的權力備加稱揚，儼然大衆需要監護。他在結論說：「民間得到愈大的自由似乎對人民的心靈自由愈有好處，但是也難免要對之設限；反而是較少的民間自由倒能使得每個人盡其所能發揮才能」（頁一〇）。因此，康德這篇看似歌頌心靈自由的著作，實際上卻替統治階級與其尊嚴作合法化的說明。當然，心靈自由並非無條件能成立的，但是理性是否得在政府設下限制之下運作，發揮其公共場域之中的功能，則令人懷疑。康德對公私的劃分，除了矮化私下的空間，將教室、教堂、家庭一律視作私下知識與個人職位、利益妥協的空間，而且把國家與社會（公共場域）、世界與歐洲（或德國）化約爲同一個施展知識與權力支配的霸權機構。李歐塔(Jeans-Francois Lyotard)認爲康德的歷史觀是一種批判反省的哲學，因此康德常以法官的比喻來說明歷史是一件只能以目前的司法詞彙受理的案子，但是透過接受與反省司法詞彙的限制的處理與協商過程，卻可邁向另一個自由原則，擺脫歷史的機械因果(*The Sign of History* 頁一六八—六九)。如果李歐塔的說法可以成立的話，那麼康德是在他的時代限制下，以相當矛盾而有點反諷的方式，道出心靈自由的限制及其可能性。

不過，也因此，康德的反省哲學有其歷史組構條件，同時也讓他的歷史觀與德國以外的其他文化（尤其其他被殖民、正被「啓蒙」的社會）形成某種關係。基於這種歷史關係，康德的啓蒙論便在歐洲歷史主宰權上奠定定位，不僅面對其他文化、文明，更是針對本身的限制與轉折。

精神分析、民族人類學此兩門學科何以會在西方現代化的過程中崛起，傅柯即認爲是一種西方歷史的限制與組構，以便因應本身文化及其他社會的問題，他說：這種理論雖與所有人類的歷史有關，其實只應屬於西方歷史，而且是在「純粹理論的模式中與其他文化產生關聯」（*The Order of Things* 頁三七七）。雖然殖民主義在這段西方現代歷史中是存在而近乎「不可避免」的事實，但是西方人文科學的興起卻將之轉變爲「某種特殊的關係及移位作用」的「冷靜暴力」（calm violence）。然而，這一種「冷靜暴力」的策略是否可以使得西方的現代文化與政治形式脫離其他社會所造成的都會文化夢魘？是否在有意識地加以壓抑並加以合理化、「淡化」的活動中，反而道出眞正的歷史暴力不斷以「遭壓抑的始終要回頭來困擾人」的方式，在大都會的無意識文化（如現代文化的文學與學術表達）裡再現？這一段理性與非理性、意識與無意識、自我與他人（啓蒙者與被啓蒙者）之間的「特殊關係」及其歷史性，是否恰可構成了精神分析及民族人類學理論及作爲，同時也是西方有關現代性論述的盲點以及另一個可能的新起點？

傅柯於一九八三年在法蘭西學院的院士致詞演說中，即以〈何謂啓蒙?〉爲題，指出康德側重現在，把現在視作是思想、知識與哲學的內涵過程。由於是將現在與過去完全分開來，現代情境的問題遂應運而生，因爲現代人開始探索現在的特性，這種現代性既是所有人一起參與的知識轉變過程，同時也是由個人憑其勇氣運用一己的理性及其權威去達成的心靈自主活動。值得注意的是，傅柯一方面說啓蒙是西方的特殊歷史事件，另一方面他卻認爲啓蒙是個歷史變遷，影響了全人類的政治與社會存在（頁三五），因此是個波及全人類的「普遍問題」及「政治問題」（頁三七）。啓蒙可說是一種態度上的改變，而由於這種態度的改變，現在及當今的現實成了刻不容緩，急需瞭解、反省及批判，以免理性淪爲獨斷與異質的權威，因此產生了現代情境的感受。傅柯反對分期（如前現代、現代、後現代），而把重點放在現代的態度上，也就是現代如何與反現代(Countermodernity)的態度彼此糾纏、抗爭的過程。在此一個重要的關鍵上，波特萊爾(Charles-Pierre Baudelaire)是個代表人物，因此傅柯從康德跳至波特萊爾（其實尼采更是此一典型）。波特萊爾筆下的現代人並非是個浪遊者(flaneur)，而是不斷在人類的大沙漠上穿梭，尋找一種普遍的持久的歷史詩歌，並透過轉化現實世界的英雄行爲（抒情詩及歷史的寫作），創出新的自我：在藝術、詩中自主存在的新自我。

討論了康德的理性自主性及波特萊爾的自我自主性之後，傅柯接著以正、反面的立場，去評估啓蒙的歷史條件及其影響。他提出知識衍生學(genealogy)的設計及知識考掘學

(archaeology)的方法，希望藉此找到一途徑，以便「處理一些訴說出我們的想法、言語及行爲的論述情況」，並發展出新觀點、動力，釋出已被確切定義的心靈自由活動，避免重複傳統的思考模式或運用那些傳統去爲另一文化、社會、思維方式、世界觀強作解人（頁四六）。換句話說，啓蒙方面是歐洲某一特定時期的歷史事件，另一方面則是一種「歷史與實際的局限考驗，要我們透過自我的批判本體論，去超越限制，從本身的限制中理解那一層限制並進一步完成自我解放的工作，使自己成爲自由的人」（頁四七）。針對這種自我批判的本體論，傳柯指出學科、訓練與教化的知識技術與權力關係不但密邇不可分，而且逐漸加強中，知識、權力、倫理這三面向因此是我們在瞭解自我是知識（權力或道德）主體時，必須反省的課題，尤其碰到如理性與瘋狂、疾病與健康、犯罪與法律、性別關係角色等的區分與排斥他人的作法。

有趣的是傳柯的知識衍生學與考掘學是一種歷史的「重複衝動」(the repetition compulsion)，而且是尼采式的重複模式，想藉重複歷史的限制，從中找到英雄人物及權力意志的取代片刻，這種重複衝動不斷針對歷史本身限制，並透過重複去展現差異(repetition with difference)。在十九、二十世紀的歐洲思想史上，除了尼采式的重複之外，仍有弗洛依德(Sigmund Freud)及齊克果(Soren Kierkegaard)的重複衝動說。齊克果主張以重複去回味神與基督、基督與人之間的宗教與倫理關係，而弗洛依德則提出「重複衝動」說明分析者與被分析者如何運用這種衝動，去推展（而不是解決）心理與精神的創痛。被分析者一旦進入重複衝動，則勢必去重新經歷舊有的創痛。不過，事情已變得極其複雜，因爲創痛已轉化、約縮爲其他的象徵、夢或症候，因此重複衝動要選擇其中的某些符號加以重複，並在重複之中，又推出更多的問題或自我分析。

傅柯對康德的〈何謂啓蒙？〉及自我的演說，先後以重複衝動的方式，去重新探討現代情境。在他去世之前不久，他又改寫了自己的文章，以重複但有所不同的方式，將文章易名爲〈講述眞相的藝術〉，這篇修正稿可說是傅柯從尼采式的重複邁入弗洛依德式的重複衝動：無意識的歷史及符號價值成了眞正的要點，而不再是理性或自我的自主性。對現代情境這個問題，傅柯基本上仍採批判哲學的立場，探索主體在現代的歸屬、關聯及地位，但很明顯的不同是，傅柯指出歷史因果的問題：要由果溯因，得先讓某個歷史事件先成立才行（頁九〇）。他接下去便說：「我們不能只探索什麼推動了進步的前因後果；我們得在歷史之中，孤立一個事件，找到有個符號價值的事件。」因此之故，事件與符號價值的關係變成不再那麼容易決定，例如啓蒙對下層階級或其他民族而言，是否構成事件？是否具有不同的符號價值？傅柯也指出康德除了寫〈何謂啓蒙？〉之外，也是〈何謂革命？〉的作者，在〈何謂革命？〉裡，康德碰到的問題是誰的革命？誰的意義？這一連串的問題。歷史似乎已不再是可理性預期或由上而下的方式去理解，歷史反而是由下而上的活動，符號的價值不斷變更，因此對這些變數，如何孤立某一事件，以誰的論述，根據誰的立場或利益，便成了批判哲學及有關後現代或後殖民研究的難題了。

三

如果我們採傅柯最晚期有關啓蒙（講述眞相的藝術）此一看法，那麼很明顯，不僅西方現代的文化論述並未觸及其他社會，而且連最新的後現代或後殖民理論也無法用來描述或解釋一些未受啓蒙直接影響的其他文化。因此之故，以歐美後啓蒙、後現代的觀點，或以非洲、印度、中南美洲爲準所發展出的後殖民論述，自然無法宣稱其普遍確效性，尤其在台灣或亞太地區去檢示這些論述，難免要覺得這些理論格格不入，或者覺得這些理論只能描述、解釋、預期或預設某些層面而已，並無法深入瞭解我們社會目前的狀況。由於理論的失當以及部分學者長期以來的實驗、試用、引介與強作解人，從台灣來談後現代或後殖民經驗已不再那麼簡單；更不是提倡本土論述，揚棄理論，即能解決。要切入理論與社會現實的爭辯空間之前，我們得先整理一下後現代文化論述的脈絡，並將這些理論與西洋現代的文化或政治形式作某種程度的關聯。透過這種整理，我們或許會明白後現代的描述(descriptive)及先導(prescriptive)策略有其內在的矛盾，同時也可看出後現代文化論述如何將他人文化轉化爲「正被弱勢化」(minoritizing)的族群與風尚，以至於未能具體面對與自己完全不同的其他社會。基於這種領悟，我們可進一步瀏覽西洋人類學的演變及人類學與殖民政策（或就一目前的傾向而言，後殖民論述）的微妙關係，然後能對某些後殖民批評家的論述提出修正的意見。

後現代的文化論述崇尚多元、流動、異質、反諷、演現功能(performativity)等，已成了學者耳熟能詳的慣用語彙。在這些詞彙底下是跨國經濟及文化交流所形成的資訊消費及族群認同膨脹內爆(implosion)的現象，因此時尚、設計、程式及建築成了最明顯的指標，讓世人運用日愈濃縮的時空及歷史意識，企圖去描述當前無以名之或表陳(unpresentable)的文化現象，準此，語言與現代藝術橫跨資訊網絡所達成的新格局及其演出是李歐塔的「後現代情境」；由影視媒體所創出的超現實及擬像作用構成了布希亞(Jean Baudrillard)的後現代社會消費美學；公共性及公共場域淪爲公共形象(publicity)則是哈伯瑪斯不斷想糾正的後現代與新保守畸形文化；歷史深度的喪失，以及個人莫名所以的「懷舊」(nostalgia)底下所暗含的欲求與敍事之間的無意識張力，是詹明信(Fredric Jameson)綜採法、德、美的後現代文化論述，將之納入遲來的馬克思社會批評「二度演繹」(secondary elaboration)，所嘗試要組構出的後現代烏托邦衝動；而一切則以美國公共建築及國宅的毀於一旦作爲後現代解放的開端，女性主義、同性戀示威及多元文化問題則是在這一連串運動及文化與主體解構過程之中的幾項成就，雖然在後現代的社會中，大衆通常是以冷漠、不解或兩難矛盾的(ambivalent)

態度看待這些「新社會運動」，或弱勢團體的「市民權力抗爭」。這些後現代的活動及解釋方式可說不一而足，反對的聲音在分量上也頗爲可觀，因而形成後現代已經死亡或已經後後現代的說法。

平心而論，後現代文化論述是當代社會面臨公共與私人場域不分，個人的視覺與想像思維不斷被媒體所感染；另一方面，由於歐美國宅與公共住宅建築的失敗，商業及居住空間成了跨國經濟、設計、素材(materials)及居住者之間的建構與協商此一無法透視的空間：一大片的玻璃體，卻只迴映周遭的事物，外人卻看不透，或者住宅內部十分繁複，個人的歷史與社會或家庭的過去及未來等成分交織，而在半公共空間（如客廳）之中，又開拓出私人的地理位置及社會態勢等。雖然後現代文化論述放棄了普遍的宣稱，將焦點放在小敘事體、本土的知識或大小傳統交匯並置的局面，但是後現代文化論述的古典代表人物（如李歐塔、布希亞等）卻由描述邁入先導與預示的模式，以至於無法面對其他文化，如布希亞的《美國》純是他個人後現代的想像及其描述美學的投射，或如李歐塔始終以康德的「雄渾」或前衛藝術的「非人化」去瞭解當代的文化與政治；甚至於如詹明信，不斷以跨國經濟與第三世界魔幻寫實的觀點去處理南非、西非、中國大陸、台灣或中南美洲的小說、電影，已將先導式的後現代文化邏輯推至走不通的路上去。

事實上，較有趣而可能較有意義的作法，是探討跨國經濟與文化交流所造成的多種正面與反面影響，其中一個重點是非歐美國家的雙語(bilingual)知識份子或多語資訊的消費與再生產行爲，其他幾個重點尚有不少，如（一）、研究非歐美國家迅速而飢不擇食地現代化後，如何保存或調整傳統生活方式與意識形態（在部分東亞地區，如新儒學；在南亞地區，如印度教；在中東地區，如回教），也就是在這種邁入新殖民主義所左右的地區，不同訓練背景（如留歐、美或本土）及譜系（年代、身世等）的學者如何在跨國經濟、學術架構下，針對本地的政治、社會、文化問題，提出自己的看法；（二）、在國際公共場域的勢力不斷以媒體、救援、醫衛、技術轉移（含學術、藝術）、調查報告、軍事行動等方式形成國家、政府、民族、族群的認同問題時，如何因應這種認同政治(identity politics)的危機，而依舊能夠、面對迫切的認同問題？（三）、相應於日益頻繁的去中心、去經典與移民或文化交流等活動，非歐美的地區如何翻譯、運用其他世界的資訊，同時非歐美地區的文化資訊又如何被翻譯到歐美世界，其領受(reception)的情況又如何？什麼是翻譯與領受的標準？（四）、藝術演出與公共論述(public discourse)在逐漸國際化同時也愈來愈凸顯國際不均勻的文化政治局勢下，如何定位並發揮其作用？都市及其公共空間（如藝術館、廣場、劇場、街道、咖啡館內部、地下音樂與影視空間等）如何呈現其新形象或功能？而面對這些變化，舊有的文化評論形式（如副刊、書評、藝評、樂評）如何與逐漸喪失興趣的本土大眾或開始感到興趣的外地文化社群產生互動？（五）、跨國藝術贊助機構在促進某種文化或政治形式的交流上，如何發揮其作用

（如在學術典範、外交、軍事、政治等）？類似或其他重要的研究項目可以說仍很多。我認爲一大關鍵在於，非歐美世界中雙語知識份子及雙語以上的消費行爲目前不斷增加，這些知識份子（學者、新聞媒體的專欄作家、編輯、貿易商及代表、文化工作者等）來往於歐美與本地之間，以種種語文、文化、政經的表達，已使得後現代的情境比李歐塔等人想像的還複雜，因此如何看待這種雙語或雙語以上的文化現象，分析並反省其中所蘊含的不同文化衍生譜系（genealogies），便成了研究其他文化或社會一大要點。就這一點，也許我們可回到一開始對傅柯的評論，並回顧一下西方民族人類學的發展，然後再探討後殖民論述在其他社會的可行性。

四

傅柯在《字與物》結論，將殖民的經驗說成是「冷靜的暴力」，而且是以同質空間想像去處理西洋的現代人文科學史，他提出精神分析與民族人類學作爲瞭解他人文化的兩大方法。他這種考掘學其實是將其他社會存而不論，並將存而不論的抹除活動視作是人文科學自身的局限及其達成自足性的矛盾條件。我們提過，可用精神分析的方式去重新反省傅柯對現代情境的論述，而一個重點就是西洋的現代情境與殖民作爲其實是文化意識與無意識的兩面活動。

西洋現代的人類學，如史達金(George Stocking)等人指出，是與殖民者在異地蒐集奇怪、陌生的對象，並進行分類、展示、綜合，而發展出的學科，進入二十世紀之後，人類學家仍以田野調查、民族誌去記錄其他社會的儀典、社會及文化行爲，要到了象徵（或文化）人類學興起後，對文化的研究才從蒐集、描述，進入較深入的文化價值系統研究，而在另一方面，結構主義人類學則促成了人類行爲的意義體系的解釋與比較，象徵人類學雖不像以前的人類學家那麼實證、客觀，卻也繼承了功能主義社會學的傳統，而結構主義人類學家則更將客觀性放在人類的底層結構及語言、神話的因素上。從七〇年代末期，尤其到了八〇年代時，一些人類學家及民族誌學者（大部分在芝加哥大學出現）開始吸收文化研究與文學批評者的論點，將焦點轉移至再現與權力、族群或性別的文化建構過程，逐漸挑戰傳統所謂的客觀及對人的研究，影響所及，民族誌的歷史性(historicity)及文本性(textuality)，特別是維持民族誌的機構（如美術館、自然科學館及學院），突然變成了問題。這時也碰到以往在歐美受教育的非歐美族裔學者開始以歐美語系的論述，針對再現的文化政治，提出尖銳的批評(如Edward Said, Trihn Mihn-ha等），而更有來自後殖民地（如非洲、印度）的學者，紛紛闡述被壓下去的聲音，後殖民論述與歐美（尤其美國）的多元文化論述霎時透過新社會運動的推波助瀾，變成了人類學上的後現代式扭轉（相對於六〇年代的象徵語言式扭轉）。如此一來，

「我們」的客觀性已就其內部（性別、主體、認同、族群意識、階級等）起了分歧與差異，到底「我們」是誰已成了疑義，同時「他人」(the Other)也是個問題。

對於他人的問題，薩伊德(Edward Said)針對刻板印象與西方歷史、政治、學院之間的相互強化意識形態結構，去批駁帝國主義；女性及第三世界的女性論述更進一步解構殖民與父權體制的沆瀣一氣；在這些人的論述裡，「他人」基本上是西方論述的組構，因此只能由「他人」自我的觀點才能眞正表達。反諷的是，這種作法反而陷入多元文化之中的「弱勢化」，自居於弱勢，以至於淪爲不再被表陳，或就其本身而言，不再能作自我反省的困境。如何有聲音，就自己的「經驗」訴說，而不至於被強勢文化容忍、挪用，或一味強調本質，而忽略「本質」的歷史及論述組構過程，遂成了一大問題。

後殖民論述者企圖擺脫從 Albert Memmi、Frantz Fanon 到 Subaltern group 的強調本質作法，但又得提出面對現代化時，本土文化如何倖存的策略(如Homi Bhabha)，或針對第一世界所形成的「暴力結構」，就其內在的矛盾加以定位，並重新與之「協商」，透過解讀去重組權力關係(如Gayatri Spivak)，或重新檢討殖民時期的翻譯活動(如Tajaswini Niranjana)、宗教儀式的作用(如Michael Taussig)，及歷史記憶等(見Nicholas B. Dirks et al.)，目前，已是學院內外的一股大力量。

然而，這些後殖民者的論述大致上是以非洲、印度的經驗爲準，這些地區主要是英、法、德、美的殖民地，殖民經驗與許多亞太地區的殖民經驗並不相同。以香港爲例，香港雖是英國最後一個殖民地，其地位卻因財經、文化地位的特殊，更因面積的狹小，公共政策的容易成功，比起十九世紀的印度，眞有天壤之別。但是經濟與教育條件好卻不能擔保香港有朝一日會成爲後殖民地，因爲一九九七年香港又得成爲中國大陸的一部分，就某一程度上說，將淪爲中國的殖民地，亦即後殖民之日在可見的未來並不會降臨香港，而且這個不可能成爲後殖民的殖民地卻遠比它的殖民者（中國大陸）要現代化許多，這乃是非洲、印度所沒有過的殖民經驗。因此，對香港或台灣等地來說，後殖民論述未必能成立。台灣的過去有很多面向是香港在一九九七年才會遇到的經驗，而由於族群、政治認同的問題，在各種原住、移民階段的歷史及文化差異上，更顯得難纏。在此地談後殖民、後現代，事實上已有幾分新殖民的味道，是在推介或進口歐美理論。

爲了避免盲目地陷入後現代或後殖民的論述，但又不能不兼容這些論述，並對其歷史論述塑造過程有所反省，我想在台灣談後現代或後殖民得明白：（一）、後現代（至少古典後現代）有其西方現代情境下的局限；（二）、後殖民是在具體歷史經驗中發展出的論述，對其他社會不一定適用；（三）、目前在亞太地區所發展出的雙語（或雙語以上）的資訊消費與再生產現象，已非這些理論所能掌握；（四）、如何以亞太文化經驗，在後殖民與後現代的差距之間，找出另一條路，至少對雙語知識份子而言，可能是個挑戰。

（本文爲國科會專案補助之研究計畫〔編號HSC 81-0301-H-007-517-E1〕成果報告之㈠）

引用書目

Anderson, Benedict. *The Imagined Community.* 2nd Ed. London: Verso, 1992.

Arac, Jonathan, Ed. *Postmodernism and Politics.* Minneapolis: U of Minnesota P, 1986.

Baudrillard, Jean. *America.* London: Verso, 1988.

Revenge of the Crystal. London: Pluto, 1990.

Benjamin, Walter. *Charles Baudelaire.* London: NLB, 1968.

Bhabha, Homi. *The Location of Culture.* New York: Routledge, 1993.

Calhoun, Craig. Civil Society and Public Sphere. A paper presented at the Internation-alization of the Public Sphere Conference, Center for Psychosocial Studies, Chicago, July 29-August 3, 1992.

Castoriadis, Cornelius. *L'Institution Imaginaire de la société.* Paris: seuil, 1975.

Dirks, Nicholas B., Ed. *Colonialism and Culture.* Ann Arbor: U of Michigan P, 1992.

Foucault, Michel. *The Order of Things.* New York: Vintage, 1970.

"What Is Enlightenment?" *The Foucault Reader*. New York: Pantheon, 1984.

"The Art of Telling the Truth." *Politics, Philosophy, Culture*. New York: Routledge, 1988.

Habermas, Jürgen. *The Structural Transformation of the Public Sphere*. Cam-bridge: MIT P, 1962(1989).

The Philosophical Discourse of Modernity. Cambridge: MIT P, 1987.

Jameson, Fredric. *Postmodernism*. Durham: Duke UP, 1991.

Kant, Immanuel. "What Is Enlightenment?" *On History*. London: Macmillan, 1963.

Karp, Ivan, and Steven Lavine, Eds. *Exhibiting Cultures*. Washington: Smithsonian, 1992.

Karp, Ivan et al. *Museums and Communities*. Washington: Smithsonian, 1992.

Lefort, Claude. *L'Invention democratique*. Paris: Fayard, 1981.

Lumley, Robert, Ed. *The Museum Time Machine*. New York: Routledge, 1988.

Lyotard, Jean-Francois. *The Postmodern Condition*. Minneapolis: U of Minnesota P, 1984.

———• "The Sign of History," *Poststructuralism and the Question of History*. Cambridge: Cambridge UP. 1987.

———• *The Inhuman*. Stanford: Stanford UP, 1991.

Milner, Andrew, et al. *Postmodern Conditions*. New York: Berg, 1990.

Niranjana, Tejaswini. *Siting Translation*. Berkeley: U of California P, 1992.

Spivak, Gayatri C. *The Postcolonial Critic.* New York: Routledge, 1991.

Stocking, George. *Race, Culture, and Evolution.* New York: Free, 1968.

Taussig, Michael. *Shamanism, Colonialism, and the Wild Man.* Chicago: U of Chicago P, 1987.

Taylor, Charles. "Modes of Civil Society," *Public Culture* 3, 1: 95-118, 1991.

———. "The Politics of Recognition," Working Paper No. 50, Center for Psychosocial Studies, Chicago, 1992.

———. 1992-93. "The Political Culture of Western Modernity," A paper presented at the International Conference on Cultural Criticism, Chinese U of Hong Kong, Dec. 29, 1992-Jan. 10, 1993.

Warner, Michael. *The Republic of Letters.* Cambridge: Harvard UP, 1990.

後現代的馬克思主義者：詹明信

後現代主義者與馬克思主義者的身分通常是不能並存的，正如詹明信（Fredric R. Jameson)在一篇答辯中所說，馬克思主義令人想起列寧及蘇聯的革命，而後現代主義則總是與華麗的大飯店密切關聯。但是詹明信認爲他在後現代主義的潮流中，依然可維持其馬克思主義的立場，這種情景是他以自我解嘲的方式所描繪的：在小小的、念舊的（而且十分仔細重建過的舊式）旅館裡，牆上及房間裡滿是一些舊照片，四周是蘇俄的侍者無精打采地送上很糟的俄國菜，雖然看起來很鰓的樣子，可是建築物卻閃亮發光，全新的粉紅間雜藍色，展現出應有盡有的奢華享受(*Marxism and Postmodernism* 頁三六九)。不管這種形象有多麼不和諧、詭異，詹明信的後現代馬克思主義是有他的華美、博雜及矛盾之處，而這也是他與薩伊德(Edward W. Said)、伊果頓(Terry Eagleton)這些馬克思主義者相當不同的地方。

詹明信的理論龐雜一如他在《後現代主義》一書中所說的「雜匯」(pastiche)，但是馬克思的觀點一直是他企圖整合後結構主義的「絕對層面」(the absolute horizon)(*The Political Unconscious* 頁一七)。他從沙特(Jean-Paul Sartre)到布希亞(Jean Baudrillard)，乃至又回歸阿多諾(Theodor Adorno)，並在這過程中消融了拉崗(Jacques Lacan)、阿圖塞(Louis Althusser)、德希達(Jacques Derrida)、葛雷瑪士(A. J. Greimas)、傅萊(Northrop Frye)、巴赫定(Mikhail M. Bakhtin)等等批評家、理論家的見解，自形構、結構、後結構主義中不斷提鍊出統一性的精髓，締建起由跨國、跨時代的理論所支撐的後現代馬克思理論。詹明信不但是要以後現代的觀點去重讀現代主義，而且還要把這種觀點納入馬克思主義中，看待後現代及後結構主義是某種「遲來」的馬克思主義（並不必是「後」馬克思主義）。

詹明信是一九三四年四月十四日出生，在耶魯大學法文系拿到博士學位，博士論文是他於一九六一年出版的《沙特某風格的緣起》(*Sartre: The Origins of a Style*)，從這本書已可看出詹明信日後的思想路線，特別是沙特對統一性(totality)的辯證批判及對中國大陸的文化革命(或所有第三世界的文化政治)所產生的憧憬均在詹明信身上擴大實現：以政治潛意識的文本理論所建立起來的馬克思主義詮釋學及後現代主義的第三世界文學、電影研究。一九六七年，詹明信離開哈佛大學的講師職位，到加州大學聖地牙哥分校的文學系擔任副教授，在一九六七年到一九七六年之間，他陸續寫了兩本書及許多論文，主要是探討新馬克思主義者及結構主義者，同時對科幻小說、現代主義的小說也廣泛接觸，這些作品對他較晚近的理論發展作了奠基礎的工夫，而阿多諾則成了他最感興趣的思想家，這可在他的近作《*Late Marxism*》看出。一九七六年，詹明信以教授的身分回到母校耶魯的法文系——他拿學位的地方。到一九八三年，他又回加州，加入加州大學聖塔克魯絲校區的文學師資，一九八七年他應杜克大學的聘約，出任文學及理論研究所所長，也主持了批判理論研究中心。一九七六年到一九八三年之間，詹明信置身解構批評（deconstruction）及後結構主義的大本營裡，卻愈來愈堅信馬克思主義。一九八一年出版了《政治無意識》（*The Political Unconscious*），儼然與薩伊德雙雙成爲美國最重要的馬克思主義者，和英國的威廉士（Raymond Williams）、伊果頓遙相呼應。

在他的《理論的意識形態》（*The Ideologies of Theory*）導言裡，詹明信認爲自己的理論發展於八〇年代前後可看出面向與旨趣上的差異，他看待這種變化是「從垂直到水平的轉變：從注意作品的多重面向及層次，到專究唯一適切可參與閱讀（或可參與寫作）的敍事體，觀察其中多重的交織；從詮釋的問題轉到歷史寫作的問題上；從試圖只挑句子來作解析的研究，轉到幾乎同樣不可能做到的嘗試，去探索生產的種種模式此一問題」（頁xxix）。在這種轉變的過程中，《政治無意識》可以說是個分水嶺，在這本書中，詹明信融合了中古的詮釋學架構，將它納入馬克思主義的歷史觀中，道出了作品透過敍事性（narrativity）所呈現的社會、政治潛意識，以其烏托邦的衝動，落實在文本與讀者的交感世界中，開展出歷史的新「必然」

與新現實(*The Political Unconscious* 頁二九—一〇二)。《政治無意識》因此提出了水平的歷史敘事論，把拉崗的「象徵秩序」(symbolic order)、阿圖塞的「結構多元因果決定論」(structural causuality)、巴赫定的「對話語言學」(translinguistics)等理論納入馬克思主義的世界史觀裡去。

不過，要理解一位專門以統合觀來看待文本與歷史的學者而言，我們勢必要把他的全部著作一併考慮，以統合性的觀念來閱讀全部的作品。因此詹明信的最初三本著作，《沙特》、《馬克思主義與形式》(*Marxism and Form*)、《文字之牢籠》(*The Prison-House of Language*)就得以他較晚期所發展出的後現代馬克思主義來重新轉述(transcoded)、重新理解。以詹明信在〈轉述伽達瑪〉("Transcoding Gadamer")這篇文章所說的術語來指述，早期的這三本著作得以後來的「生命情境」(life-situation)，也就是後現代與後結構主義所形成的「成見」(prejudice)去作「識域匯合」(fusion of horizons)。

《沙特》這本書表面上看來只是專究文學作品，而忽略了文學形式之外的政治層面，其實卻已昭示了詹明信做為後現代主義下的馬克思主義的抉擇與出路，這本書是採取了較傳統的風格分析，基本上是受惠於詹明信的恩師奧爾巴哈(Erich Auerbach)，在方法論上確實傾向於現象學，一如凱勒納(Douglas Kellner)所指出的（頁六—七）。但是，詹明信從奧爾巴哈處學到的是將文句、文本、社會、世界觀整個會通，以統合性的綜覽，從部分看出整體，這種讀法與他日後發展出來的政治潛意識說可說是相當一以貫之，而且也說明了他何以在七○年代時特別注意俄國的文評家巴赫定，甚至於到了八○年代會提出以文句的分析方式去看待建築、電影（*Postmodernism*），雖說建築如文句的說法早已有人說過。

沙特的文學著作也展現出批評家及知識份子的出路，詹明信從沙特身上就找到了通往馬克思主義的道路，同時也樹立了政治及文化批判的方向，進而由沙特的左派思想及不妥協作法，得到啓發，進入批判辯證的時期，對法蘭克福學派（The Frankfurt School）的阿多諾感到興趣。這種轉變在詹明信的第二本著作《馬克思主義與形式》就充分顯現了出來。這本書探究阿多諾、班雅明（Walter Benjamin）、盧卡奇（Georg Lukács）、馬庫色（Herbert Marcuse）、布魯赫（Erust Bloch），然後又回到沙特，希望藉此倡導批判辯證的新馬克思文學理論，不再受限於傳統的文學研究或古典及正統化且僵化的「粗俗馬克思主義」（vulgar Marxism）。在《馬克思主義與形式》裡，詹明信一方面以新的黑格爾馬克思主義的觀點，去整合批判理論，提出辯證的文學批判，主張把階級與社會看作是中介形成過程（mediation）裡的要素，在生命情境的必然決定之中加入自由斡旋的變數；另一方面，詹明信吸收了盧卡奇等人對「物化」（reification）的批判，將它轉化爲後現代文化中的通見現象，最明顯的例子是在〈後現代主義或後資本主義的文化邏輯〉一文中，所提出對比的塞尙與沃荷（Andy Wahol），以缺乏深度與通俗文化的藝術雜匯來形容後現代藝術的物化新面貌。

一九七一年，詹明信推出〈後設批判〉("Metacommentary")一文，這一篇文章可算是《馬克思主義與形式》與《文字之牢籠》的連接點，因爲在這一篇文章裡詹明信試圖提出具有批判性的詮釋學，融合各種立場與方法，形成較具系統的理論，雖然其中有許多見解是由《馬克思主義與形式》衍出，但已邁向《文字之牢籠》。《文字之牢籠》雖然是探究法國結構主義的專書，卻已觸及一些後結構主義者。這本書先對俄國的形構主義(Formalism)與結構主義納入他所謂的語言的典範：一切都在語言之中。他先從索緒爾(Ferdinand de Saussure)的語言理論作歸納，以順時性(synchronicity)爲原則，去討論形構主義與結構主義者如何把思想與社會現實加以形式、系統化，專究其結構的規則、結構及作用，而忽略了異時性的歷史思考。詹明信相信結構主義的發現有其貢獻，但得與異時的模式(也就是馬克思主義的觀點)一起來考察作品的結構及其意識形態，進而從中找出烏托邦的計畫，創造出另一種新的意境。

結構主義賦予意符(signifier)自主性，認爲意指(signified)無法鎖定意符，因而有意符本身的規律，完全是以差異與專斷會意(arbitrary)的原則運作，人們一運用語言勢必進入文字的世界，被文字宰制，就像下棋時，不是人下棋而是棋下人，人只能對規矩的熟悉程度做變化。詹明信後來把這種文字的自主性與意符及意指的斷裂現象，和西方的現代化、「除魅」、「去除神祕」理論並列，認爲那是現代主義的符號姿勢，雖然看似過分偏頗，卻值得以後現代的觀點再去重讀現代主義的作品及理論。事實上，《文字之牢籠》已顯示出詹明信對法國文學理論的綜覽博取，日後他即從法國結構主義及德國的批判理論中孕育出他的後現代馬克思主義。同時，這本書也爲他討論現代主義的著作《豪奪的寓言》(*Fables of Aggression*)(一九七九)在某一程度上做了預告。

在《豪奪的寓言》中，詹明信以溫頓・路易士(Wyndham Lewis)爲主題，討論路易士對現代主義的理論與實踐上的貢獻，他認爲路易士特殊之處在於接受社會的新共同形式，包括一些陳腔俗套(cliches)，並針對這些新形式提出新的敘事策略，讓小說變得幾乎不可讀；除了在美學上，路易士有他的怪癖，他對納粹的一度傾心也表現了這位現代主義的小說家的抗爭意識形態，以極竭的反女性、反人性與小說去進行現代主義的法西斯。由於路易士對二十世紀的現代化也有他怪癖的寫法，他一方面創出自己的歷史觀，而且也爲現代的小說家(如Vonnegut, Heller, Pynchon)鋪路。

《豪奪的寓言》是詹明信介於現代主義與後現代主義的作品，同時也開始將他的馬克思主義歷史觀在針對大戰之後的反共產主義聲浪中提出，作最系統、「豪奪」式的整合，因而寫出了他最爲重要的著作：《政治無意識》(一九八一)。《政治無意識》是詹明信最明顯提出他對政治、歷史、文本看法的理論鉅著，在一開始他便大言不慚地說：「馬克思主義的政治詮釋是所有閱讀、所有詮釋的絕對水平」(頁一七)。在這種前提之下，詹明信的馬克思主義自然囊括了所有的詮釋方法，而最明顯的便是阿圖塞、拉崗、傅萊、巴赫定等人的學說，這麼多的理論納於一堂，當然有其自相矛盾或層次含混之處(見Lacapra; West)，但是博雜也是詹明信的後現代馬克思主義特別的地方。他以馬克思主義的統一性水平將衆多的形構、結構、後結構主義吸收、「挪用」(appropricated)，用來闡明敘事體中所蘊含的「政治無意識」，也就是文本所無意識中揭發的社會經驗、政治問題及歷史遠景，文本在這種見解之下便成了意識形態的單位(Ideologemes)的大集結，在過去的敘述及未來的烏托邦之間展開與讀者和世界的對話。

想重新組構馬克思主義的詮釋學爲「絕對」水平，詹明信自然面對馬克思主義的理論與實踐問題。在這一層面上，他很狡黠地避開共產主義及第三國際這些棘手的歷史現實，而把這些交給像安德生 (Perry Anderson) 這樣的馬克思學者，他只關懷馬克思主義在上層(superstructure)與底層(base structure)的劃分問題，並針對阿圖塞所提出的「結構因果論」(Structural Causality)提出修正，而代之以拉崗的象徵秩序理論，以歷史爲始終無以企及的「眞」(Real)，是個「隱設的因」(absent cause)，只能在文本的敘事上作象徵、寄喻式的呈現與再現(representation)。傳統馬克思主義的失誤便在於未能洞察文本與社會現實的互動關係，而一味以單純的「反映論」去找出作品與社會經驗的因果對應關聯。「歷史」在詹明信的眼裡是個無法看清、就地掌握的實體，它一直與以往的敘事體牽扯，而且不只是以文本的形式出現，還在文本中隱沒。以詹明信常提到的比例來說，歷史這個符徵(figure)就像法國小說家史當達爾(Stendhal)筆下的拿破崙背影，正當士兵在戰役中看到那個短小精幹的身影，戴者奇怪的帽子，在馬背上奔馳而過，他並不瞭解他正處於歷史的片刻中。

相對於傳統馬克思主義所倡導的上、底層結構，詹明信把上、底層的成分加以擴充，並提出上、底層互動的說法。這種說法其實來自阿圖塞、馬秀黑(Louis Macherey)，但是詹明信的互動論又兼顧了馬克思主義者所關懷的文化實踐，以文本中的「政治無意識」，來導引出歷史的解放遠景。在這種互動而一直邁向更大的整體解放上，詹明信很像黑格爾。在《政治無意識》裡，詹明信因此特別標出黑格爾的「絕對精神」作爲十八世紀文化困境的超越方式：以不可能的第三因素爲出路(*The Political Unconscious* 頁五三)。但是爲了讓自己的黑格爾式馬克思主義不落入理想主義的窠臼之中，詹明信必須重新組構一個詮釋架構，從單一的文本到寄喩、政治、集體歷史四個層次一再推衍的過程，並以傅萊及巴赫定作爲中介，且納入央思雷夫(Louis Hjelmslev)的語言學中，把形式與內容的各自蘊含作爲分析文本的基礎。這個複雜的互動論，我們可用底下幾個圖加以說明：

(圖1) 上、底層結構

(a)

上層結構
- 文化
- 意識形態（哲學、宗教等）
- 法律系統
- 政治上層結構及國家

(b)

底層結構（經濟或生產模式）
- 生產關係（階級）
- 生產力（科技、生態、人口）

（以上是傳統的劃分）

(c)

生產模式或結構
- 文化
- 意識形態
- 法律
- 政治
- 經濟
- 生產關係
- 生產力

（按阿圖塞的分法）

經濟	生產關係
	轉動

（圖2）央思雷夫的文類形式與內容

- 形式
  - 表達：敘述結構
  - 內容：語意上的意義
- 內容
  - 表達：意識形態單位，敘事典範
  - 內容：社會與歷史素材

（圖3）文本詮釋的四個層次

歷史的	歷史的集體意義
德性、轉化的	社會的塑造與轉化
寄喻、比喻的	政治比喻、詮釋語碼
字面、描述的	文本、歷史事件或文本指涉

（圖1）表示出詹明信對傳統的上、底層結構截然二分的作法並不滿意，他自阿圖塞處發展出互動的見解，以結構來統納上、底層所有相互運作、影響、轉化的複雜決定過程，標出意識形態可參與生產關係，化爲經濟的生產力，而文本與社會之間的關係已不再是反映(reflection)，反而是反應(reaction)，與社會互動，導致社會的變化，因此就傳統馬克思主義的「必然」與「自由」而言，文本雖受「必然」的限制，卻道出歷史轉化的「自由」，進一步形成歷史的「必然」。

（圖2）是央思雷夫的文類表達及內容四大要素，詹明信對四相當執著，他所運用的傳萊的《文學批評解剖》(*Anatomy of Criticism*)、葛萊瑪士也都是以四種元素的分析架構去理解文本及社會現象。此處央思雷夫的體系構成了詹明信的文類模式及意識形態分析的參考架構，使他藉此能提出「意識形態的形式」(the ideology of form，頁九八—九九)。在這一點上，詹明信與黑登・懷特(Hayden White)倒十分類似，均對「形式的內容」特別注意。

（圖3）則是詹明信在《政治無意識》中一再運用的詮釋四個層次，由下而上，愈往上，愈往寓喻(tropological)及政治、精神分析的層面發展，首先是文本以描敘的手法，指涉歷史或文本的事件，其次是就政治事件、階級等作詮釋，然後再往上推是文本與文化、社會體系及其形成過程的交涉，最後則是文本所投射出的烏托邦衝動，解放全人類歷史的遠景。詮釋者的工作即在面對文本時，層層往上推衍出其中蘊藏的、並且遭到壓抑的「政治無意識」。

詹明信以曼德爾(Ernest Mandel)的理論爲根據，按照前資本主義期、資本主義及後資本主義期，來分析文學作品的政治潛意識，特別是針對小說所組構出的中產階段主體及其瓦解的過程。在浪漫傳奇及《咆哮山莊》中，詹明信找到共通的社會經驗及前資本主義的生產模式，《咆哮山莊》中的主人翁喜斯克利夫(Heathcliff)則代表資本主義進入前資本主義的莊園，導致舊秩序的崩潰，從此以後，我們便看到新的表達模式與資本主義的價值觀念不斷掘起，破壞了原來的統一，讓人物在慾求及社會經驗的支離破碎及物化之中掙扎（如巴爾扎克的人物）、失落（如吉辛的人物）、精神分裂（康拉德的吉姆爺等）。康拉德的小說尤其是二十世紀前半葉對日愈明顯的商品化現象做了現代主義式的回應，一方面爲支離的社會經驗，在極端個人化及社會化之間的矛盾，做種種掙扎，另一方面卻又對帝國主義及其侵略到的他人—第三世界，產生不安與畏懼，對宗教、價值、權力等核心課題提出質疑，最後使得中產階級的主體性崩潰，隨著意義的喪失這個中空狀態飄浮，作出許多無謂的抵抗與自我殘害。

但是康拉德的小說人物他們的掙扎、崩潰到了二十世紀後半葉卻完全改觀了，人們不再對物化、商品化感到不安，也對意義的膚淺不以爲意，反而用商品來包裝文化，讓深度淺化，這正是詹明信在〈後現代主義，或後資本主義時代的文化邏輯〉這篇文章的要點之一。詹明信雖然擁抱後現代主義，但他卻不得不再回到馬克思主義，對物化的傾向提出所謂的「認知識途」(Cognitive Mapping)，希望能藉認知發展出較清明的後現代主義。事實上，在最後現代的時候，詹明信都沒擺脫盧卡奇、阿多諾的理論，反而是把他們的現代主義美學給後現代化了，但是在他的後現代主義論述中，又往往想提出現代主義的計畫，這種矛盾在幾年來一直無法解決，最近他才想出以後現代主義的觀點去重讀現代主義，試圖藉此化解斷代及思想斷層上的困境。也是在這種心情下，他推出了《遲來的馬克思主義：阿多諾》及《後現代主義》。

詹明信是以生產模式做為劃分的標準，他按照資本主義的發展，理出各個時期的藝術形式，後現代主義則顯然與後資本主義時代相呼應，其分期的大概可見（圖4）。儘管這種劃分頗有掛一漏萬之嫌，但卻不失為一種方便的指標。詹明信本人對分期也有專文討論，主要仍是以馬克思主義者的關懷去歸納時代的統一性(見*Ideologies of Theory* 頁一七八—二〇八)。

（圖4）資本主義發展與藝術形式

①市場資本主義→寫實主義
②壟斷式帝國主義→現代主義

③跨國資本主義—後現代主義

對後現代主義的種種面貌，詹明信試圖以最完整的敍事來解說，並且對後現代文化的理論家如布希亞、李歐塔(Jean-Francois Lyotard)提出修正及綜合性的見解。對詹明信而言，後現代主義的主要特徵是：

> 一種新的無深度，這種無深度在當代的「理論」及形象或擬像的全新文化中一再延伸；隨之而起的是歷史性的削弱，不僅我們對大衆歷史缺乏歷史感，連我們私下的時間性也呈現出新的形式，以拉崗的話説，這種全然「精神分裂」的結構勢必決定了更加時間化的藝術之中的句法、行文關係的新模式；一種感情強度的全新模式，似乎又回到以前所謂的雄渾；還有以上這種種與新科技所形成的深入的建構關係，所建立起的新世界經濟體系；以及晚期跨國資本所帶來的新世界空間，令人目不暇給，我們置身其中，對政治藝術也得作些反省。(*Postmodernism* 頁五八)

詹明信認爲後現代主義發展出新的文化與社會形式，凡是資訊、消費行爲、藝術形式、生產模式無不與以前的時期大相逕庭，需以新的敍事理論去描述，然而在這個新的文化邏輯的敍述之中，其實馬克思主義或者修訂之後的新馬克思主義的影子卻充斥其中。一方面，詹明信挪用了布希亞、李歐塔、德勒士、拉崗等人有關「擬像」(simulacrum)、「雄渾」(sublime)、「精神分裂」(schizophrenia)的見解，但在另一方面，他卻把後現代主義放進馬克思主義的架構中，從生產模式的轉變來說這個激烈的斷絕——後現代主義，並且以認知的方式去重尋烏托邦，甚至將後現代的情境視爲第三世界的文化革新，與第一世界形成詭異的辯證關係，而最馬克思主義的地方是詹明信在描述後現代的文化、社會、經濟、政治現象之後，既不主張欣喜擁抱後現代主義，也不勸人排斥後現代主義，等待它過去，反而是以馬克思的方式，看待後現代的文化革新是進步與毀滅同時兼備，正、反面兼顧，以便發展出辯證的觀點，對它所帶來的「災難與進步」小心回應（頁八六）。

詹明信對後現代主義的敍述迄今仍不失爲最整全的古典版本之一，他的看法主要是：後現代文化是高尙文化與通俗文化（商業文化）的雜匯，高尙與低俗的藝術疆界已不復存在。在後現代的藝術裡，各種形式、範疇、內容雜混，已經找不到本源，像沃荷的罐頭廣告、瑪麗蓮夢露的一系列圖片、或如德特羅的小說、庫布立克的電影、菲力普・強生及麥可・葛雷夫的建築、菲力普・格拉斯的音樂，都表現出多種形式的交流，最能代表後現代文化及藝術的是那些高聳而奇特的大玻璃體商業大樓或典雅細緻但又十分現代的飯店，這些建築以大塊的玻璃迴映周遭的自然、人文景觀，但建築物本身卻無法被看透，置身其內的人坐在電腦終端機前，對著另一塊玻璃體（銀幕），打出一系列資訊的符號，透過跨國網路，傳播到另一個世界（通常是第三世界）中的另一座玻璃體大廈裡。許多銀行、保險公司、百貨公司、飯店則在外觀及廊柱上做到巴洛克式的精雕細琢，或就原有的古典建築架構加工，但內部及細節卻十分的現代，不僅讓人覺得古今雜陳，置身符號及消費的迷宮，而且還會產生歷史錯位感，一方面似乎滿足了念舊的情緒，但卻絲毫記不得要懷念的對象本來的面目，有點像福樓貝爾(Gustave Flaubert)筆下的查理，一心想念愛瑪（包法利夫人），她的形相卻日愈模糊。

「念舊」(nostalgia)是後現代文化的通常現象，因爲歷史感喪失了，時代每隔五年、十年便得再以老歌或當時流行的服飾、書藉、藝術或重要的政治事件，去記念、追憶，對活在九〇年代的人來說，七〇、六〇、五〇年代簡直已隔了世紀之久。但是念舊卻找不到念舊的眞正對象，一切的消費及文化、藝術也往往是「擬像」(simulation)，後現代的一大特徵就是人們不再只消費自身，而是消費符號(Baudrillard)，符號（如玫瑰所代表的熱情、愛）已替代、超越了物自身（玫瑰），而且帶來更多的快感。由於深度與歷史感的喪失，整個世界都在變，變得平面化而且更加雜匯，中心及主體也遭去除，這種雜匯的文化、政治是「精神分裂」式的，充滿了斷絕與混亂，同時批判距離(critical distance)也不見了，整個後現代的身體與身體之間的彼此流動，已無法區分，被更大的系統吸收、解除個別性。

但是，問題立刻產生了。如果後現代主義果眞像詹明信所描述的那麼粉碎了高尙及大衆藝術的藩籬，使得藝術朝向雜匯、擬像化，社會文化經驗顯得無深度、無歷史感、「精神分裂」，經濟發展成跨國公司，讓剝削不再像早期資本主義時代那麼簡單、明顯。如此一來，詹明信所呼籲的「認知識途」豈不淪爲烏托邦式的思索？甚至只是以批判理論的方法去針對後現代的問題，而在行文之中早以明白指出這種辦法行不通？詹明信對於這些問題，以及他們以政治、經濟層面，只做文化分析，大概只能以布魯赫的理論或馬克思主義的解放概念去答覆。或者在他自己的第一世界無法達到這種馬克思主義者的理想，他便把眼光（關愛的眼神？）投到拉丁美洲、中國大陸及所謂的第三世界文學？

詹明信對拉丁美洲的小說、電影，常以「魔幻寫實」(magical realism)的名稱，對中國大陸的小說則常用寫實主義或現代主義的名稱，但是在分析架構上仍是用馬克思主義的生產模式，而且幾乎是「一以貫之」。像分析魯迅的《狂人日記》時，他是用生產模式及知識份子的處境，去探究作品，說它是政治與個人的託寓。這種詮釋方式在他的「跨國資本主義時代的第三世界主義文學」及他爲《中國現代文學》期刊作結論講評的文章裡尤其明顯。雖然詹明信也以同樣的方式去解讀西方作品(如"Modernism and Superialism")，他對第三世界的「本地知識」(local knowledge)是否淪爲某種形式的帝國主義或馬克思主義的統一思考方式，卻值得商榷。以人類學家克利佛德(James Clifford)的話來說，詹明信的第三世界論述之所以常提到「政治託寓」乃是因爲詹明信本人的理論即是一種贖救他人文化的政治託寓，他認爲以馬克思的生產模式及孟德爾的後期資本主義的觀點即能替其他文化訴說他們的「政治無意識」。

問題是：這種說法是否說出了其他文化的存在，及其政治無意識？甚至是詹明信本人的政治無意識？李歐塔曾說：「說到一件東西並不意謂著就表示道出它的存在」（*The Differend* 頁四二）。別人是有權力去爲本地人說，而且用他的術語、立場去說，但是本地人的存在及其自身的敍述方式則是另一層次的問題，這個本地知識及敍述的範疇是不能納入「一以貫之」的統一觀的。也許針對統一理論，剔出其政治無意識，才是後現代文化論述中有待努力的課題。詹明信的後現代馬克思主義，不僅在雜匯這兩種不同文化情境的產物之中產生內在的矛盾，同時對第三世界的問題也情不自禁流露出其政治無意識，這是在閱讀他的著作時不能不注意到的。而針對這一點，詹明信在他的新作《遲來的馬克思主義》結論時，特別強論統一理論的隱沒存在(absent presence)，以阿多諾作爲全新解讀的出路，或者這是另一種解答吧。

參考書目

Kellner, Douglas. *Postmodernism/Jameson/Critique*. Washington, D. C: Maisonneuve Press,1989.

LaCapra, Dominick. "Marxism in the Textual Maelstrom: Fedric Jameson's *The Political Unconscious*," *Rethinking Intellectual History: Texts, Contexts, Language*. Ithaca: Cornell University Press,1983.234-67.

Lyotard, Jean-Francois. *The Differend: Phrases in Dispute*. Minneapolis: University of Minnesota Press,1988.

West, Cornell. "Fredric Jameson's *Marxist Hermeneutics*," *Boundary* 210(1982-83): 177-200.

White, Hayden. *The Content of the Form: Narrative Discourse and Historical Representation*. Baltimore: Johns Hopkins University Press,1987.

詹明信主要著作

專書

1961 *Sartre: The Origins of a Style*. New Haven: Yale University Press. Rpt. 1984, New York: Columbia University Press.

1971 *Marxism and Form: Twentieth Century Dialectical Theories of Literature*. Princeton University Press.

1972 *The Prison-House of Language: A Critical Account of Structuralism and Russian Formalism*. Princeton: University Press.

1979 *Fables of Aggression: Wyndham Lewis, The Modernist as Fascist*. Berkeley: University of California Press.

1981 *The Political Unconscious: Narrative as a Socially Symbolic Act*. Ithaca, N. Y. : Cornell University Press.

1987 唐小兵譯《後現代主義與文學理論》（臺北：當代）。

1988 *The Ideologies of Theory, Essays 1971-1986: Vol. 1 Situations of Theory. Vol. 2 The Syntax of History*. Minneapolis: University of Minnesota Press.

1991 *Messages of the Visible: Film/Theory/Periodization*. New York: Routledge & Chapman, Hall.

Postmodernism. Durham: Duke University Press, London: Verso Press.

Late Marxism.

論文

1972 "Introduction" to and translation of W. Dilthey,"The Rise of Hermeneutics," *New Literary History* 3: 229-44.

1972 "Three Methods in Sartre's Literary Criticism," *Modern French Criticism,* Ed. J. K. Simon. Chicago: University of Chicago Press. 193-227.

1973 "The Vanishing Mediator: Narrrative Structure in Max Weber," *New German Critique* 1 (Winter): 52-89. Rpt.1974, Working Papers in *Cultural Studies* 5(Spring): 111-49.

1976 "Criticism in History," *Weapons of Criticism: Marxism in America and the Literary Tradition*. Ed. N. Rudich. Palo Alto, CA: Ramparts Press. 31-50.

1976 "The Ideology of Form: Partial Systems in La Vieille Fille," substance,15: 29-49.

1976 "Modernism and its Repressed: Robbe-Grillet as Anti-Colonialist," *Diacritics* 6.2(Summer): 7-14.

1977 "Class and Allegory in Contemporary Mass Culture: Dog Day Afternoon as a Political Film," *College English* 38: 843-59. Rpt. *Screen Education* 30(1979): 75-92.

1977 "Ideology, Narrative Analysis, and Popular Culture," *Theory and Society* 4: 543-59.

1979 "Marxism and Historicism," *New Literary History* 11(Autumn): 41-73.

1981 "Religion and Ideology: A Political Reading of Paradise Lost," *1642: Proceedings of 1980 Essex Sociology of Literature Conference*. Ed. R. Barker. University of Essex. Rpt.1986 in *Literature Politics Theory*. Eds. F. Barker, et al. London: Methuen Press,1981.

1982 "Interview," *Diacritics* 12.3(Fall): 72-91.

1983 "Science Versus Ideology," *Humanities in Society* 6: 2-3.

1983 "Postmodernism and Consumer Society," *The Anti-Aesthetic*. Ed. Hal Foster. Port Townsend, WA: Bay Press. 111-25.

1983 "Pleasure: A Political Issue," *Formations of Pleasure*. Eds. T. Bennet, et al. London: Routledge & Kegan Paul.

1984 "Literary Innovation and Modes of Production," *Modern Chinese Literature* 1.1: 67-68.

1984 "Postmodernism, or the Cultural Logic of Late Capitalism," *New Left Review* 146: 52-92. Rpt.1986(Spanish) *Casa de las Americas* 141-73. Rpt. 1989(Italian) *Garzanti Editore* 7-103.

1984 "The Politics of Theory-Ideological Positions is the Postmodernism Debate," *New German Critique* 33(Fall): 53-65.

1984 "Flaubert's Libidinal Historicism: Trois Contes," *Flaubert and Postmodernism*. Eds. N. Schor and H. F. Majewski. University of Nebraska Press.76-83.

1985 "Baudelaire as Modernist and Postmodernist: The Dissolution of the Referent and the

Artificial Sublime," *Lyric Poetry: Beyond New Criticism*. Eds. C. Hosek and Patricia Parker. Ithaca, N. Y.: Cornell University Press. 247-63.

1985 "The Realist Floor Plan," *On Signs*. Ed. M. Blonsky. Baltimore: Johns Hopkins University Press. 373-83.

1985 "Architecture and the Critique of Ideology," *Architecture Criticism Ideology*. Princeton: Princeton Architectural Press. 51-87.

1986 "Third World Literature in the Era of Multinational Capitalism," *Social Text* 15(Fall): 65-88.

1986 "An Interview with F. R. Jameson by A. Stephanson on Postmodernism,"*Flash Art* (Milano Press) 131: 69-73.

1987 "Science-Fiction as a Spatial Genre-Genre Discontinuities and the Problem of Figuration in Vonda McIntyre's *The Exile Waiting*," *Science Fiction Studies* 14: 44-59. Rpt. in Essays on the *Culture of the Future* 241-47.

1987 "Regarding Postmodernism-A Conversation with Fredric Jameson," *Social Text* 17: 29-54. Rpt. from *Flash Art*,1986.

1988 "Cognitive Mapping," *Marxism and the Interpretation of Culture*. Eds. Cary Nelson and Lawrence Grossberg. Urbana: University of Illinois Press.347-60.

1988 "Postmodernism and Utopia," Boston: Institute of Contemporary Art. 11-32 (March).

1988 "Interview with Fredric Jameson," by Jay Murphy. *Left Curve* 12: 4-11.

1988 "Modernism and Imperialism," *Nationalism, Colonialism and Literature* (Field Day Pamphlet), #14. Derry, Ireland. 5-15.

1989 "Nostalgia for the Present," *South Atlantic Quarterly* 88.2 (Spring): 517-37.

1989 "The Space of Science Fiction: Narrative in A. E. Van Vogt," *Polygraph* 2-3: 52-65.

後殖民時代的歷史研究

——普林斯頓大學戴維斯中心九一年秋季論文簡介

一

學期裡的每個星期五上午，普林斯頓大學的歷史系同仁一個個走向狄更森館的二〇二研討室，參與一週一次的學術研討會。這個論文批判大會已進行了二十三年，一直是歷史系的盛事，許多外校、外系的教授、研究生、訪問學者也來與會，彼此交換心得。最近這兩年，探討的主題是「帝國主義、殖民主義及其餘緒」，發表人都是這一方面的專家，就其即將出版的書或論著，抽出一、兩章，在研討會前一週影印給大家，然後於會中接受講評、質詢及建議。利用這種腦力激盪的機會，與會的學者不僅瞭解到目前最新的學術動態，同時也從問答之中看出種種歷史研究的可能性及問題。

一九六八年，普林斯頓大學歷史系的畢業生戴維斯(Shelby Cullom Davis)有鑑於該系不如往日精采，便捐出基金，設立戴維斯歷史研究中心，鼓勵歷史系約聘專家，並舉行定期的國際性學術論文研討會。從此，普林斯頓大學的歷史系師資及研究風氣不斷上昇，著名的歷史學家如Lawrence Stone，Natalie Z. Davis，Peter Brown，Robert C. Darnton等，還有更多的各個時期、區域、文化、種族、性別、政治、社會史的專家及訪問研究員風起雲湧，一起讓普林斯頓的歷史系變成了史學研究的重鎮。戴維斯的捐獻(George Henry Davis 1886 & Shelby Cullom Davis'30 Fund)，一方面羅致了世界級的史學巨星，另一方面更創造了學術研討的風氣。每兩年，戴維斯中心便針對某一項歷史研究的重要主題，向歐洲、美加地區、東方的學者約稿，請他們來與會，而且是每週一次，不斷提供各種領域的學術刺激。中心的主持人(上一屆是Lawrence Stone，這一屆是Natalie Z. Davis)尤其善於籌劃、引導、歸納，在每次的研討會中均能指出新方向。

一九九〇年的論文大致上是針對殖民論述(colonial discourse)、後殖民的知識份子(postcolonial intellectuals)、帝國主義的理論與實踐等方面，九一年的文章則主要是按區域、時期去作細部分析，範圍從文化異同、宗教傳佈到人權概念、殖民主義的界定問題等，到具體而微的「地方」史，如三〇年代的越南知識份子與法國殖民政策、二〇年代初印度某地的暴動事件，或十六世紀的英國宗教傳奇、十九世紀的南非傳教士、十八世紀以來的回教革命、巴勒斯坦的宗教與階級問題、蘇聯的國家與民族認同、中南美洲的殖民主義，從思想、宗教、政治、經濟到史學史種種面向，可以說應有盡有；就地區來分，也算充分作到了東西歐、美洲(北、中、南)、非洲、中東、東南亞、東亞均列入研究版圖的程度。最難能可貴的是不僅論文的範圍極其廣泛，講評人、發問的學者也多是各種領域的專家，幾乎是每個地區、時期均有「代言人」，提出十分具體的歷史材料或資訊。當然，有時也碰到一些外行人問內行話，如「我對這個領域完全陌生；不過，在我的研究裡，也發現類似的現象，這中間也許有些關聯……」或「你研究這一段的印度地方史對世界史、歐洲史有什麼啓示？對歷史的研究、教學、撰寫有何貢獻？」等。即使這些問題也激發各種很有意思的討論。因此，有一次，大會終於宣佈：「以後大家不必再說『對不起，我要問您一個無知、外行的問題』了。」

二

隨著殖民地的紛紛獨立，以及性別、階級、人種、國家的學術研究日愈興盛，以歐洲中心的角度所提出的歷史觀點已逐漸受到質疑，從七〇年代末葉起，類似《*Europe and the People without History*》(Eric Wolf)，《*Orientalism*》(Edward Said)，《*Europe and Its Others*》(Francis Barker, et al.)，《*A History of Their Own*》(Bonnie S. Anderson, Judith P. Zirsser)等書慢慢問世，爲史學及文化研究開闢了新天地，同時也走向人類學、文

學批評、史學、社會學科際整合的研究。私下的日常生活、勞工與婦女階層（尤其是婦女勞工）、殖民地史紛紛受到注意，以前沒發言權的人種（及性別）突然在學院裡立足並且出版論著，而傳統上所認定的「歷史眞相」也不斷遭到懷疑，隨著《發明傳統》（*The Invention of Tradition*, by Eric Hobsbawm & Terence Ranger）以及客觀歷史夢碎（Peter Novick）的說法，歐洲史及其正統的史學方法遂成了衆矢之的，有時甚至被視作與帝國主義關聯在一起，史學與殖民主義因而被說成是沆瀣一氣。到底是否只該讀、教西洋經典、歷史，而忽略其他地區的作品、歷史，於是成了學院裡外的熱門課題之一。一九九二年 Duke U. P. 出版的《*The Politics of Liberal Education*》（Darryl J. Gless and Barbara H. Smith合編）便蒐集了一些論戰的觀點。

受到這種追究性別、種族、階級、國家認同的研究風氣所影響，人文學界推出不少以新的觀點來重新觀察文明起源（如Martin Bemal, *The Black Athena*），以非洲爲人類歷史的根據地，並提出種種證據；探討人類學家對其他人種的知識（如James A. Boon, *Other Tribes, Other Scribes*; Cliffard Geertz, *Local Knowledge*），剖析其中的修辭與文化政治（如James Clifford, Ed., *Writing Culture*）；解讀文學作品與歷史、政治的巧妙關係（如David Simpson, Ed., *Subject to History*; Terry Eagleton, et al., *Nationalism, Colonialism, and Literature*）；甚至於連音樂與殖民政策、統治的微妙關聯均成了重點（如Jane

Fulcher, *The Nation's Image*; Edward W. Said, *Musical Elaborations*）。最明顯的是史學界對「客觀眞相」的反省，以及史學家對新歷史主義(new historicism)的反應(見Hayden White in A. Veeser, Ed., *The New Historicism*）。我們可拿 Eric Hobsbawm 的《*The Age of Empire*》與他人的著作(如*Cambridge History of the British Empire*)對照，即可看出Hobsbawm特別對英國以外的人以及他們對大英帝國的貢獻大書特書，企圖揚棄傳統的大英帝國中心主義。在書的「序曲」裡，他提到自己的父母親如何從倫敦、維也納到帝國的殖民地埃及相遇，以這個家庭羅曼史揭開二十世紀史的序幕。由於 Hobsbawm 對殖民地及帝國主義的興趣，他在《*The Age of Empire*》之後又推出《*Nations and Nationalism*》，這一本書是淺近的入門書，一開始他便回顧一下帝國主義及民族主義方面的經典著作，顯示出他晚近的關注所在。

Hobsbawm 不是眞正的「專家」，但是他綜覽群籍，吸取別人的心得，以平易近人的散文寫成可讀性頗高的文化史。從他的十九世紀英國史，第一冊到第三冊，以至於《*Nations and Nationalism*》，我們不難看出晚近史學界的趨勢：有關帝國主義及殖民主義的研究似乎已成了顯學，即使在一些與歷史不大直接相干的科系，帝國主義及殖民主義也成爲重要的課題。其中的原因自然與殖民地獨立後的世界局勢變遷有關，但是有部分理由可能是不少在殖民地出生或成長的知識份子、學者逐漸有其學術地位，他們開始探討殖民主義的問題，針對自己的「後殖民」(post-colonial)身分及環境，提出各種見解。就後殖民論述的幾位代表來說，Edward Said 是在埃及出生的巴勒斯坦人，Gayatri Spivak 是印度加爾各答人，Homi Bhabha 是在印度出生、成長的波斯人，這些學者目前均在英美的重要大學裡任教，不斷就殖民地的人民在獨立之後，仍無法脫離被殖民的生活及思想方式，始終無法確認自己身分的「含糊混成」此一後殖民特徵，發展理論(見Said, *Blaming the Victims*; Spivak, *The Post-colonial Critic*; Bhabha, *Locations of Culture*)，提出文化批評。其他如解構思想家 Jacques Derrida，及女性主義者 Luce Irigaray 都來自殖民地阿爾及利亞，文化研究者及英國伯明罕當代文化研究中心的發起人 Stuart Hall 是出生於牙買加，類似的例子實在不勝枚舉。

當然，另一大因素是殖民地獨立後，歐美的中心主義典範本身也意識到歷史危機(如O. Spengler 的 *The Decline of the West*)，因此就其內部的發展逐漸做修正。啓蒙時期的哲學家如康德及其後的黑格爾、馬克思，對東方一直是持否定的態度，與他們同時代的殖民政策及其背後的歐洲中心主義可以說是一鼻子出氣，這種情況到沙特的《*Critique of Dialectical Reason*》以及他為 Frantz Fanon 的《*The Wretched of the Earth*》所寫的序言中依然十分明顯，沙特認為非洲的革命仍只是提供歐洲人反省、復原的機會，歷史以其內在、錯綜、多元的關係，呈現辯證性的結構，「不斷於各個層面裡，將此多元性加以內在化，達到本身的整體化」(*Critique,* I:69)。歐洲中心及其背後的實證傳統要到三〇年代，物理與化學史家 Gaston Bachelard，及其學生 Georges Cangnilhem（生命科學史家）、Jean Cavailles（數學史家），始對歷史主義(historicism)作科學性的批判，在另一方面，馬克思學者阿圖塞(Louis Althusser)及其學生傅柯(Michel Foucault)則把歷史的「整體觀」徹底粉碎，傅柯尤其針對歷史的自我鞏固與排斥他人，以及其中蘊含的知識權力架構，以瘋狂、疾病、牢獄、檢查、性學史爲例，去剖析歷史知識與其傳承的形成過程(見Robert Young, *White Mythologies* 頁四八—九〇)。

從傅柯的著作問世以後，史學界對他褒貶不一；不過，歐洲中心主義及客觀主義的作法基本上已產生內在的危機，史學及詮釋學上對文化相對論的探究更使得歐洲傳統的理性主義及其啓蒙思想破綻百出。Charles Taylor 在他的《*Philosophy and the Human Sciences*》，提出瞭解與種族中心論息息相關的見解，指出「理論不只達成描述與解釋的作用而已，理論也用來界定我們，而且這種自我界定同時也『塑造』了實踐」(頁一一六)，也就是說人類的瞭解行爲無法以毫無疑義的方式，透過互爲主體的精神去確證。有關這一方面的討論，Thomas Kuhn，Paul Feyerabend，Hilary Putnam 及 Bernard Williams，都有重要的論證，對史學研究造成相當程度的影響，特別是有關殖民地、後殖民地及第三世界的歷史，地方史如何與歐美的「霸權」(hegemony)或「支配」(domination)產生知識與權力的協商關係，如何去體認自己的身分，一方面看出本身的「黑皮膚(或黃皮膚)，白面具」這種弔詭(見Frantz Fanon)，另一方面則試圖將被壓迫的歷史事實(黑或黃皮膚)，透過歐美的歷史敍事架構及其修辭策略(白面具)，去訴說本身的立場，進而解構歐美的資訊殖民作爲及其歷史文化，建立另一種世界觀、另一種敍述歷史的方法(可參考Tony Bennett、Homi Bhabha 等人的論著，in *Cultural Studies*, Eds., Lawrence Grossberg, et al)。

三

從觀察戴維斯中心本身的機構(institution)所發揮的訓練、促銷、鞏固、批判學術典範此一功能，到反省整個歷史學界對「他人」(有色人種、弱勢團體、勞工、女性、同性戀者、被殖民者、無發言權者等) 及對多元文化問題的逐漸重視的現象，也許我們會對戴維斯中心的論文研討有較淸楚的概念。底下我想將九一下半年的幾篇論文區分爲(1)殖民主義與民族主義，(2)歐洲與東方問題，(3)地方反抗與宗教衝突三大範疇，並簡單介紹、評論這些文章的意義及地位。

九一年秋季的戴維斯中心研討會是以 Anthony Pagden 的"The Effacement of Difference: Colonialism and the Origins of Nationalism from Diderot to Herder"揭開序

幕，因此 Pagden 的文章便順理成章成了第一個範疇首先討論的對象。Pagden 現任教於劍橋(U. of Cambridge)，早期是研究墨西哥及中南美洲的殖民史，他的《*The Fall of Natural Man*》及《*Spanish Imperialism and the Political Imagination*》均是針對美洲「野人」如何被剝奪其財產權及發言權的力作，他也主編過《*The Languages of Political Theory in Early-Modern Europe*》及《*An Identity in the Atlantic Colonial World*》。「去除差異」這篇論文是他即將完成的新書裡的一章，這本書主要是談早期歐洲的人文科學史及其餘緒。

在論文中，Pagden 以大溪地的先賢（長者）對法國航海家及殖民者所說的話，「我們是尊重在你們身上展現出的我們的形象」("we respected our image in you")，去分析殖民者與被殖民者之間的「共同形象」。這一句話出自狄德侯(Diderot)，表面上好像是指出本地人如何以自己的形象去衡量別人，並且建立共同形象，達到對話的目的，但是實際上卻是用來批評法國人帶來的疾病及對罪惡的知識（基督教的原罪論）。Pagden 以人、我之分來強調殖民者與被殖民者在文化上的「無法並比」，因此產生了殖民者的困境：是否得放棄法國的標準、價值體系，才能瞭解大溪地的本地文化？如何在面對或與之衝突兩者中間找到平衡點？

狄德侯的《*Supplement au Voyage de Bougainville*》（一七七二），與當時的幾部著作，如孟德斯鳩(Montesquieu)的《波斯書簡》(*Lettres Persanes*)，伏爾泰(Voltaire)的《*L'Ingenu*》，Delisle de la Drevetiere 的《*L'Arlequin sauvage*》（一七五六），Lahontan 的

《*Dialogues curieux entre l'autre et un sauvage de bon sens qui a voyage*》，構成十八世紀對「野人」或「自然人」的特殊分類，對「野人」有極其正面的評價。他們對野人(savage)與蠻人(barbarian)均作種種區分，例如對孟德斯鳩來說，野人是不能合群的自然人，不受社會、文化的拘束，蠻人則會群聚，而且對自然及藝術不加理會，有時甚至變得很殘酷。狄德侯是以性情去區分野人與蠻人，他認爲野人是自然人，個性開朗；蠻人反自然，性情鬱悶。他主張野人只存在某種不受污染的文化環境裡，而蠻人則一直在我們身上看得見，無論文明多進步，蠻人的痕跡仍在。當然，野人的說法是用來代表他人而且一定是時空十分遙遠的文化，這種野人文化可能並不存在，即使存在，一旦被文明的蠻人發現後，馬上就由野人變成蠻人。因此，野人純粹是用來呈顯作者所看不慣的本土社會文化，故意虛構出的對照面，看野人其實是以虛構的凝視(invented gaze)去看本身的蠻人成分。

狄德侯在〈遊記補〉(Supplement)裡，十分反諷地自我解嘲，他透過A這位人物問道：「爲什麼大溪地的長者講話的內容會充滿了歐洲味道？」B答道：「因爲他的話都經過翻譯，譯成了西班牙文！」在這種對話底下，是對文化差異及語言迻譯的兩極活動，採取勢必無法並比的態度，也就是說西班牙人、法國人無法瞭解大溪地的文化。因爲這種無法並比的特性，所有文化均無法整合，移民、殖民的活動，甚至於啓蒙、教導野人的政策，也難免要行不通。狄德侯虛構一個極端的例子，大溪地人奧羅(Orou)不斷要殖民者（教士）接納四個女人，並與她們發生關係，認爲如此才算盡地主之誼。這四位漂亮的女人之中，一位是奧羅的夫人，其他三個是他的女兒。每天晚上，這四位女人都來請殖民者「愛戴」她們，盛情感人，殖民者當然一一接受，然而圓床之後，每天晚上他又痛罵自己違背基督教義，喪失了他的「貞操」與「德性」。每天他活在大溪地與歐洲的道德衝突之中，大溪地人勸他自由抒發性欲，置禮教於腦後，歐洲文化卻讓他感到不安，原罪的理論更使他不寒而慄，覺得自己無可救藥。很顯然，這兩種文化是很難妥協，勉強要討好兩邊，只會精神分裂。B因此說，我們只能成爲當地文化的樣式，就地接受當地的文化(We can only ever be what we are where we are)，所以「讓我們效法這位好教士，在法國是僧侶，在大溪地是位野人」。以這種方式，狄德侯鼓吹文化的多樣、歧異，對當時盛行的殖民政策加以抨擊。就這一點看，侯德(Herder)與狄德侯有幾分類似，這兩位思想家都不信任殖民遊客，同時也均反對殖民之後勢必產生的殘酷暴政，他們都想在大自然中找到和諧，以相應於人類文化類型中的多樣性，從中找出十八世紀所謂的「莊嚴」(the sublime)。

Pagden 將狄德侯與侯德並列，主要是提出狄德侯虛構文化人物，去揭發、敍述文化差異，而侯德則強化此文化差異，並加以戲劇化(dramatized)，甚至於將「人類」這個類別視作無意義的名詞，因爲所有的人都不一樣，不同類。Pagden以狄德侯的「殖民者、遊客」人物及形象去探討狄德侯對殖民者罔顧文化差異，政策愈來愈不人道，就像遊客看多了各地風光，逐漸不再感到新鮮，因而喪失了對當地風土人情應有的尊重，狄德侯的比喻是蠻人把自己的文化衣飾褪去之後，並不能發現到自己的「自然人」、「野人」身分，反而只看到赤裸裸的蠻人猙獰的面目。雖然狄德侯與盧梭一樣，對野人的自然有所憧憬，但他卻認定歐洲人及所有的文明人（蠻人）只能朝文明的路邁進，不能往回走。要走回去，就像一位智能不足的成年人一樣，仍停留在嬰孩的階段。由於時空環境已讓社會脫離自然的束縛（諸如需求、欲望、偏見等），所有的文明都得按不同的氣候及環境條件去發展彼此迥異的文化。做爲歐洲或較文明的人種，我們的義務是看到其他文化的特色及其加諸我們身上的道德義務——尊重它們的差異與無法並比性，不能強迫達成文化交流或瞭解。

由於我們只能就自己出身的環境及其價值體系去作發揮，狄德侯說旅遊與殖民都不是有益的活動，最好是留在家裡不出門。狄德侯對哥倫布、達伽瑪的發現新大陸、好望角並不非常熱衷，他認爲那只是「創造出前所未有的發現奇想罷了」。發現、殖民愈多，人愈墮落，這是狄德侯的看法，他說希臘人充滿好奇心，所有的自然物都有其意義，但是這種純眞的心在殖民者身上再也找不到了。他們一心去發現、開拓、貿易、交換、殖民，卻一直破壞文化差異，去除對他人及外在世界的敬畏（也就是「莊嚴」的心境）。這種論點在侯德的《人類歷史哲學大綱》(*Ideen zur Philosophie der Geschichte der Menschheit*)裡，更是明顯。侯德說：「自然要在遙遠的國土之間建立疆界，並不是沒有原因的。」他與狄德侯不同之處在於：

狄德侯認爲旅客殖民者對他人來說是個討厭鬼，常威脅到別人的存在；對侯德而言，殖民者更會帶給自己身心上的墮落，不只是討人厭，而且連自己人看了都覺得厭惡。他與狄德侯一樣都批判美洲的殖民者，但他更進一步主張文化不能並比及無法彼此瞭解，同時他也反對社會演化是來自各種利益的理性算計的這種說法，認爲理性並非普遍皆準，他說：「難道整個身體只有一隻大眼睛嗎？」由於這種反普遍理性及共通語言的見解，侯德也反對語言的同質性及其滿足社會需求的作用（因而與盧梭、康迪也克的見解大異其趣）。

侯德認爲語言的演變完全是內在的因素，並非社會需求導致，由於這種見解語言便不能用來達成社會與文化交流的目的。整個自然是內在和諧的，一去動它，便傷害了其整體性，各種文化因此只在自己的範圍內不能受打擾，不能與其他文化彼此較量。換句話說，黑人、黃種人各有其追求幸福的方式，所追求到的也不必比白種人的差，如侯德在《另一種歷史哲學》裡說的，「在每一個地方，人性都會吸引本身盡其所能的快樂衡量標準，」不必有放諸四海皆準的快樂觀。如此一來，就沒共同的文化、信仰或確定的事物可言，一切不是相對論式的，而是不可彼此衡量。

從狄德侯渲染不可並比性到侯德的刻意強化、戲劇化不可並比性，中間當然存在著文化相對論及某些文化普遍性的問題，例如愛斯基摩人爲何看到殖民者的船要沈沒了，會捨身相救，仍看待他們是同類？爲何不同種族之間的交流、交易依舊可能？Pagden 以基督新教去化解侯德的內在矛盾，並把重點指向不可並比性的文化批判功能及其道德意識，在這方面 Pagden 受到 Bernard Williams 的影響很大，Pagden 認爲文化相對論並不成立，狄德侯與侯德反而是要讀者去關心其他人種的倫理生活，不能輕視他們的不同存在價值。但是一如 Williams 指出的，我們去關心別人時，怎麼知道我們做對事了？除非我對具體的人們有著具體而確切的詮釋，這是個現代化文化的困境。

Pagden 從狄德侯及侯德的研究之中，得出相當有意思的結論：對文化差異如此之大的不同國家來說，也許只在技術、商業上作交換，而彼此死守住自己的社會價值，不到外地去，可能會得到利益而不致斷送了文化差異。也就是只在文化交流中選擇好的，不要壞的，並堅持本身的文化與國家認同，彼此不發生糾纏。

這個結論來自狄德侯的暗示，Pagden 在文章結束時提出自然是比狄德侯想得複雜多了，但是什麼是「有益」的，對方是否願意對這個有益的成分只提供另一方心裡想要的而不附加上其他變數或條件？這個「有益」或「道德」的東西是以哪一方的標準來界定？光接受科技，就不會受到意識形態的感染嗎？而且這種交易方式是否假定文明人(civilized men)都是溫文而有社群意識的人(civil men)？這種批判的不可並比性是否能在殖民者與被殖民者彼此面對時如此理性地付諸實踐？而且在不可並比底下，是否有一方會認爲他可比對方本身更瞭解自己？如何才能瞭解到安處於原位而不踰界才是眞正的安居樂業？難道不必去旅遊，關愛他人的文化，才能認知自己的疆界及文化差異？文化差異是本體論上內在的，還是知識論上的形塑過程，需要透過他人來達成？何況，同一社會、國家之中，可能即已存在著各種層次的文化差異，又有哪一層次的文化能代表社會特徵？而且如果文化不可並比的理論成立，一個人怎能瞭解另一個人呢？這些都是 Pagden 以狄德侯、侯德爲例，提出但仍沒解決的問題。

四

和 Pagden 的文章屬於同一範疇，尚有兩篇（雖然這種劃分並不十分完善），一篇是 J. Jorge Klor de Alva 的 "Colonialism and Post-colonialism as (Latin) American Mirages"，另一篇是 Ronald Grigor Suny 的 "The Revenge of the Past: Nationality Problems in the Soviet Union"，這兩篇與 Pagden 的論文內容差別很大，但都與殖民主義或民族主義有關。

de Alva 目前是普林斯頓大學人類學系及拉丁美洲研究中心的教授，主要是研究印加及阿茲鐵克（Aztec）文化，主編過《*Encuentros interétnicos en el Nuevo Mundo*》及《*The Aztec Image of Self and Society*》，是阿茲鐵克考古文化的專家。在〈殖民主義與後殖民主義〉這篇文章裡，他推翻以往的說法，認爲殖民或後殖民主義的見解不適用於拉丁美洲，因爲拉丁美洲與埃及或印度不同，從被殖民（失身）以至於獨立，都沒產生認同危機的問題，拉丁美洲從一開始便吸收西班牙人的語言、文化，本土與殖民文化打成一片，並未呈現出殖民主義應有的衝突或抗爭。de Alva 提出許多證據去駁斥十六世紀拉丁美洲人遭屠殺及之後的拉丁美洲代理殖民政策(criollo mestizo)所導致的歐洲拉丁美洲文化、社會、經濟、政治、宗教、語言變化，認爲拉丁美洲的獨立戰爭並非反殖民抗爭，拿目前的殖民主義或後殖民主義的模式去研究拉丁美洲，將這些國家與日本、印度、阿爾及利亞等量齊觀，是一種範疇錯誤的作法。

de Alva 的靈感主要是來自住在美國的墨西哥人後裔以及住在墨西哥的西班牙及印第安混血兒(inestizos)，他發現到這些人及拉丁美洲的人大部分看待自己的種族(ethnicity)是西班牙或歐陸美洲人，一點也沒脫離殖民(decolonization)的痕跡，因此毫無一般所謂的殖民或後殖民現象。de Alva 從這些美國的墨西哥人及拉丁美洲後裔身上，追溯到本土的遺傳與文化混血，得出的結論是早期的殖民並沒達成一般的對立，反而促進了混合，美洲本地人始終沒有發展出獨立的文化認同主體。相對於印度、南非，中南美洲對西班牙及歐美的態度基本上有三大特色：(1)種族熔爐，各種種族混血是一大便利；(2)整個社會、藝術、知識、精神、法律、政治及經濟現實也是以各種族融合的方式去達成；(3)接受基督教、西班牙文及西方文化，形成文化的綜合。中南美洲是如此的西班牙化，以至於在討論自己本地的傳統時，一般人都認爲西班牙文化即是自己的文化傳統，Antonia Hernandez 因此不得不提醒美國的墨西哥人「不能對西班牙的文化根源感到過分驕傲，也得記取歷史教訓，西班牙文化曾對我們的另外一半文化造成傷害」。

由於沒有眞正的殖民經驗以及殖民者在當地的支配性安頓設施(settlements)，中南美洲只有在墨西哥革命時有過短暫的口號，大部分時間並未產生反殖民、各族聯合起來爭取獨立或本地人與殖民者的戰爭。既沒有殖民的事實，當然也談不上有後殖民的事實了。因此，de Alva 提出其他的思考方式，認爲討論中南美洲時，經濟附屬的過程更能正確描述其地位，傳統的殖民主義在中南美洲已經被重新組構，已不再是混雜的歐洲與中南美洲融合體，而是整個歐洲化（西班牙化）。最具體的證據是「印第安人共和國」的構想，本來是想藉此區分印第安人及西班牙人，分爲兩個共和國，但是卻一直沒成功。de Alva 提出各種殖民主義的看法，並加以駁斥，他的見解是殖民主義的兩大特徵——依賴與控制——無法在中南美洲上眞正找到，理由是當初來殖民的西班牙人在多年混血之後，已不再認爲自己是外國人，而最後爭取獨立的人也大多是這些混血的殖民者的後代，並非道地的印第安人。只有在少部分的區域，混血的殖民者後代、本地人反而成了殖民者，去欺壓、屠殺當地的土著，不過，這種情況也不是一般所謂的「殖民」。

在 de Alva 的架構中，眞正的殖民主義大概只適用於印度，因爲英國人刻意與本地人區別，而且印度人的種姓制度一直維持血緣不容交混。然而，即使在印度，殖民主義也沒完全以依賴與控制的方式出現。本土的宗教、文化活動往往也讓殖民者及其代理（本地的殖民政府代表與軍警）感到不安，甚至於不知不覺之中便運用本土的宗教、語言、文化，在統治方式上做種種調整，達成本土化。de Alva 認爲中南美洲是殖民的一大特例，但是事實上像南非的情況在許多層面上也具備 de Alva 所列舉的非殖民特性。因此可能只是程度上如何界定殖民與後殖民，或新與舊帝國主義、殖民主義的問題。Frantz Fanon 的重要著作《*Black Skin, White Masks*》便指出非洲人如何將白人文化及其語言內在化，以至於忘記了自己身爲黑人的事實，Albert Memmi 的《*The Colonizer and the Colonized*》也強調被殖民者往往以殖民者的語言爲自己的語言（或至少是官方語言）。de Alva 試圖以語言的西班牙化以及經濟的附屬去修訂殖民主義的適用性，基本上是假定了殖民主義只有一種形式，而且一定要完成那種形式的支配與控制，但是事實上歷史告訴我們殖民者與被殖民者之間的關係應該是互動與對立兼而有之，彼此運用、借用、轉化對方的傳統來強化本身的利益，因此是不斷協商的過程，並不是有某一個固定模式。也許中南美洲的殖民或半殖民方式只是另一種殖民主義的表達。

Ronald Grigor Suny 在“The Revenge of the Past”裡，一開始便說歷史學家總認爲掌握過去，便可能更瞭解現在，但是實際上是歷史往往充滿了出乎預料的「意外」，蘇聯（或者最新的稱法是蘇俄經濟共同體）最近的變化即令人目不暇給。Suny目前任教於密西根大學，著有《*Armenia in the Twentieth Century*》、《*The Making of the Georgian Nation*》等，他的近作是有關蘇聯的一些小共和國。他的興趣一直是在蘇聯的「非主流」種族及其國家認同，這種研究在當前的蘇聯史中是比較少見的，通常學者只對蘇聯的中央政府及其意識形態感興趣，而很少注意到小國家及小民族，事實上，是這些小國家的民族運動使得蘇聯無法進行改革，經濟瀕臨崩潰及集權中央固然是大問題，但是民族主義也是在這個轉捩點上的核心。因此，Suny將重點放在非蘇俄種的其他民族及其民族運動，以最近喬治亞及南斯拉夫的事件來看，他早在一九八三年便似乎有了先見之明，瞭解到小民族的重要性。

在論文裡，Suny特別批評傳統的民族主義見解，稱之爲「睡美人」型的民族主義，彷彿透過自由之吻，民族的獨立願望才甦醒。針對這種沈寂、靜態的民族主義，Suny提出較活潑的看法：「不僅民族主義，連國家本身都是一種社會與想像的組構，是從具體而實在的社會、歷史素材中合成，同時也是知識份子與社運份子以他們特殊的文化、政治訴求提出的新連結方式所發揮的活動，並且也是靠一些志願的成員去參與，表達出他們願意接受的國家形象。」除了這一點，Suny也修訂了正統馬克思主義經濟生產結構掛帥的說法，主張將國家形式過程視作是知識與社會的過程，在歷史脈絡中，落實其經濟、種族、社會從屬與支配關係。Suny一方面採納較活潑的馬克思觀點，另一方面也吸收了晚近有關民族主義的著作（如Tom

Nairn, Eric Hobsbawn, Roman Szporluk, Geoff Eley, Miroslav Hroch, Benedict Anderson, Ernst Gellner等)，以及階級形成理論，就最後這一點說，他融合了Edward Thompson及Ernest Renan的說法，認爲國家就像階級一樣，是創造一個「想像社群」(imagined community)的文化及社會過程，藉此找到達成社群整合目的的象徵、儀式、旗幟、歌曲、集體行動的表現與再現方式。

Suny以階級與國家的概念去處理蘇俄共同體中的小民族國家，由於這些國家通常是種族與階級密切關聯，因此他的架構便能深入探討喬治亞的貴族與農夫如何攜手對抗阿美尼亞的支配，喬治亞本身是個前資本主義的農業社會，文化價值觀念與阿美尼亞的中產階級都市文明格格不入。Suny以宗教、社會地位、語言、文化的連繫去觀察不同階級的人結合在一個「種族」社群下如何就階級作錯綜的調適、協商、鞏固自我利益，他列舉出各種族的不同階級及種族搭配方式。由於蘇俄境內現代化的過程並不均勻，階級及宗教問題加上經濟及種族的因素，一切就變得十分複雜了。Suny只勾勒出理論的輪廓，他所運用的階級概念在解說國家及權力上便顯得缺乏著力點，而且常將階級與種族混爲一談，有時說階級與種族互動，彼此強化但又分化對方，但有時階級與種族似乎無法細分。另外，在研討會中，不少人也指出許多沙皇時期所遺留下來的政教問題、民族問題，以及內戰前後與外國軍隊的關係，乃至史達林時代以後的國家管理與種族問題……都無法只用階級形成過程去解釋。不過Suny以區域與種族爲範圍，利用階級概念去處理，倒是建立了地區的自我完足性——這個值得研究而且對蘇俄及對全世界來說均是愈來愈重要的課題。

五

在第二個範疇「歐洲與東方問題」裡，有四篇文章，A. P. Thornton 的"The Idea of Rights as an European Export to the Extra-European World"比較具有綜合性的理論，可以當作這一組論文的引子。Thornton 現任教於加拿大多倫多大學，專攻政治思想史，在"The Idea of Rights"裡，他並未特定某一地區或時期，只是研究「人權」觀念如何在東方及非歐洲國家散布，進而被革命領導者運用。有關各種權利，Thornton 並未作清楚的界定，他列舉財產權、自然權、知識權力，由 Tom Paine、Thomas Jefferson、John Locke、John Adams 甚至到 William James，再透過學術及政商的流傳，「外銷」到非歐洲地區，讓這些舶來品上了政治市場，任憑當地的民運人士轉化借用。因此，本來是人權、財產權的概念，到了異地，變成了脫離殖民政府的訴求。Thornton 拿美國獨立對人權的訴求以及林肯後來的解釋這些美國的「成功」經驗，去與東方的一些例子如印度的甘地及越南的胡志明稍作比較，研究這些東方人往往將人權看作是權力及利益，並以西洋瓶子裝東方酒的方式，去鼓舞國人爭權力，另一方面則拿船來品去回敬殖民政府。在東方及非歐洲國家，人權的概念大致上是放在反帝國主義的脈絡中，發揮其抗爭功能，Thornton 舉了中東許多例子，但只是蜻蜓點水式，主要提出人權是用來(1)反對剝削，(2)掌權管理人民。這兩種功能基本上是在與歐洲不同的政治環境與社會架構中產生，與這些國家的殖民經驗有關，因此在半生不熟或有所誤解的情況下，也可大聲疾呼人權，人權因此是另一種可能性，並非人生而賦有的權力。

Thornton 的論文提出有趣的研究題目，但他並沒仔細區分歐洲從希臘到羅馬，以至於殖民主義興起之後，人權概念的演變，而這種演變所產生的種種版本如何流傳到非歐洲國家，同時他也沒對非歐洲國家本地是否有對應於人權的概念以及他們如何轉借人權概念的過程作深入的分析。因此，他只提供了一些資料，一點一滴，但並沒有給人全盤的瞭解。

Herman Lebovics 的論文“The French Colonial Administration and Vietnamese Intellectuals in the 1930s”，與 Thornton 的論文相形之下，顯得比較深入。Lebovics 目前是在紐約州立大學歷史系任教，這篇文章是他新書的一部分，整篇文章主要針對語言與教育在殖民政策中的作用，探討殖民政府如何設計教育，一方面教導出「順民」，另一方面又有選擇地強化殖民地的傳統，藉此達到區別作用，以免殖民地的人民會移民或發生暴動。爲了討論這兩方面的殖民政策，Lebovics 特別以三〇年代爲研究對象，分析越南知識份子（留學法國及本地）與法國當局所受到的不同影響。首先，Lebovics 抨擊傳統的「壓迫者」與「被壓迫者」這種粗劣的分法，他想以越南知識份子在法國及越南從事的私底下活動與官方的霸權所形成的對立形勢爲例，去修正 James Scott 的「弱者的武器」說法，他認爲 Scott 的模式太過軟弱，農夫及被壓迫者只是以陽奉陰違的方式，去進行自己的日常抗拒，而對當局及其知識、政治、文化、道德的權威採取一種相對、外在的順從姿態。在這一點上，Lebovics 認爲葛蘭奇(Antonio Gramsci)的「有機知識份子」(organic intellectual)的見解比較具有政治與文化意義。換句話說，被壓迫者與壓迫者都是在權力及權威的建構過程之中，沒有任何一方是在這過程之外。

Lebovics 舉出一個重要例子是，留學法國的越南知識份子自己組黨，加入中南半島的共產主義海外組織，在法國出版報刊，指出殖民地的教育水平太低完全是法國當局造成，他們在海外鼓吹平等教育及本土文化傳統，展開抗爭活動，同時也努力參與法國學術活動，接受歐洲高等教育，企圖學會殖民者的科技與文化。在另一方面，法國當局則千方百計勸留學生返國，並且不斷倡導「越南化」運動，「發明」出越南本地的傳統，教導越南當地的學生去尊重自己的文化，愛惜傳統的手工業、自然、地理環境。除了越南化運動外，一九三三年法國當局更推動中南半島的分化教育政策，不讓越南人上法文學校，在小學裡停授法文課，同時也開始限制出國留學生的人數。但是，儘管如此，那時的留法學生人數已達一千五百人左右，遠較越南過去六十年內的留學生人數多了一倍。

Lebovics 研究的這些留學生使得法國當局感到不安，法國本身的教育制度因此起了變化，同時對越南本土的文化也採更加懷柔的態度，不但刻意厚待留在越南的知識份子，而且在教科書中大力讚揚越南的本土文化，其用意是要讓越南人無法與法國人競爭，然而在這種教育政策的轉變之中，卻使法國當局受留學生及法國知識界的抨擊，而且也訓練出後來的越南改革份子。Lebovics 說他也要研究越南殖民政策對法國所造成的影響，但是在論文中，卻提得不多，對外殖民政策與對內管理政策這兩者的互動關係因此並不清楚，他想以葛蘭奇的思想去抨擊、修訂 Scott 的說法，但是 Scott 並不將壓迫者看做霸權的中心，在 Scott 較近的著作《*Domination and the Arts of Resistance*》，他以「隱匿文本」(hidden transcripts) 的理論去談權力關係底下的戲劇：雙方都只呈現某些層面，以便協商，因此殖民者也會虛應故事，不必採霸權或支配性的角色。對管理分化與合法化問題，Scott 的理論可能遠比 Lebovics 所批評的還要複雜一點。

第三篇是芝加哥大學的 Michael Murrin 所發表的"Spenser, Saint George, and the Eastern Question: Tudor Style"，這一篇很能代表文藝復興時期的新歷史主義者晚近的一大關注，例如 Stephen Greenblatt 的兩本近作《*Learning to Curse*》(一九九〇)及《*Marvellous Possessions*》(一九九一)，以及 Donald Pease 對 Greenblatt 早期著作的批評（見 *Consequences of Theory*)，均是有關殖民主義。**Murrin** 針對文藝復興時期英國詩人史賓塞

(Edward Spenser)的《仙后》(*The Faerie Queene*)中的紅十字騎士傳奇，去探索聖喬治斬龍的故事如何透過商業社群及其殖民活動傳播到各地。整篇文章指出史賓塞選擇以東方去發揮他的想像力，與當時的社會與經濟活動（尤其殖民的幻想）有著極其微妙的關係。

Murrin 認定史賓塞筆下的「仙鄉」是指印度，而事實上也可指亞洲或美洲，因爲印度只是個模糊的地理名詞，而聖喬治（紅十字騎士）遠征的地點即是現在的亞美尼亞，他在那兒與龍搏鬥，龍是來自蘇俄南方的鹽湖，到處肆虐，爲害水土。除了史賓塞之外，他同時代的市德尼(Philip Sidney)及馬羅(Christopher Marlowe)都寫過有關這個地帶的傳奇故事，可見當時大家對中亞都有興趣，而且可能大多是貿易上的興趣。Murrin 一方面從聖喬治成爲外出商人社群的守護天使的演變史，去追蹤這個大天使屠龍的傳說與貿易路線的關係，另一方面則從傳奇的文類去分析作者與讀者的階級與商業利益，他認爲《仙后》的讀者有一大部分是倫敦的商人，這些商人讀到史賓塞有關聖喬治的描寫，立刻會與他認同，他的屠龍事蹟以及他的歷險正好鼓舞商人再向前推進，去開拓更理想的市場。由於聖喬治代表貴族而且是單槍匹馬，商人自然很樂於與之認同，藉此過貴族與征服異族的癮。就商人與紅十字騎士的關聯，Murrin 以 Thomas Bannister、Geoffrey Duckett 一群英國商人的經歷去印證，然後又以史賓塞本人力爭上游的生平事蹟去作旁證。他的結論是紅十字騎士從不依靠其他人，也不發動大規模戰爭，因此很像商人社群在異地的活動。

Murrin 的證據之中最薄弱的是他假定倫敦商人是《仙后》的預設讀者，事實上，史賓塞的時代，作品仍以贊助者(patron)爲主，大多只在宮廷裡流通，史賓塞的主要贊助者是羅列爵士(Sir Walter Ralegh)，羅列在受女王冷落之後，致力開發圭瓦那金礦，獲取鉅富。在當時，商業主義雖然盛行，但是大多數的貴族只用來擴充自己的地位，並非完全商業化或資本主義式的活動。而且商人爲軍隊通風報信，分析地理位置、風土人情，以利軍事作業的事在當時也不在少數，商人甚至於靠軍隊去開拓市場、賺戰爭財。Murrin 以外出商人的經歷去和紅十字騎士比擬，可能是忽略了紅十字軍從宗教團體的傳說及東征事蹟所衍生出的託寓作用。不過，從文學作品中找到殖民與商業主義的線索的確是很值得嘗試的新課題。

第四篇是 Shahid Amin 的“Remembering an 'UnGandhian' Event: Notes from Historical Fieldwork”，Amin 的成名作是《*Uneven Development*》，提出第三世界不均衡發展，文化超過西方，但經濟落後，種種不均衡的情況無法以經濟學的模式（如「未開發國家」）去描述，他目前是普林斯頓大學戴維斯中心的研究員，這篇文章也是他在普林斯頓寫成的成果報告之一。對研究台灣二二八事變史的學者來說，他的論文可能有些啓發作用。Amin 在這篇論文中嘗試將人類學的田野報告納入史學的寫作方式，他拿一九二二年二月四日 Chotki Dumri 城的暴動事件爲研究中心點，去訪問受難者的遺囑及當初事件的見證人。一九二二年這個事件在印度現代史裡是件大事，因爲在警方鎮暴行動尚未完全展開時，群衆便激昂暴動，二十三個警察當場被打、燒死，聖雄甘地的和平獨立計畫因而受阻，而後來又一連串發生報復及上法庭各執一端的事件。由於警方的見證全被打死，剩下來的是一些見證及遭到報復、迫害的當事人，他們在法庭上又爲了個人的利益，不是被威逼利誘，便是矢口否認，整個一九二二的羅生門事件便一直無法揭曉，官方曾發表幾次有關一九二二事件的文告，但是歷史學者大多持懷疑的態度，不願全盤接受。

由於歷史見證大多死於冤獄，或者不敢公開聲明，Shahid Amin 便在六、七十年後，等風平浪靜後，再回去重新組構歷史，他依賴的材料不是官方的檔案，也不是法庭的紀錄，而是一一找尋見證人及遺囑，將他們的話整個抄錄，並且對矛盾的證據也不想辦法去解決，完全是以羅生門的方式，各種版本一一並列。他的想法是歷史是個人的記憶堆積而成，不必由一位史家去修改或給予某種一以貫之的立場。由於官方與老百姓的說詞距離相當大，Amin 只好找另一種寫作歷史的方式——在官方及私下的舞台之外的另一個空間，一方面是史學家所排陳出來的歷史敍述舞台，另一方面是要敍事者自己道出隱言，不受形式限制。以這種方式，一九二二事件逐漸以地方而且片段的方式呈現，一反傳統那種連續而一貫的大敍事體，只剩一小節一小節的事件。

然而，儘管史學家認爲自己並未預設立場，難道他作爲史學家的身分就不致影響、甚至塑造講故事者的內容及其修辭？對記憶的功能，Amin 似乎是採資料回收(retrieval)的態度，而忘了記憶也有部分是在重新複述已經流行的說法及別人的說法，因此很少記憶不受汚染。至於作爲西方來「蒐證」的機構代言人，Amin 是否完全中立，他在傳抄時或訪問時，是否會與對方形成權力關係，而敍事者的自白是否有其戲劇性或受目前政治情勢的影響而做些修正？畢竟，經過這七十年，一切都不一樣了，我們眞的能找到原來事件的眞面目嗎？這些都是從事類似的史學活動的學者得自我反省的問題。

六

最後，我要討論三篇與宗教傳播或暴動有關的論文，對這些宗教我所知甚少，因此只能簡單交待。第一篇作者是 Nikki R. Keddie，現任教於 UCLA，她的論文“The Revolt of Islam: 1700 – 1991, Comparative Considerations and Relations to Imperialism”，是所有論文中研究的時期最長，而且也是其中唯一附有書目的論文，充分顯示她有備而來。

Keddie 自稱是「反反本質主義者」，她認爲唯有當地人及信徒才能瞭解回教暴動史，對這一點與會人士頗有意見。她主要的論點是：針對殖民主義，回教徒從一七○○年起，便發展出不同的宗教復興運動(revivalism)，第一個時期是對西方的商業侵略起反應，因而興起宗教與政治結合對抗商業主義的行爲；第二階段是針對法、英、俄、義的殖民侵略，回教徒變得更積極武裝自己，第三個階段是面對西方現代化問題，又重新回到舊有的宗教尋根，企圖找到宗教與民族的統一點，同時也希望透過宗教的號召來收復國土。

由於 Keddie 採本質主義的立場，她對宗教與商人文化特別強調，對國家及法律的範疇，以及回教徒是否在反抗之中已內在化西方的價值，因此不是純粹的政教復興，而且這些回教反抗活動與興建國家的關係到底哪一個比例較重，其中是否有某種政治或有意識的動機在，這也是 Keddie 的連續性敘事體因而只偏重本地的反抗而忽略本地與外界之間的互動，美中不足之處。另外，不少人提出她泛論中東、非洲回教反抗活動，過於零散，缺乏具體證據等。這些是研究的時期及範圍過大時無法照顧到的問題。

第二篇是 Zachary Lockman 的"Exclusion and Solidarity: Labor Zionism and Arab Workers in Palestine"，猶太政教國(Zionism)目前不只是學術界與政治界的主題，也正式上了聯合國，同時也是以色列與巴勒斯坦之間的大問題。Lockman 目前是戴維斯中心的研究員，在文章裡他指出巴勒斯坦的居民經歷過種種形式的殖民，他們原先想建立的猶太政教國這個民族主義的理想，已經與帝國主義、殖民主義密不可分。以往的研究通常強調阿拉伯與猶太社群彼此分開、自我包容，重點大多放在勞工領袖及活躍份子的價值觀及其締建的機構上。Lockman 以「兩元社會」來描述這種模式，強把兩種種族劃分，說他們有各別的歷史，彼此不相干。即使雙方的明顯衝突也被視為是外在、短暫、與內在結構不相干的小變數。Lockman 提出「修正觀」，側重這些衝突、互動的影響，研究互動過程中，猶太政教國構想的變動。換句話說，他不相信這個構想是內在的功能，反而是長期以來的經濟結構關係，特別是猶太移民所建立的勞工市場與阿拉伯人之間的來往，使民族主義變得較以前所想的更要複雜許多。

Lockman 的研究當然比較能掌握到逐漸在變化的阿拉伯與猶太人之間的關係；不過，誠如他自己所說的，這只是起步而已，需要更多的人去做細部的市場、勞工年齡及社群比例等的調查工作，才能進一步討論這個全世界最難纏的地區。

戴維斯中心於九一年結束之前的最後一次研討會是針對 Richard Elphick 的"Conversion and Its Effects in Nineteenth-century South Africa"，Elphick 也是戴維斯中心的研究員，在平時討論會上他幾乎每次都貢獻意見，是南非傳教史的專家。在這篇論文中，他從十八世紀的傳教活動一直講到十九世紀，並對傳教士與殖民的政治、經濟活動作十分深入的剖析。起初，Geory Schmidt 的信徒只有五位，後來 van der Kemp 則成功多了，van der Kemp 主張以證道的方式傳教，證道者最好本身就有受聖經感動的經驗，而且又能瞭解當地的文化，能與非洲人打成一片。到了十九世紀，愈來愈多的新教傳教士到南非傳教，他們身兼教士、土地擁有者與地方司法官。從 Georg Schmidt 到十九世紀及二十世紀的傳教士之間的變化，Elphick 將之分爲三期，他對第三期的傳教士結合地方人士對教育的誤解，一方面彼此產生對話，另一方面則彼此利用，以至於在當地人心中起了重新定位的現象，當地的文化及歷史一方面排斥原罪思想，然而又以另一種方式去吸收，對這些傳教士如何變更教義及傳教組織，信教的當地人如何得到不同的訊息，以結合個人的社會經驗，Elphick 分成幾個層次來分析——非洲領導者、非洲的異教徒、殖民官員及傳教士本身，另外再加上基督教與西方文化、科技、帝國主義的複雜關聯，帶來不一樣的訊息。他也探討了傳教逐漸本土化的活動，尤其是宗教與醫療，在傳教士身上看出殖民主義的各種面貌——教士、政治居中斡旋者、地主、醫生、教育家、專家——有什麼就隨機應變的雜耍(bricoleur)。

Elphick 這篇論文十分詳盡，我們的宗教史（佛教、景教，尤其基督教）也很值得以類似的方式去探究，特別是明清時代天主教傳教士與本土知識份子、商人、政治人物的交流與互動，乃至傳教站的設立及其演變，信徒的影響，宗教所激起的論戰等都可以重新定位、考慮。

一九九二到九四年，戴維斯中心的議題是歷史研究的「論辯與說服」，這當然又是個重大項目，可能是史學研究中最重要的一環，討論會勢必精采。有興趣的讀者，不妨直接與該中心聯絡或索取相關的資料。

緬懷故土，再建中心

如果失去北方領土使宋朝詩人畫家產生了去除中心、遠離中心的意識，那麼一二七九年蒙古征服南宋，無論是就地理領域或心理層面而言，都使元朝初年的文人更加不安。南宋無法抵禦北方外族的力量，因此偏安南方形成另一個政治文化中心，一旦蒙古人入主統治中原近一百年（一二七九—一三六八），中國的知識份子，尤其是原本即居住南方的南人，儘管本質即是分裂的、不穩定的，仍然感受到無法和具體的社群或整體發生連繫。蒙古統治中國後，強烈的失落感油然而生，更混雜了鄉愁、屈辱，及渴望收復故土等複雜的情感，起初中國的知識份子認爲蒙古統治不可能成爲事實，逐漸的希望幻滅，他們了解到面對這種邊緣性、疏離，以及故土飄零的失落感之際，必須有所回應。

雖然漢人佔人口的大多數，卻被視爲次等拙劣的民族，受到蒙古人的欺壓剝削。元朝自始至終均對南宋人相當殘暴，他們將人分爲四等，蒙古人爲第一等，色目人（包括波斯人、俄羅斯人）次之，金人及蒙古人入侵中土後，北方大部分的漢人即南遷。留在北方的漢人列爲三等，南人則是第四等，最不受到尊重，甚至不能擁有鐵器，最主要的職責便是爲蒙古人提供食物、酒類、女人、金錢，及家中一切用品。蒙古入主中原後，廢除科舉考試，相當輕蔑中國文人，文人的社會地位只比乞丐稍高。蒙古統治者經過多年才了解到他們需要漢人的輔助，來處理行政工作，科舉制度要到一三一五年才恢復舉行。

漢人踏上故土或羈旅北地，但土地已非他們所有，國家雖然統一，諷刺的卻是落入外人之手。他們遭逢「內在放逐」，與過去斷裂，忍受各種加諸而來的迫害及侮辱，然而知識份子的體會更深，他們被迫在自己的國土裡扮演「異鄉人」的角色，沒有機會遵循儒家學優則仕的傳統，無法直接爲社會貢獻知識技能，文人皆爲椎心的無力感、罪惡感所折磨，將大部分的時間花在寫作繪畫上，同時也反省「書生無用論」，並檢討宋朝傾覆的主因。由於仕進之途已被切斷，文人便自居爲局外人，以寫作（或繪畫）作爲排遣，過著隱遁生活。他們開始質疑、放棄學術或傳統的作詩方式，不再考慮皇室的品味或價值觀；如果是在南宋的統治下，他們必然會內化這些價值品味，事實上仍有所承繼，只是更具實驗性。換言之，處在這種陌生人的領土，知識份子形成了新視野來看待自身的境遇，這使他們只有一種空間性的潛力將娛樂／重新創造(re-creation)及取代／移置(dis-placement)隱喻化。

內在放逐的經驗使文人想像出另一個中心，以對立取代南宋的學術風格及蒙古的政治實體，元朝文人畫家回溯到蘇軾、米芾，以及米芾所師承的董源、巨然。爲了取代蒙古的政治空間，元朝文人畫家創造了兩個中心：一個是表面的；另一個則是象徵化的，深植於內心自我效忠宋朝，正如保羅•伊利(Paul Ilie)研究一九三九—一九七五年的西班牙文學所發現的，如果國家由外族佔有中心，「離心力會擴大」，那麼「放逐會取代這個中心，或是形成兩個中心」(頁六二)。由元代早期文人畫觀之，這兩個中心可由捲軸文人畫來解釋，繪畫主要在描摹傳統的可識客體，而詩文則指涉對中國知識份子別具意義的人物或歷史時刻。就更深層的意義而言，詩文指向另一個中心，由蒙古統轄的現實世界取材，藉著表面而且單純的物體傳遞文化意義，於是，山水、物體彷彿都是從記憶中捕捉出來的，來自另一個地方，不屬於現在的中心。換言之，繪畫是「被緬懷、重建」(re-membered)的故土，由文人畫家搜尋記憶描繪組合而成，就此觀點而言，笛雪透(de Certeau)認爲記憶的「藝術」相當具啓發性，其特質是總是停留在某處，卻未能擁有，因此地點、時序均有可能改變，形成了轉受的契機（《日常生活實踐》頁八七）。笛雪透確信，訴諸記憶最明顯的印記在於「源於他者」(the other)同時也「失去他者」(頁八六)。元代文人畫家加強了對過去的聯繫，同時也作了修正，透過這種方式，漢人知識份子堅毅不屈的人格以潛意識的手法隱藏其政治企圖，維繫了抵抗的力量。

元代文人畫家不斷地利用過去來重建山水景觀，他們的「田園論」本質上說是逃避、反思、拯救、或是安魂曲，倒不如說是重建更爲恰當。李鑄晉即明確指出錢選（一二三五—一三〇一）及趙孟頫（一二五四—一三二二）重振青綠山水畫風，具有重大的文化意義。他認爲青綠山水表達了文人畫家在動盪不安的變遷中，對過去以及偉大的中國傳統的渴望與深厚的情感，同時也透露出他們企圖尋求新的美學價值。不過李鑄晉只指出這些藝術家以吳興爲「藝術重鎮」，和南宋學院所在地杭州花鳥畫相抗衡，卻忽略了其他文化中心如嘉興、無錫等。事實上，所謂吳興八大家，即錢、趙及另外六位宋末文人，均曾接受忽必烈的詔請，爲征服者服務，如趙孟頫便留在首都大都近十年之久。因此，只舉出特定的文化中心爲代表，似乎藝術家並不遷徙他處，或是定居一地，並沒有忍受國內放逐的煎熬，顯然是大錯特錯的。

李鑄晉只由元代早期畫家的構圖與技巧，討論他們的貢獻。因此未能分析畫作的題詩（一九八一，頁三五三，例如他對錢選「雪後汴山」畫上的題詩，即略而不談）。和畫比較起來，這些詩藝術價值並不高，因此李對題詩略而不談，是可以理解的；但是忽略了題詩，同時也忽略了這些文人畫家藉著題詩表達心中顛沛流離之感，用德勒茲（Deleuse）與加塔里（Guattari）的話來說，即是「去領域化」(deterritorialization) 及「重新領域化」(reterritorialization)。元代文人畫家顯然是由前人經驗學習到這種象徵性實踐，事實上，元代文人淪爲次等民族且仕進之途阻絕，無法再參與行政工作，於是大多數文人便歸隱山林，以教書爲主，或重新思考聖賢典籍。對他們而言，唯一的選擇便是提筆批判，進行知識份子的嘉年華，這種傳統源於魏晉文人，繼之由蘇軾等人發揚光大，或是互相吟詩賦詞，或是重新解讀、改寫彼此的作品。我們可以看到元代繪畫由詩人畫家或其友人題詩的數量特多，尤以倪瓚（一三○一—一三七四）的作品最爲顯著。原因可能是藉題詩以別於頽敗的業餘畫家（無論是自己或友人所題），並藉此應和古人，以形成他們理想中的知識份子社群，將對於歷史或社會政治的諷喩寄託在單純的山水之中，同時也保存了原有文化的記憶。在這種象徵化實踐下，流露了另一個中心的意念，抗拒現實的總體性中心。本文將藉一些「遺民」的作品，來說明繪畫空間上如何呈現出兩個中心，第一個例子爲鄭思肖（一二四一—一三一八）。

失根的蘭花

鄭思肖本名鄭某，宋朝滅亡後更名思肖，正如高居翰(James Cahill)所言，是「表達忠誠的遮掩手法」(頁一六)。「肖」是宋皇室姓氏「趙」的一部分，「思肖」的意思即是「懷念已淪亡的大宋」，他的號爲「所南翁」，表示他對南宋忠心不貳。對他而言，南宋仍然存在，他還是宋朝子民，其反同化的立場可由其著名的畫蘭——以更精緻的方式——呈現出來。表面上看來，這幅畫精緻而無爲，很難想像還有作品比它更不涉政治，更爲含蓄。捲軸展開，兩抹蘭葉淡墨搖曳，其間一朵花蕊是整幅畫唯一著濃墨處，左側詩爲其友人所作，右側則是鄭自己所題。詩曰：

向來俯首問羲皇，汝是何人到此鄉？
未有畫前開鼻孔，滿天浮動古馨香。

蘇利文(Michael Sullivan)認爲這首題詩，「實際上別有所指」，當時的學者常藉詩畫喻託不爲當權者接受的心志，只有他們的摯友才了解背後蘊涵的意義（頁三二）。高居翰也認爲這首「神祕幽渺」的抒情詩「就構圖而言，增添氣勢，但卻不易理解。」（頁一六）然而，文人畫家以蘭爲題即非偶然。傳統認爲蘭花爲君子的表徵，忠貞自持，執著理想，不懼強權。蘭花、蘭芷也是偉大的愛國詩人屈原（西元前三四三—二七七）用以自比的代表。即使宮中小人讒言，君王不再信任，他仍對楚懷王一片赤誠。他憂心朝政頹敗，在詩中寫道：

何瓊佩之偃蹇兮，衆薆然而蔽之，惟此黨人之不諒兮，恐嫉妒而折之。時繽紛其變異兮，又何可以淹留？蘭芷變而不芳兮，荃蕙化而爲茅，何昔日之芳草兮，今直爲此蕭艾也？（《離騷》）

很顯然地，鄭思肖說觀者應能嗅得古代馨香浮動滿天，即指涉了屈原所言蘭芷、荃蕙不復芳香，他希望能變蕭艾爲芳草，恢復其香郁。由這幅失根蘭花，不僅表達了他對故土淪爲蒙古統治的心情，透露出忠誠不改故國之心，同時也暗含了他對那些不作抵抗，爲異族服務的人有所不滿——由芳草淪爲「蕭艾」。的確，這幅畫作於一三〇六年，當時有許多宋末學者至大都擔任公職，趙孟頫即爲其中之一，他還是宋朝開國皇帝之後裔。這幅描繪蘭花之作，如根據屈原的說法，正是鄭思肖別於其他淪爲蕭艾的知識份子的寫照。

雖然無根，鄭所繪之蘭似乎根植於另一塊土地，並且綻放出花朵。這是故土，遠離現在的政治現實，鄭思肖過著隱居生活，必然在某種程度上認同古代的隱逸詩人陶潛（三六五—四二七）不爲五斗米折腰，返鄉過著躬耕生活。題詩中第一句的「羲皇上人」指的便是陶潛，前兩句的說話者爲蘭花，詢問羲皇上人到此地來的理由，但其實則別有深意。羲皇上人的典故語出〈陶潛與子儼等疏〉：「常言五、六月中，北窗下臥，遇涼風暫至，自謂是羲皇上人。」他相信自己和古代隱者一樣享有閒適自在，但此處蘭花是臨風俯首，枝葉低垂，暗示南宋被蒙古征服後，鄭思肖深感屈辱絕望。因此引用羲皇上人的典故，更突顯出被迫放逐的主題，以及放逐後伴隨而來的怨恨以及挫敗交錯的心情。對陶潛而言，歸隱山林的自我放逐出於自願，但是鄭思肖及元代許多知識份子，卻是不得不然的行爲，而且就算他們退隱到私人田宅，依舊像是無根的蘭花，土地已淪入外人之手。鄭藉蘭花代表南人（雖然無根）兼問話者，詢問隱者爲何來到此時，表達了沈痛的反諷，問題本身也表明了對蒙古蹂躪中國土地的抗議，問話的失根蘭花似乎正代表了流離失所的漢民族；鄭思肖要隱者（他自己）及觀者對版圖與心境的取代轉換作一反省。但他並沒有提出解答，他對藝術深具信心，相信能使觀者嗅得古馨香，如是，雖然沒有得到回答或是羲皇上人保持緘默，答案也就不彰自明了。畢竟要對無視人間苦難的物體抒發心中抑鬱，並非易事，因此被放逐者的沈默透露出更沈重的悲哀。他對故土的緬懷追念無法寄與，無法使故土傾聽。就此層面而言，我們的文人畫家相當明白，建言未被接納的屈原，比陶潛更加接近他的心靈，或許這也就是爲什麼他藉屈原慣用的蘭花意象發問，使得代表陶潛與其桃花源式理想化身的羲皇上人噤失不語。陶潛的逃避現實對鄭思肖而言，過於個人主義、過於不關心政治，他希望經由繪畫讓「古馨香」浮動滿天，喚起集體記憶以形成文化變遷。

他對這幅畫滿懷信心，相信能打動每個觀畫者，使每個人都能嗅到古代馨香，這份香氣甚至會浮動滿天，盈繞四處。鄭將主題置於正中，要觀者直視被移置的、無根的蘭花，而在詩中告訴我們，即使花已失根，仍然綻放，飄送出芳香，顯然蘭花的香氣象徵忠誠貞潔，蘊涵了過去所代表的意義，也暗指觀者對美學客體的「瞭解實踐」。換言之，蘭花喚起觀者注意表面的圖像背後所具有的文化意蘊及其象徵意義，雖然被移置，根部也不著土，但是蘭花仍然在另一個地方有其意義，能夠生存。最後兩句詩的關鍵字爲「古」字，不僅是古代也是過去。與現在當權論述抗衡，鄭思肖藉著喚回觀者意識到過去、從前美好的日子，希望加強對過去、對宋朝的連繫。對他而言，整幅畫可以感動觀者，使觀者回憶起過去，並激勵觀者有收復失土之志，這時整幅畫便建構了文化重整的一刻。

鄭思肖畫蘭花揭示了當時及後世很重視的主題，例如蘭花的意象典故便爲許多文人畫家所偏愛，經常與竹搭配，蘭竹代表了君子的兩大美德：高潔正直。畫上的題詩不僅代表了結構的開放性，同時也表示繪畫在呈現主題時的不完整性，因此只有文化上及政治上的意義，題詩喚起文化記憶並號召恢復「古代馨香」的行動，在作用上，不只是補充說明，更提供了觀者對於意象背後歷史與社會建構的意義，題詩使原本在中央的繪畫失去中心，指引觀者導向另一個中心，即是使蘭花具有意義的文化傳統。稍後我們從錢選的畫也可以看出他利用本身不具政治意涵的物體，藉著文化、政治符碼表達憤怒抗議的心聲。

秦侯的秋冬

元代早期文人的詩文與繪畫，大抵對南宋的風格，有很強烈的反動，這些反動尤以錢選、趙孟頫的作品最爲明顯。學者研究認爲這些藝術家或是復古，回溯早期如唐代、五代，及北宋時期的畫風，或是實驗性的嘗試將古典風格加以創新（李，一九八一，頁三四八—七〇；高居翰，頁二一一—四六）。不過，正如邦納特(Richard M. Barnhart)所言，雖然錢選的人物畫和唐代、六朝的主題相關，風格也大致相近，但是他的色彩濃郁鮮麗，和前代大不相同（頁一一〇）。毫無疑問的，錢選及趙孟頫的青綠山水主要源於南宋的典範，不過他們也嘗試融入新的特色。錢選以蓮及梔子花為題的畫作，可見南宋學院派的風格對他構成的影響。然而錢選因爲強烈的懷鄉愁緒及收復失土的渴望，使得他的畫作在最亮麗繁複的色彩下，隱藏了豐富的文化意蘊。

正如鄭思肖偏好別具深意的蘭，錢選所繪的花卉也多以清香純潔著稱，色彩則以白色爲主，例如「畫蓮」即是頌揚蓮所象徵的美德——出淤泥而不染。蓮花也是北宋新儒學的創始人周敦頤（一〇一七—一〇七三）所偏愛的植物，他在〈愛蓮說〉一文將蓮花比做君子，代表了廉潔；生長在污濁的泥水中，似乎象徵了不屈不撓、執著理想的節操，這正是周敦頤勉勵所有讀書人應有的品格。錢選畫蓮表明了他對前代的忠誠，能夠抗拒外來的壓迫，事實上他的確拒絕了可汗的詔請，退隱吳興。

在這幅作品中，蓮花含苞待放，但似乎蓮花本身不願綻放，錢選在畫上的題詩寫道：「但憶清香伴月華」或許暗示了他心懷宋朝，故國正如月光般的伴著蓮花，飄送芬芳，既然月光（宋朝）已逝，蓮花便不再綻放，「憶」字表明使詩人畫家繼續創作的根源；以過去爲寫作繪畫的主題，正是象徵了其自持的心態，避免想像力枯竭，表達出他心中的無所適從，抗議這樣的流離失所（雖然聲音微弱），並且經由傳統與當前企圖收服併吞漢民族的霸權相頡頏。

很有趣的是趙孟頫在錢選梔子花的作品上題詩，只是讚美錢選的精湛技巧，花卉相當的傳神。對趙孟頫而言，大師無法模仿的技巧，使得原本不起眼的花朵成爲藝術傑作，對於花卉的顏色——白色（代表高潔）所具有的象徵意義卻隻字不提；不過這首題詩仍提出一重要問題，亦即錢選及其後繼者在大家風格上的歧異。我們知道錢選聲名極盛，以致於當時的畫匠常冒用其名，以贋畫欺騙世人。到他老年時，贋畫數量過多，使得他不得不在晚期畫作上特別題詩爲記，以與仿作區分（高居翰，頁一九）。對他而言，題詩主要是用來鑑定畫作眞僞，當然這並非創舉，米芾與米友仁也曾在畫上題詩，以示與畫匠及院派畫家不同。値得好奇的倒是錢選以二米及蘇軾爲楷模，雖然他晚期畫風與更早期的大家，如董源、巨然等人相近，但米芾之於他，就像是中介橋樑。因爲米芾起初也是臨摹早期大家，試圖將他們的風格融入自己的畫作，在此，姑不論區分藝術家與畫匠的作用爲何，錢選的題詩倒經常隱含了政治訊息。

〈秋瓜圖〉上的題詩是錢選抵禦、反同化的象徵行爲例證之一。畫中這些靜物排列得次序井然，看起來對稱平衡，完全不涉政治；色彩與構圖呈現出靜謐且似乎與政治無關的氣氛。但細察之後卻發現畫中透露出文人畫家對收復國土的焦慮與熱望。這幅畫以墨色、淡彩（以綠色爲主），生動地勾勒出甜瓜清涼宜人的特質，襯以素淨的背景，更加顯眼。構圖由隱固圓潤的甜瓜襯以由大漸小的葉瓣、花朵，最後移到纖柔的捲鬚及削長的葉片，亦即用塊狀至平面再至線的構圖法（高居翰，頁二一一），如高居翰所言，葉子的平行、交錯，不僅有「纖弱的支架——正如框架一般的作用，其餘的物體可據此整齊排列。」同時也導引我們的目光去探究與世無爭的圖象背後所隱藏的意義：題詩細膩地透露了畫家對於蒙古統治的心情，詩中敘述了作此畫的動機。詩云：

金流石爍汗如雨，削入冰盤氣似秋。
寫向小牕醒醉目，東陵閒說故秦侯。

表面上看來，詩旨在描述甜瓜及其用途，實則引用了秦侯的典故，便耐人尋味。據說召平是秦朝（西元二二一—二〇六）的侯爵，秦亡後便歸隱首都的東門，種瓜耕讀。召平所種的瓜甜美爽口，與衆不同，當時的人便根據他從前的號，稱其所植之瓜爲東陵瓜。後人只知食瓜卻不詳其源由，後來的學者文人，尤其是有亡國之痛者，便引此典故，將所有的甜瓜均稱爲「東陵瓜」，以紀念其忠君愛國的品格。錢選既是忠於南宋的隱者，顯然認同秦侯召平的表現，因此，畫瓜並非偶然，而是帶有政治、文化的目的，欲喚起同胞，以召平的故事作爲惕勵。有趣的是畫中枝葉向上伸展，彷彿帶領觀者由具象的現實世界走向詩的領域，企圖藉著指涉過去的象徵行爲來「取代」畫中前景的眞實（取材現實的瓜），並且有所區隔——避免人們偏離了傳統，被異族同化。對錢選而言，飲酒是爲了遺忘過去，意識不清也不再對現狀不滿，他的詩正應合了特迪曼(Richard Terdiman)所說的「物質記憶」(materials memory)，以一問一答的形式連接現在與過去，這種由「杜撰的傳統」(invented tradition)、意識形態質素及符號上的抗衡所建構的關係，完成了「回憶的文化累積」(cultural accumulation of these recolections)，過去便可藉此投注於現在（〈解構記憶〉頁三二）。

詩的下聯呼應前兩句，表面上是客觀描述氣候的文字，實則隱含了政治意義，開頭談到炎熱彷彿能將金屬熔化，藉此隱喻批評了蒙古政權。詩中暗示，在蒙古人的統治下，生活有如水深火熱，令人難以忍受，要重享瓜的甜美，降低氣溫，改善目前的生活，漢族同胞應有所自覺，推翻暴政。爲喚起爲人所淡忘的東陵瓜的由來，錢選努力從混沌中鑿開一線光明，將過去重新積聚投注於現在，經由實際或象徵化的實踐，抵抗異族同化，阻止人們逐漸遺忘過去的偉大傳統。透過這樣的方式，表面別無所指的客體被賦予文化意義，以號召政治行動，如果畫作上沒有題詩，那麼瓜只是瓜，而畫家的意圖便無從彰顯了。

（全文以英文寫成，由李根芳翻譯成中文）

參考書目

Ilie, Paul. *Literature and Inner Exile: Authoritarian Spain, 1939—1975*. Baltimore: Johns Hopkins UP, 1980.

De Certeau, Michael. *The Practice of Everyday Life*. Trans. Steven F. Rendall. Berkeley: U of California P, 1984.

Li, Chu-tsing. (李鑄晉) "The Role of Wu-hsing in Early Yuan Artistic Development under Mongol Rule," in John D. Langlois. *China Under Mongol Rule*. Princeton: Princeton UP, 1981.

Cahill, James. *Hills beyond a River: Chinese Painting of the Yuan Dynasty, 1279—1368*. New York: Weatherhill, 1976.

Sullivan, Michael. *The Three Perfections: Chinese Painting, Poetry, and Calligraphy*. London: Thames, 1974.

希望・回憶・複述
——重讀《杜蘭朵》

「這不是我也聽說過的同一個神仙故事嗎?巴拉克，告訴我下半段情節，對此故事，我自己已不知講過多少次了。」[1]這故事是關於杜蘭朵公主選駙馬，條件是須冒被砍頭的危險，除非答對她的三個謎語。當他從前的教師巴拉克告訴他這一故事時，韃靼王子卡拉富起初不願相信，並且不斷地說此故事是荒謬、愚笨、沒意義的，但是當他一看到杜蘭朵的畫像時，就完全改觀了。他是如此地被她的美所感動，以至於他想要追隨其他王子們「愚蠢的」和「可笑的」腳步，也甘心「爲一位如此凶殘的女人拋頭顱灑熱血」。當然，卡拉富和大多數的觀衆都知道有關杜蘭朵這位殘酷公主的故事不過是個神話；然而當面對這幅美麗的畫像或是那齣宏偉景觀的歌劇時，這個神話突然間變得比現實更爲眞實。正是這一種特殊的心理動力(repetition compulsion)，想不斷去溫故知新，重新玩味某種關於其他文化的奇怪古老傳說，使得普契尼的《杜蘭朵》一直吸引著觀衆。

在我們進一步探討齊克果關於複述心理動力所做的觀察之前，且先駐留在卡拉富王子的這一段話上，他說：「那不是同樣的神話嗎？」這句話暗示著那故事當巴拉克重述它時，早已爲卡拉富所熟悉。這故事正被重述著，然而「告訴我下半段」暗示著卡拉富想要（或至少希望）去聽一種不同的敍述方式，重新聽一個讓他可毫無困難地重新回憶起，而且已被複述過很多次的故事。有趣的是，在歌吉(Carlo Gozzi)筆下，卡拉富想聽的是「有變化的重複」(repetition with difference)，在這方面看來，他和普契尼非常相似。普契尼嘗試著透過嶄新的歌劇神話，去爲義大利改頭換面、重新開始，但他最後卻只重述那些古老的神話。我的論點是這些古老的神話，其實涉及將女性和其他文化(the other)混爲一談。縱使柳兒的角色，對普契尼和他的編劇者而言是新鮮的，但她也反映出較早期，蝴蝶夫人和咪咪這類型人物。

在我們分析普契尼的《杜蘭朵》時，可立刻想起此三種在現代歐洲哲學中的重複典型：尼采、齊克果和弗洛依德式的。尼采認爲重複是英雄式的標記，這一點似與普契尼重新改寫歌吉，使卡拉富成爲一個帝國（中國）的救贖者之民族大計有關，因爲對普契尼來說，此帝國暗指義大利。弗洛依德的觀念爲重複變成是一種症候，是就精神上的創傷不斷演繹出的過程，而不是將創痛撫平或解決。此見解可以幫助我們瞭解普契尼改寫歌吉劇本其背後的政治意義。但在此就本文的目的而言，齊克果在希望、回憶、複述之不同的論點更具啓示性。

> 希望是稍縱即逝的可愛少女；回憶是永遠令人無法滿足的漂亮老情人；重複則是不致令人厭倦的愛妻，因爲只有新的東西會令人感到厭倦。我們總不會厭惡陳舊的東西，一旦擁有陳舊的東西，便感到很幸福了。只有這種人是快樂的，因爲知道重複、複述來複述過去的是老東西，不至於產生令他厭倦的新東西。年輕人可以希望，可以回憶，但是只有勇氣十足的人才能複述、重複。只敢希望的是個懦夫，只願回憶的是個耽溺的傢伙，而願意複述、重複的才是個道地的人。愈是敢去重複，愈證明那是個有深度的人。[2]

在《重複》這一本書裡，齊克果使用了性別的比喻——既色情又性感的比喻——來討論複述的隱含意義。這本書的開始是一位年輕詩人無法鼓起勇氣來接受他婚姻的可能後果。詩人不能面對他婚約中人際關係（感情）的需要，終於放棄在人際倫理層次上與他人不斷重溫舊情的希望；他的朋友康斯坦蒂斯(Constantius)對美感的重新捕捉與追憶也一樣不成功；故事結束時，康斯坦蒂斯邁入第三種重複，也就是想在宗教上獲得重生。對齊克果而言，人的統一——他明顯指男人——只能在宗教的層次上達成，這第三種形式的重複是基督在人身上的重生，可將永恒帶至現世，藉此賦予過去的意義。上述這一段文字是他所謂的第一種重複形式，是人際倫理層次中愛和重生的重複這個模式之前的引言，在這種倫理重複關係上，年輕詩人和他心愛的人——「可怕的誘惑者」——之間的關係是以絕望和疲倦不了了之。第二種形式在美學層次中的重複亦無太好的結果。明顯地，只有天父生聖子才是一種最終極的實現和深奧形式的重複。當然，齊克果僅是繼承了西方哲學家從柏拉圖到黑格爾的哲學傳統，而在此眞理的發現上作了回應——即感官僅充作理性的前導，不過，他的說法更具有誘惑力，更具有修辭上的「肉感」及意象美。德希達(Jacques Derrida)和許多批評家，最著名的是吉爾曼(Sander Gilman)、費爾門(Shoshana Felman)和依瑞葛瑞(Luce Irigaray)，他們已討論了現代化與現代「性」論述之中，重複和壓制、運用及濫用女性，以象徵其他種族與社會問題❸。蕾德芙(Michèle Le Doeuff)經常提醒我們在哲學的濫用上昆蟲比女性還更受保護❹。在接下來的幾頁中，我想以齊克果式的類比來檢視《杜蘭朵》，討論它如何處理「前現代」他人(other)，分析其文本策略，看它如何取代和置換在本國的一些急切問題。

普契尼在他改寫歌吉的劇本中，把他對義大利的希望和恐懼投射到一遙遠的地方，嘗試爲現代化的義大利塑造一新的開始。結果，他的《杜蘭朵》是有不斷變化的重複、改寫和置換。這是較少被批評家所觸及的主題。先前我曾暗示我們應可看待卡拉富爲普契尼的代理，他經常運用一方面重複，但另一方面則加以變化的策略，來挪用或是壓抑他人的語句。現在，我視這齣歌劇爲想處理現代化和身分認同所產生的內在危機。此歌劇中的鬼魂——古老的中國洛琳公主——實際上是普契尼對於義大利無法將過去的包袱拋開，展望一新的現代化國家所產生的焦慮和苦悶的投射❺。我並不是暗示普契尼是位法西斯主義者或是如托斯卡尼尼(Wally Toscanini)這位名指揮家的女兒所說的是個擁德者❻，雖然我們的確可在普契尼身上找到這些政治爭論的線索❼。對我來說，這齣歌劇中最有趣的部分是普契尼如何促使他的編劇者對歌吉的劇本做重大的改變，而創造出相當不同的版本。在此改編的劇本之中，性別、種族、階級和國家主義等議題，與愛可戰勝一切及愛可使每個人成爲它的奴隸的浪漫敍述，彼此短兵相接，形成奇怪的組合。在這關鍵上，柳兒是個含混、模糊的疆界人物，她介於希望和回憶、愛和犧牲，以及勝利和失敗之間。與代表「希望」的杜蘭朵相比——的確杜蘭朵的第一個謎語即是關於希望（在歌吉的劇本中是關於太陽）——柳兒被描繪成是一位代表過去回憶的女人。當普契尼了解到他無法在生前完成他的歌劇時，他說：「到此段，柳兒去了，普契尼也與世長辭。」柳兒雖被他「遺棄」，但也是他在某種程度上認同的化身。

接下來依據齊克果的觀點，我們可視《杜蘭朵》爲由希望到回憶的敍述，在歌劇中，一位可愛的少女轉變爲一位可愛的妻子，藉此使得富於勇氣的卡拉富可以了解到第三種層次的複述，即是天父在聖子身上的重生、父系權力的傳遞及世代交替。在希望和複述之間，柳兒這個人物代表著回憶，不論如何地被壓抑，她總又以一「被客體化」(specularized)的他人來促使我們超脫這客「觀」(specular)的架構來思考，拿她與其他被壓迫或被沈默的人加以關聯❽。不少歌劇是以希望和複述爲主要故事，它們經常在歌劇院中上演，因聽眾渴望聆聽、看到成功而且是他們認同的快樂結局，期盼聽這種歌劇一再重複，且很成功地重複。如同《阿依達》或《莎樂美》，《杜蘭朵》是齣音樂戲劇曲目，已歷經時間考驗，證明其爲偉大的歌劇傳統結束前最輝煌的傑作[9]。以《阿依達》和《杜蘭朵》的成功來說，我們甚至可定義歌劇爲一種回憶和不斷在複述中求變化的藝術，因爲觀衆著迷於觀賞重溫那些他們所認可的著名場景，而且這些景一直引發他們對以前表演節目的回憶，來彼此參照。

然而，就普契尼的例子來說，我們必須增加以阿塔力(Jacques Attali)的作品《噪音：音樂的政治性經濟》(*Noise: The Political Economy of Music*)所提出的另一種重複的觀點[10]。因普契尼不僅是身處於新的錄音時代（除了阿塔力的論述，也可參閱《新哈佛音樂字典》(*The New Harvard Dictionary of Music*)中之「錄音」的說明），而且普契尼故意在他的歌劇中再創出異國風味的曲調。他的藝術是在不斷複製、重複之時代中的複述，而我所要強調的一點，乃在於他的藝術爲音樂的精心營造，而且是在一特定的歷史之擴張和殖民時期，如荷柏斯朋(Eric Hobsbawn)所稱的帝國時代[11]不斷記錄、挪用他人文化的藝術。普契尼運用了帝國主義者的語彙來述說他對英國皇家歌劇院的「征服」，狄喬亞塔尼(DiGaetani)和沙克(Sachs)也注意到普契尼受義大利民族運動很深的影響，因而多少偏向於墨索里尼的法西斯主義運動。普契尼據稱曾在第一次世界大戰前夕的一九一四年夏天對憤慨的托斯卡尼尼說道：「讓我們期盼德國人前來將一切事恢復秩序。」[12]而馬洛蒂(Guido Marotti)宣稱在一九二四年普契尼曾說過（雖然這段引文可能不是逐字眞確，但有其可信度）：

> 我喜歡強盛的國家。像蒂普瑞提斯(Depretis)、克瑞斯匹(Crispi)和吉歐里提(Giolitti)等人都是我所欣賞的人，因爲他們下命令而不是接受命令。現在墨索里尼是要挽救義大利，免於淪入四散瓦解的局面！……德國是最有效率的國家，應該成爲其他國家的典範。我不相信民主，因我不相信我們能教育群衆。那就像是嘗試要把水盛入一柳枝所編的籃子中一般！沒有一位以鐵腕手段的強人所領導的強勢政府——像過去德國的俾斯麥和現今義大利的墨索里尼，則對於那些把自由僅解釋爲放縱的人民來說總是危險的，他們將毫無紀律地毀壞一切。這就是爲什麼我是一個法西斯主義者的原因：因爲我希望法西斯主義可在義大利實現，爲了這個國家的利益著想，我希望法西斯主義能爲義大利帶來戰前德國人的民族國家典範。[13]

要把普契尼歸爲法西斯主義者，似乎太簡單了。我最感興趣的是普契尼把他那時代的問題在他改寫歌吉的劇作中投射到另一個時空，他不僅是把那東方的色彩嵌入他音樂性的論述中，如同薩伊德(Edward Said)在其他作曲家和理論家身上所發現的——例如像莫札特(Mozart)、華格納(Wagner)、威爾第(Verdi)、托斯卡尼尼、古德(Gould)、曼(Mann)、阿多諾(Adorno)和傅柯(Foucoult)等人。薩伊德確實已細心探討文化和政治邊緣之感受經驗，認眞處理東方被歧視與誤解的歷史[14]。不過，薩伊德透過帝國主義和父權文化這兩個系統，來指出它們之間的關聯，因此提出「本質」化的「經驗」，其理論之偏失已被克利佛德(James Clifford)、巴峇(Homi Bhabha)和許多批評學者指出[15]。因此，像《杜蘭朵》這種文本，需要重新思考，不僅是以暗喻或是轉喻的方式、帝國主義和父權文化的觀點，還需要以「多重比喩」(poly-tropes)和西方的現代危機來考慮[16]。《杜蘭朵》可被重讀爲邦吉(Chris Bongie)所稱夾雜著「異國情調的計畫」，試圖去置換和從另一個天地重新開始[17]，同時它也是一分裂的文本，充滿了內在的矛盾和模糊不決的處境，促使我們以巴峇的方式，去理解其中所蘊含的「抗拒整體的『其他』文化的特異觀點」，以此一觀點來看，每次的重複都不曾是一樣的，而且它在源頭便已從缺，它擾亂了權力和知識的算計，產生出其他下層文化的空間[18]。在如此的重讀中，以下的問題變得很重要：如何去描寫政治的變動性而不訴諸本質論或非歷史性的認同？如何去描敍人爲權制，並承認其語言和文化上的限制？如何將幻想與無意識納入社會行爲的研究？如何體認文化差異，對區別的程序詳加分析，而不至於提出既不相干而又多元的說明方式，或是一些大而無當的範疇像階級或是「被壓迫者」的說法？如何有自知之明，對一己的故事其片面性有所省察，但仍堅持權威和信仰去述說它[19]？

在給編劇者阿達米(Giuseppe Adami)和西摩尼(Renato Simoni)的信中，普契尼經常要求他們對席勒(Schiller)所改編的歌吉的劇本再作修改。因此，編劇者對這齣歌劇情節的貢獻，可說有不少部分是受了作曲家的指示和影響。在這些改變中最顯著的是對群衆場景所作的大幅度修正。在歌吉的劇本中，群衆包括了女奴隸、宦官、士兵、祭師和一位劊子手。但普契尼想要一群「無家可歸」的中國人，他們很容易地被動搖，顯然地需要領導和指揮。就如狄喬亞塔尼(DiGaetani)所指出的，這群中國人與第一次世界大戰後，等待他們的領導者墨索里尼的義大利人民極其相似[20]。在最近的紐約大都會歌劇院演出中，雷菲瑞利(Franco Zeffirelli)故意把一大群穿著藍毛裝的中國群衆放在舞台上，他們大聲地歡呼卡拉富，彷彿他是英雄，將領導他們走出毛澤東及天安門事變之後的政治混亂局面，而這景觀的意識形態又被各種古老和現代的東方主題所強化[21]。不過，最重大的改變是阿德瑪(Adelma)這個人物，她是韃靼公主，也是杜蘭朵最鍾愛的奴隸，她在歌吉的版本中，嘗試操縱杜蘭朵卻沒成功。普契尼把阿德瑪改爲柳兒，她變成是韃靼的俘虜而不是公主，並在該是她的祖國之地——中國，被說成是「陌生人」。雖然她有著中國的身分，柳兒卻不被任何一個中國人認同視爲同胞。她因而變成一含混、模糊的疆界人物，使想像的社群中可被承認和給予國籍的標準頓時產生問題。一位從遠方來的「既不屬於兩邊，但又同時屬於兩邊」的人物，帶著她無法被指認的過去，柳兒由韃靼流浪至中國，永遠是個被孤立的外國人。她是個被回憶的人物，不被王子接納或甚至拯救。但奇怪的是：她卻是一中介者的角色，藉由犧牲她自己的生命來纏繞著生者，促使杜蘭朵和卡拉富成爲愛人，並使卡拉富繼承王位。

在歌吉的劇本裡，阿德瑪非常活躍而且巧於操縱；在普契尼的歌劇中，柳兒必須犧牲她自己以便使主人的身分成爲神祕的謎。這種角色的移轉十分有趣。在歌吉的劇作中，阿德瑪看到卡拉富的第一眼，便認出他是她在韃靼的僕人之一，當時卡拉富爲逃避他的篡位者「野蠻的蘇丹卡瑞蒙(Carizmo)」所指揮的祕密搜尋，而在韃靼擔任「最卑下的工作來養活他的雙親」❷。然而，主人和奴隸的角色被普契尼倒置，柳兒變成更加被動、無助、可憐和絕望，也就是普契尼典型的女性角色。被剝奪了社會和性愛的優勢，柳兒被迫在這客體化的架構中運作，順從地成爲一個忠實的沈默者，一個「被認定的他人」，藉著犧牲的舉動影響了憎恨男人而且殘酷的杜蘭朵公主，使她自我改革，轉變成爲「可以接受」的愛人以及一位充滿愛心的妻子。

另一項主要的改變是將巴拉克和阿德瑪變成一體並呈現在柳兒身上，此牽涉到改編歌吉時有關性別、階級、種族和認同的重大改變。作爲卡拉富以前的教師和絲蕾娜(Schirina)的丈夫，巴拉克在卡拉富的父親不在時扮演他父親的角色，此劇從頭到尾他始終保持他的威嚴和權威，甚至贏得杜蘭朵的尊敬。然而，作爲巴拉克的替代者，柳兒是個毫無發言權的年輕女奴。不像巴拉克在歌吉的劇作中有他的故事和歷史可與卡拉富分享，柳兒僅顯示她的身分爲卑微的奴隸，伴隨著流亡的國王提摩(Timur)到中國的危險旅程。巴拉克在歌吉的劇作最後得到獎賞，然而柳兒卻刺死自己以便讓她的主人明白她不會背叛他。這位作曲家和他的編劇者因此巧妙地操作此性別的系統，來描繪柳兒爲一柔弱卻令人欽佩的女人，她爲了正直的理由而死。提摩在歌吉劇作中被述說爲獨自走完那漫長的旅程，但在普契尼劇中，他是瞎眼、無助的，並完全依賴柳兒。這些改變使得柳兒成爲令人佩服但同時又非常可憐的人，正如咪咪或是蝴蝶夫人一般，柳兒贏得我們的同情，在同情中夾雜模糊的矛盾。柳兒卻是如此地一位徹底的普契尼式女英雄，以至於她與父權秩序共謀用來強化那認定女性的結構，以便征服另一個女人——杜蘭朵。在巴拉克的性別、階級和認同的這些極重要的改變，加強了社會和性別的複製，即父權體制的秩序。

在柳兒第一次與卡拉富重新見面時，她回憶起卡拉富舊日在宮中曾溫柔地對她回眸一笑，她唱出〈主人，請聽我訴說〉(Ascolta Signor)，此一震懾人心、迴腸盪氣的音樂，其實是自傳統中國名歌中改編的了不起的重複例子，柳兒請求她的主人三思，不要爲杜蘭朵拋棄生命。就在那一刻，過去的回憶被喚起，卻沒有起作用：過去和回憶，在此時對王子而言已毫無意義。正如齊克果所深切了解的，回憶是過去的漂亮老情人，僅能誘惑但卻不持久。僅短暫地，卡拉富被柳兒的懇求所感動，但那仍無法抑止他想要贏得一位新娘和帝國的期盼。當那微笑的甜蜜被喚起，它也以複述的形式被壓抑：卡拉富悲傷地說道：「那位過去微笑的人已不再可以微笑了。」就一位被回憶，但又不可避免地消褪的人物而言，柳兒即像那位古中國的洛琳公主。洛琳公主的鬼魂纏著杜蘭朶，要求她回憶一位外邦的王子曾對她所做的迫害，進一步藉由殺害追求者來爲她報仇。柳兒和洛琳皆被當作人質和奴隸；她們最後皆自殺——雖是爲不同的理由——而死在外鄉。如卡拉富的父親提摩所提出的，她們皆是以屈冤的鬼魂返回而縈繞人世，形成奇特的一對往事人物。她們可以回憶，但最終未能施展她們歷史的權力。她們褪爲幻影，走出歷史之外。

柳兒和洛琳公主的名字並未在歌吉劇中出現。普契尼據說是對她們的語音效果感到興趣。柳兒聽起來比阿德曼更有中國味；洛琳公主完美地爲歌劇中的中國，和對無法理解的中國增添一股神祕氣息。然而，就在創造這些回憶和褪色的人物之時，普契尼亦表達了一種潛意識的欲望，想擺脫他自己過去的沈重負擔，來開創新的自我。依亭托理（Giampiero Tintori）所指出的，對作曲者而言，他作了所有可能的努力，在他最後幾年來避免「面對歷史無法再延期的問題」㉓。由歐洲的觀點看來，中國是不知在何處和無法指認之詞，可借用至全世界的現代主義中，使所有地方和國家認同變成可相互交換。在普契尼對歌吉的改編劇作的核心中，即是現代主義者計畫去自我創造和產生一新的起點。那也是爲何卡拉富必須對柳兒的話置若罔聞，以便去破解洛琳公主和她的權威之神話，進而成爲中國未來的繼承者，使一切重頭開始。傅柯曾提出現代人並不是要去尋覓自我、探討祕密及其本身之隱藏事實的人，他反而是一個「試圖去創造自我」的人㉔。傅柯接著說，現代性「強迫他去面對創造自我的工作」，而且是在「另一個不同的地方」，這個不同的地方，波特萊爾稱之爲藝術，而普契尼稱之爲歌劇。

以現代主義者自我創造計畫的方式來看，柳兒和洛琳公主是頑負反抗斷裂與不連續性的過去人物，她們得被摒除。爲了切入一緩慢發展的歷史，而使歷史進入一新的時代，剷除它與過去的起源和起初的動機之間的藕斷絲連，清理想像中的權力共犯關係，現代歷史學家必須如傅柯在《知識的考掘》(*The Archaeology of Knowledge*)中所提倡的「引導歷史的分析遠離沈默起端的追尋，與永無止境的追溯回最初的先驅，而改朝向一新的理性，和其不同的效果的型式發展。」[25]這位換置和變化的化身即是卡拉富，他透過破除謎語，而把杜蘭朵和她的人民，由歷史的暴政中釋放出來，並驅除了洛琳公主（杜蘭朵曾稱她爲「祖先」）這邪惡、報復的鬼魂。這幅驅魔的景象，並未在歌吉的劇作中出現，在歌吉的劇中，杜蘭朵並不是被古代的鬼魂纏身，而是一驕傲但可愛的女子，以她自己的話說，是喜歡「保持爲自由的女人——可以自由地去鄙視婚姻和男人——那些不斷想將女人懦弱化和無用化的男人。」[26]在歌吉的作品中，她在宮廷上揭露了卡拉富的身分，藉此擊敗他之後，她招認她是「不公平地贏得此項考驗」[27]。她宣佈道：「讓世人知道我是不願有此不誠實的舉動。並讓世人知道你的優點、寬宏大量和你英俊的容貌已融化了我的心。」爲防止卡拉富自殺，她屈服道：「不要死！卡拉富，杜蘭朵是你的新娘。」然而普契尼和他的編劇者，扭轉了此位誠實和獨立的人格，且讓她扮演如莎樂美般殘忍、性虐待和蔑視生命的人物。杜蘭朵的再塑造變成普契尼對於義大利歷史的失利及其未能完成現代化的焦慮之投射。換句話說，杜蘭朵變成爲一個特殊的歷史失敗之諷寓的名字：義大利民族主義意識形態，無法產生它自己的歷史，以因應它內在的現代化和國家認同危機感。

在一封又一封的信中，普契尼抱怨著義大利那幾乎要使他窒息的陳腐氣氛。他想要離開；認爲生活在世界上任何一地方都比在義大利更有秩序並愉快。例如在一封一九二〇年十二月十一日給國外朋友的信中，他寫道：「在義大利的生活是糟糕的，甚至在被擊敗的維也納的生活都比在勝利的米蘭要好上一百倍?!!」[28]他在另一封信中說：「在過了萊茵河的生活要更好。」[29]同時，他正費力試著改編歌吉的故事，但正如他所告訴他的編劇者，中國迷惑他並使他感到挫折。曾有一度他決定放棄；然而，他就是無法把那異國的主題由他心中移去。他督促阿達米和西蒙尼去重寫歌吉的劇本，以便可以適合他的音樂，而且他承認是「已經做好的音樂」，他爲《杜蘭朵》所寫的音樂驅使編劇者重寫歌吉的劇本。和他早期作品不同的是，《杜蘭朵》有許多合唱和群衆的場景來表達他們渴望一強勢的領導，把卡拉富視爲太陽、光榮和他們的拯救者。巴力巴(Etienne Balibar)最近評論道：現代國家形成的基本議題即是「要產生人民」。更切實的說，「使人民不斷地自我產生爲一國家的群體……經由人民投射在每個人的眼中『作爲一國之民』來產生統一的效果，藉此達成政治力量的基礎和起源。」[30]在前二幕中，中國群衆（如我指出的，這在歌吉的劇作中並不存在）顯得毫無目標而且完全在困惑之中。他們唱歌、跳舞，彷如欣賞那斬首的景觀，但他們亦悲歎公主權力的殘忍，而質疑她竟使得中國變成一個如此嗜殺的國家。宮廷的乒乓碰三位侍郎是本地的中國人，不像歌吉的劇本，是來自中東的不同地方的四位官員。他們被普契尼介紹來形成一組統一的三者，多少就他們的專業，來反應出杜蘭朵所造成的問題。如史坦貝克(Michael P. Steinberg)所觀察的，他們的行動像是現代的官僚，他們做他們並不眞正欣賞的事，並計畫著辭職，除非情況改變。人民、大臣、學士、宦官和僮僕們——甚至皇帝阿通——全都了解到卡拉富就是那位可做好任何事而統一人民的人。他們大聲地歌唱，首先重複〈茉莉花〉這原先要與杜蘭朵相關聯的主題，然後以保皇讚來慶祝卡拉富勝利地成爲新的繼承王位者和新秩序的創造者。

當合唱團重複著〈茉莉花〉此首著名的中國民謠，與先前由卡拉富所介紹的愛的主題相結合，然後再併入那更大的保皇讚主旋律，而與卡拉富緊密關聯，與皇帝稱呼他爲「吾兒」的情景彼此搭配。通常不斷變化的重複，是音樂作曲中的要素之一，以便使得此概念或是人物的重述可供辨認。然而卡拉富運用帶有變化的重複策略，是要挪用他人並同化它。例如在那場解謎之景，他重複那些杜蘭朵所介紹的詞彙，然後將它們轉變爲愛的主題。他接著重複那謎語的主題，藉由要杜蘭朵相對地解一個謎。因此，在複述的過程中，杜蘭朵厭惡男人將「謎之主題」轉變爲「愛的主題」，經由解構杜蘭朵重複（和復仇）的邏輯，愛情代替了先前由公主控制的「解答之主題」，而從此支配全場。另一個像這樣的重述並轉化的例子是「公主徹夜未眠」(Nessun dorma)，他把公主的諭令「北京百姓，今晚不得睡覺」，變化爲另一完全不同的意思。杜蘭朵的話被挪用來對抗她自己：她將被迫臣服，並接受卡拉富爲她的丈夫，她「不得睡覺」是因爲被此一想法所折磨。回到齊克果所說的三層複述的藝術，愛和婚姻此第一層的重複，不僅導致和諧於第一層的人際關係（倫理）上，而且亦致使公主爲了「天子之子」重生。換句話說，第一層的重複邁向爲第三層。

在歌吉的劇作中，杜蘭朵原諒阿德瑪並給她自由。她甚至要求她的父親要「更加寬宏大量」㉛。在快樂的結尾時沒有人被輕視：實際上，卡拉富不僅贏得杜蘭朵之芳心，他亦聽見好消息，說他的臣民已推翻那位叛逆的篡位者，正爲他保留著王位。然而，在普契尼的劇作中，只有「天子」的榮耀被以複述的形式來慶祝，並熱衷地凸顯出愛的角色，可作爲一全新、統一的力量來帶領人們走出黑暗。當保皇讚和愛的主題加強時，公主的主旋律減弱了，由此意味著一新秩序的建立，曾經充滿威脅的女性角色已被馴服，終於轉變爲一令人欲求的可愛妻子。這主題的複述建立了男性合理的制度，正如〈茉莉花〉的主題減弱，而逐漸在重複的過程中被置換。

複述並不是回憶。一旦一個新的秩序被以複述的形式建立，即不需去回憶在複述中所被壓抑的：歷史和女人。事實上，在整齣歌劇中，女性角色總是被放在相關於複述的觀點下，不斷是男性於追尋一特定的存在和意涵、保證再生或是重新開始此一過程中的界定對象。女人是他人，被置於相對於性別和種族交互作用之邊界之上，不是被合併就是被拒絕（蝴蝶夫人就是如此被拋棄的文化他人）。然而，就性別和種族政治的融合與拒絕接受而言，柳兒是一含混、模糊的疆界上人物。批評家指責普契尼和他的學生阿法諾(Franco Alfano)在歌劇的最後一幕未能包括柳兒的一些音樂，以它們當作一種指標，提醒我們人性的犧牲代價。在他的遺囑中，普契尼的確回憶起柳兒，他要指揮在首演時對觀衆宣佈說：「作曲家在此時，也跟柳兒去了。」這種姿勢或許是要向觀衆暗示，作曲家在某一程度認同柳兒。

結論是有幾個有關普契尼對於柳兒含混、模糊態度的問題：爲何柳兒必須死，並被移出視野？是爲了要讓這位從過去來的美麗女子不再回來縈繞生者？這可能與傳統歌頌「消滅女性」的課題有關，一如克蕾曼(Catherine Clément)和蘇珊・曼克蕾麗(Susan McClavy)所指出的，是對陰柔而軟弱的音樂感到焦慮，非將之捨棄不可[32]？那爲何普契尼要在最後一刻回憶柳兒呢？既拒絕又回憶之矛盾舉動，在普契尼的改編計畫中暗示著什麼？或是與複述和壓抑（壓抑另一性別和種族）此一詭譎奇怪的組合有關？

在克麗絲特娃(Jalia Kristeva)閱讀弗洛依德之《詭譎奇怪》(*Das Unheimliche*)一書中，她指出「他人是我本身、自己的潛意識。」[33]因「已採取第一步，將詭異的陌生，從驚駭所停泊之外部移開，以便將它放在內部，不是放在那熟悉，而且已被認爲是在自己擁有和適當的範圍內，而是放在那熟悉，但又詭異陌生（無法想像其起源）而不適合的過去。」[34]她提出外國人「既不是一種族也不是一國家……很詭異地，外人早存在我們之中，我們是我們自己的外人。」[35]或許這是其中一個解釋方式，說明柳兒爲何永遠是外國人的原因，她在起源上是個負數，但又是一「移情」的人物，透過她顯示了他人文化的動力，一種對於他人無條件的愛，使得杜蘭朵能夠從過去的重擔中解脫，成爲可愛的妻子。普契尼在他創造和拒絕柳兒之中，也許了解到柳兒不僅是神話的化身產品，柳兒是異鄉人，同時也是內在於我們心中的陌生人。因此，在柳兒身上，我們或許可找出現代性及其文化想像的另一種衍生點。與其將現代化視爲是西方特殊的文化事件（其實西方本身也是多元、複雜的組合），我們不如去探究現代化是與殖民接觸的交混而不均的認同結構，也就是在他人身上發現自我的矛盾結構息息相關。

（全文以英文寫成，由段馨君翻譯成中文）

＊這篇論文較早曾在加州聖地牙哥分校文學系上發表。我很感謝 William Fitzgerald、Louis Montrose、Cezar Ornatowski、Don Wayne、Donald Wesling 和 Wai-lim Yip 所給予的意見。在修改的過程中，一些朋友和讀者給了我許多寶貴的建議：

Homi Bhabha 和 Robert Christensen，特別是 Michael P. Steinberg，一併在此致謝。

註釋

❶ Carlo Gozzi, *Five Tales for the Theatre*. Ed. and Trans. Albert Bermel and Ted Emery (Cicago: University of Chicago Press,1989), p.133.

❷ Soren Kierkegaard. *Fear and Trembling／Repetition*. Ed. and Trans. Howard V. Hong and Edna H. Hong (Princeton: Princeton University Press, 1983), p.132. 一八四三年以 *Constantine Constantius* 之名出版，《複述》顯示此哲學家依照複述之心理動力的詭異陌生邏輯，由個人轉變爲宗教上的層次。

❸ Jacques Derrida, *Spurs: Nietzsche's Styles*. Trans. Barbara Harlow (Chicago: University of Chicago Press, 1979). Sander V. Gilman, *Inscribing the Other* (Lincoln: University of Nebraska Press, 1991). Luce Irigaray, *Speculum of the Other Woman*. Trans. Gillian C. Gill (Ithaca: Cornell University Press, 1985).另有多篇論文收集在 *Anatomy of Racism*. Ed. David Theo Goldberg (Minneapolis: University of Minnesota Press, 1990).

❹ Michèle Le Doeuff, "Ants and Women, or Philosophy without Borders," *Contemporary French Philosophy*. Ed. A Phillips Griffiths (Cambridge: Cambridge Univernty Press, 1987) pp.41-54；亦可參見她最近論哲學比喻的一些書。

❺在一八九八年普契尼給童年朋友的信中表達他對政治的態度：「假如我負責的話，我將快樂地返回那良好靈魂的日子，'Carlo Dolovio.'」見G. Marotti, *Giacomo Puccini intimo* (Florence: Vallecchi, 1942), p.171。在二〇年代早期，普契尼經常用厭惡和沮喪的詞彙來描繪他的國家。我早期關於普契尼的文章發表在 *Cultural Critique* 16 (1990): pp.31-59.

❻ Quoted in Harvey Sachs, *Music in Fascist Italy* (London: Weidenfeld and Nicolson, 1987), p. 102.

❼見 Sachsi John Louis DiGaetani. *Puccini the Thinker: The Composer's Intellectual and Dramatic Development* (Bern, New York: Peter Lang, 1987).

❽伊利葛蕾(Irigaray)經常把女人定義爲「被客體化」(specularized)的他人，其常在言談中把主體的自我客觀化——藉由「女性」(female)——然後再將她的自我客觀化，每當她宣稱要認同她自己「作爲」(as)一男性的主體時。她可以顯示自我或甚至知道如何去再顯自身，但不知如何向外在的其他事物間尋求認同：如大自然、太陽、上帝……（女人）。然而，她爲一「主體」所擁有，這主體欲想去挪用她，「卻是他另一不穩定的失敗」。伊利葛蕾主張：「因在那兒他投射了某物去吸收、拿取、察看並擁有……除此之

外，這又是一小塊立足之地，一面可捕捉他的反射的鏡子，他已被面對另一客體化。這一扭曲的特性乃是她無法說她代表什麼。」*Speculum of the Other Woman*, pp.133-34.

❾ William Ashbrook and Harold Powers, *Puccini's Turandot: The End of the Great Tradition* (Princeton: Princeton University Press, 1991). 作者從義大利的喜樂戲劇之觀點來分析《杜蘭朵》中戲劇和音樂的結構，這二位作者認爲《杜蘭朵》是偉大的義大利歌劇傳統結束前輝煌的傑作。

❿ Minneapolis: University of Minnesota Press, 1985.

⓫ *The Age of Eempire 1875-1914* (New York: Pantheon, 1987).

⓬ Quoted in Sachs, p.102.

⓭ Quoted in Sachs, p.104.

⓮ *Musical Elaborations* (New York: Columbia University Press, 1991).

⓯ James Clifford, *The Predicament of Culture: Twentieth-Century Ethnogrophy, Literature, and Art* (Cambridge: Harvard University Press, 1988),pp.255-76. Homi K. Bhabha 對 Said 的評論將被收錄在 *The Location of Culture* (London: Routledge, 1993). Robert Young 給予一簡潔的說明對於 Said 的 *Disorienting Orientalism in White Mythologies: Writing History and the West* (London, New York: Routledge, 1990), pp.119-40.

⓰ James W. Fermandez, Ed., *Beyond Metaphor: The Theory of Tropes in Anthropology* (Stanford: Stanford University Press, 1991). 這本選集中的大多數論文指出揀選暗喻作爲文化表示的主要

型式的問題‧‧他們主張「多重比喻」，即是多層的轉喻和本文的象徵。

⑰ Chris Bongie, *Exotic Memories: Literature, Colonialism, and the Fin de Siecle* (Stanford: Stanford University Press, 1991), pp.11-17.

⑱ "DissemiNation," *Nation and Narration*. Ed. Homi K. Bhabha (London, New York: Routledge, 1990), p.312.

⑲ Joan Scott, "Women's History," *New Perspectives on Historical Writing*. Ed. Peter Burke (University Park: Pennsylvania State University Press, 1992),p.60.

⑳ DiGaetani, p.43.

㉑ 史坦貝克(Michael P. Steinberg)曾對我說雷菲瑞利(Zeffirelli)也爲梵蒂岡的典禮編舞。江青這位著名的中國舞者，是一九九二年紐約大都會歌劇院演出之《杜蘭朵》的編舞者，但據她而言，幾乎舞台上的一切皆受雷菲瑞利的指揮。我記得在最後一次彩排完，走出劇院時，聽見一位女士說道，她對那場演出唯一反對的一點是「他們使得東方人顯得如此尊貴！」

㉒ Gozzi, p.130.

㉓ Giampiero Tintori, *Palco di proscenio: Il melodramma, cantabi, teatri, impresari* (Milan: Feltrinelli, 1980), p.196.

㉔ "What Is Enlightenment?" *The Foucault Reader*. Ed. Paul Rabinow (New York: Pantheon, 1984), p.42.

㉕(New York: Pantheon, 1972), p.4.

㉖Gozzi, p.163.

㉗Gozzi, p.180.

㉘G. Puccini, *Lettere a Riccardo Schnabu* (Milan: Emme edizioni, 1981), p.105.

㉙Puccini, *Lettere,* p.137.

㉚Etienne Balibar and Immanuel Wallerstein, *Race, Nation, Class: Ambiguous Identities.* Trans. Chris Turner (London: Verso, 1991), pp.93-94.

㉛Gozzi, p.182.

㉜Catherine Clément, *Opera, or the Undoing of Women.* Trans. Betsy Wing (Minneapolis: University of Minnesota Press, 1988); Susan McClary, *Femimine Endings: Music, Gender, and Sexuality* (Minneapolis: University of Minnesota Press, 1991).

㉝*Strangers to Ourselves.* Trans. Leon S. Roudiez (New York: Columbia University Press, 1991), p.183.

㉞Kristeva, p.183.

㉟Kristeva, p.181.

游離族群與文化認同

——試論黃哲倫的《航行記》

文化認同(idetity)這個主題是近年來，各種族群與社群在多元文化的社會中，不斷地意會到自己的過去，以及文化認同的危機所發展出來的課題。晚近的許多專書與期刊，均針對文化認同的問題加以探討，不論是採取本質主義式的，或是文化塑造論的方式，文化認同皆與社會現有的物質、歷史及文化條件產生關係，而且文化此一問題一直都在變動，以既定的方式來討論，往往無法掌握正在形成，或逐漸在消失中的某一種形式的文化認同。本文的目的即在採取比較富有彈性的論點，來討論華人大量移民到美國之後，在時間、空間的轉移與流變的過程中，因不同的環境、當地的生存條件的轉變，而在華人族群之中所形成的各種差距。而以籠統的「華人文化認同」這個標籤，來描述美國華人文學時，難免會遭遇到某些困難。隨著文化認同不斷地改變，華人在亞太地區的逐漸發展，大量精英的移民美國，因此形成新舊華人族群在教育、經濟、社會、文化經驗上的差距。黃哲倫(David Henry Hwang)

的近作《航行記》(*The Voyage*)便是朝向一種新的文化認同，以新的華人創作環境，來重新評估過去，此作品是一個有趣的切入點。在下面，我們就以此作品來與他早期的作品比較，藉此闡明文化認同，在不斷形成與解構的過程中，所產生的新面貌。

《航行記》是華裔劇作家黃哲倫最近的作品，此劇一九九二年十月在美國紐約大都會歌劇院上演❶，由作曲家葛拉斯(Philip Glass)譜曲，並撰寫故事大綱，而由黃哲倫譜寫歌劇的歌詞。在形式上，故事受到音樂以及既有架構的影響，並未能作很大的發揮。表面上看來，這可能是黃哲倫所有著作之中，最受到限制的作品，但這正是此作品比較有趣之處，因爲它基本上是建立在既定的限制之上，而又發展出作曲家與劇作家兩人合寫的默契。透過此種方式，來重新評估五百年前，在另一塊土地上所發生的事件，也就是哥倫布發現新大陸，在西班牙所造成的宮廷之間的愛情角逐，以及對於後世所造成的影響。而《航行記》更以外星人類與地球人類之間的交往，來呈現出人類邁向未知的探險過程。以如此的主題，來表現出華人一方面受到限制，另一方面又有參與文化拓展以及冒險的可能性，這可說是此作品裡另一個相當有趣的起點。我說它是另一個起點，並不意味著這是唯一的方向，而是說此作品很有趣地呈現出某種既有規定與格局所設定的限制，以及想要超越此限制的可能性。所以，此作品的創作脈絡已被既有的歌劇形式與歌劇主題所控制，但是針對參與如此的創作，透過一個重新評估外星人類與地球人類的未來歷險，以及過去哥倫布發現新大陸的心路歷程，以這兩個歷史片刻來顯現出，做爲一個身處於美國社會環境中的華人，如何重新評估過去、邁向未來，以此角度觀之，此作品可說是相當特別的。因此，我較感興趣的是黃哲倫早期的作品裡，討論移民剛從中國大陸來到美國時的那種窘迫情況，以及移民和當地華人之間的種種猜忌與衝突；後來的作品《蝴蝶君》(*M. Butterfly*)，則展現從文化交流的事件中所發生的性別和文化認同困難，來進一步探討文化認同的流動性，與刻板印象的荒謬性；至於其近作《航行記》裡，透過反省過去和未來的發展，投射出人類對他人與其他地區的探索，以及其正面的含義。以如此的方式來表現，《航行記》在華人文學之中可說是十分特殊的。這和華人文學在劇場，特別是歌劇的演出中所扮演的角色有關。所以，我最後也將討論歌劇此一媒體與華人在這方面的發展，而以黃哲倫的近作來探討一連串的文化認同問題。

從舊金山的唐人街到矽谷，或到柏克萊，沿途我們都可以遇到許多中國人或東方人。他們都有著東方的血統，黃皮膚、黑眼睛，在長相上，與美國人顯著不同。然而在這些美國華人之中，他們之間的差異，未必就小於黑人與白人之間的差異。這些華人雖然膚色與長相上十分類似，但他們的生存環境、所交往的朋友、所受到的社會待遇、他們與子女之間的關係，以及和祖國文化的關係，都可說是因人而異。隨著移民時期的先後，而有非常大的差別。因此，以美國華人這種概念來籠統描述他們全體，可說是相當有問題的，因爲如此便忽略掉許多局部歷史性的族群分布情況，以及不同和不平均的展現方式。其實這批人之中，有些人可能比美國人，或者是一般華人，更有機會去接近公共領域的利益。針對這種不平均的發展，和不平等的社會地位，我們現在需要將文化認同此一概念，作更進一步的澄清。文化認同的概念在近二十年來的發展，使我們發現既有的理論已很難再行得通。以此來看去年在美國一度轟動大衆傳播的事件，即大法官候選人湯瑪士(Clarence Thomas)與大學教授奚爾(Anita Hill)兩人有關性騷擾事件的論辯。在他們兩人的論辯過程中，有許多黑人婦女對奚爾頗不以爲然，甚至有人認爲她在出黑人的醜，並把她視爲已經白人化的黑人，因爲她所交往的朋友大都是上流社會的白人，她可以說是一種雅痞(yuppy)，是中上階層白人文化的代表，已和黑人本身的文化有很大的差距。所以在認定奚爾這個人時，她的膚色、性別，都不足以表現她的文化認同。黑人認爲她是已經白人化的黑人，不再是一個道地的黑人，而女性又認爲她是一個女性主義者，並不是一個完整的正常黑人婦女。還有，因爲她沒有結婚，不屬於黑人傳統的女性所應扮演的角色，結果其婦女的身分和地位都受到各方的質疑，反而是一些白人女性主義者替她辯護。以此爲例，我們便可以看出文化認同與認同政治這種概念並不容易成立，因爲在此概念的成立過程中，我們將發現到現實的情況，視個人的發展爲其指涉的目標，而個人卻無法被抽象的理念或標籤所界定。在族群文化或性別認同上，認同政治便始終流於一種落後，而無法具體掌握流動現實的困境。所以，當我們討論華人作家的文化認同時，必須考慮到此一面向。文化認同一直不斷在改變，尤其是這些新的作家，由於有更多交流的機會，對自己的文化傳統有很多選擇性的適應或擴充，而不再像以前那種封閉性的族群所發展出來的認同政治。這些人以一種含混且經常跨越兩種以上的語文的方式，來形成其創作者的人格，而其風格也一直求變，通常以新的實驗素材來超越以往的成就。在探討這些人的文化認同時，我們不得不採取比較富有彈性，且具有流動層次的方式，來看待此問題。然而另一方面，我們也必須觀察他們是否受到某種傳統，以及族群文化的塑造，不論他們在潛意識、無意識裡是否要加以抗拒文化傳統。透過基因，透過文化的累積，還有個人受傳統薰陶的過程，美國華人作家是無法擺脫華人文化及其色彩的。我們如何一方面承認華人文化對美國作家有其影響，但又不會將這種影響的範圍過分膨脹，把其影響力評估得過高；另一方面卻也不至於認為這些作家是自由流動式的，不受到任何傳統的薰陶。在這兩個極端的看法之中，如何取得較爲合理，而又能夠合乎現實的平衡點，即是文化認同所要面臨的挑戰。

早期華人到美國後，大體上是從事消耗勞力的工作，如當製造業的勞工、鐵路工程的苦力，開飯店、當僕人，或者開洗衣店、當店員，所以這些早期移民的身分和社會地位相當低。當然，有許多的文學作品，是在探討此一時期華人的辛苦與貢獻❷。其實，當初這些人來美國時，很少是懷著我們現在所謂的「美國夢」。美國日後所發展出來的所謂膚色大熔爐，即各種種族大熔爐，以及我們現在常提到的所謂「沙拉盤」，即各種膚色混雜在一起，但卻始終仍保留自己的本色。甚至於以冷盤的方式來說，雖然是放在同一個盤子裡，但實際上每道菜都還是保留著自己的定位，並沒有和其他的菜色混在一起。早期華人勞工和移民在美國的奮鬥史，當然是受到物質上的限制，實際上他們在遷徙與交往的層面上，都受到很大的限制。然而此一局面，隨著美國勞動市場結構的改變及市場的擴大，在很多方面都有極大的變化，特別是有愈來愈多的移民，來美國經商，或者來兌現其美國夢。這些人通常都是在自己的國家裡，原本就具有某種優勢的物質條件，而到達美國之後，也是在相當好的生活環境之中安定下來。他們雖然在文化認同上，保持和原來傳統文化的聯繫，但是卻逐漸地傾向美國化，尤其其子女更是如此。黃哲倫便是來自這樣的華人家庭——與其說是華人家庭，倒不如說是已相當美國化的家庭。從物質條件與歷史的聯繫性來看，此種移民及其後裔，與早期勞工移民之間的差異，自然是十分明顯的。更近期的一些大陸高幹子弟、香港的專業和商業人才、台灣的商人與留學生大量移往美國，形成了一種奇怪的交流文化。還有一種移民行爲，是自己留在台灣，而把錢和子女送往美國，這又顯現出另一種新的社會現象。在這幾個階段之中，文化認同的流動性，隨著物質條件、歷史聯繫性，以及文化塑造過程此三種層面的轉變，而有非常不同的展現。在這些華人之中，有許多是屬於移民，或是逃避政治迫害、自我放逐的身分(diaspora)，或是交流貿易上往來的流動人口。這三種不同身分的人，和早期被抓到美國當苦力、勞工的那些人，在社會經驗上，自然是極不相同的。

就以其中一種階層爲例，如白先勇或者是其他一些旅美學人，他們和台灣、香港、大陸的關係是相當特殊的，他們往往將自己的著作以中文的形式發表，而且透過在這幾個中文地區的發跡，創造在美國學院與社會中的地位。也有很多文化界的華人，以中文寫散文、雜文，而以英文寫學術著作的方式，透過很特殊的雙語文化，來達到自己在認同危機上的平衡點。一方面示其不忘本，另一方面又能在美國的文化中倖存。此種人和ABC(在美國出生的華人)，他們與中國傳統的關係，在地理及血緣上非常模糊，但仍有一種家族方面的聯繫，此種歷史傳承並不明顯，而其所受到的多元文化衝突，又在經驗上顯得相當不平均。這種人也和那種雙語的知識份子，有很大的差異。因此當我們運用華人此一標籤時，就得討論在物質條件、歷史傳承與文化塑造方面，其實有各種族群類型，這些人在不同的階段裡也有不同的變化。以空間的分布，以及各個時期的差距來說，華人是有各種不同的族群，其物質、文化與歷史的條件都有相當大的差距。此處所謂的物質條件，是包括經濟能力、生存環境，以及社會所能提供的種種生存條件。在文化上，我們不得不忽略的就是語言、宗教，與皮耶波迪(Pierre Bourdieu)所謂的「象徵資本」，也就是可以玩某種機制所設定的遊戲規則，而且是爲體制所接納的種種象徵資本。文化在此形成相當大的內聚力，以及向外延伸的能力，而歷史層面則是在具體而微的時間、空間上，與不同階段的發展，所構成的聯繫和斷裂的表現。從這三方面而言，我們可以看出華人在各個層次上的分布以及不平均的發展。以此方式來看，我們知道黃哲倫所要探討的華人地位，是依不同的時期，而有不同的面向需要探討，因此我們無法用一個統一而固定不變的「美國華人」這個詞彙，來描述此一因外在的介入，以及歷史的種種變相而扭轉的形式。就此三種層面而言，不只是這位創作者，連讀者，以及所可能產生影響的社會族群，包括非亞裔的讀者，在各個層次上，也皆有其物質、文化與社會的不平均的結構性存在。因此，在讀者與作者交互激盪的空間裡，華人文學所能產生的作用是非常多元的。不但呈現出多種的文化現實，而且也對不同層次的讀者，產生不同的影響。以此種角度觀之，許多亞裔作家與評論家之間的辯論，如趙健秀(Frank Chin)與湯婷婷等人的論戰，認為不論是男性作家或女性作家，在表呈所謂的華人文化傳統上，與所謂的族群文化本身的代表性問題上，都是頗富爭議性的。

不只讀者有不同的文化現實經驗，就連作者本身，也都可以有不同的物質、文化與歷史傳統來蘊釀想像空間，發展寫作風格。實際上，並沒有任何人，可以用封閉性的方式來呈現，或者再現所謂的華人文化的正統。這些問題，是討論華裔作家的作品時，必須要面對的變項。值得注意的是從華人的文化經驗，以及變動不定的社會現實之中，取得一種比較合乎現實，並能夠描寫現實的原則。這樣在文化認同的流動性上，一方面可以兼顧到長期以來受到壓迫的現實經驗，與移民社會之中所發展出來的種族自我憎恨（認為自己是比較劣等而沈默的民族），另一方面，又常受到外在的壓力，而且這種壓力是常被壓抑的。我們如何在處理文化認同此一概念上，既能考慮不斷改變而又十分不均衡的發展，且又能兼顧到在歷史文化之中所受到的種種壓抑的經驗。我想，用這種比較富有彈性的方式，我們就較能夠涵蓋不斷在變動的華人族群，在美國社會中的各種經歷。許多人提到經驗模式的重要性，特別是中國人或東方人，在美國白人文化之下，所表露出來的去勢以及被迫沈默的生活模式。在家中扮演著壓迫親人的父親、長者角色，而在工作環境之中，則扮演著順服白人的異國人。由於這兩面的矛盾經驗，我們發現到東方人的男性氣概和女性陰柔面，常常是在跨文化、跨族群的文化環境中受到相當壓抑。將憤怒轉爲對內部族群的虐待或迫害，所以對外的聲音變得極其微弱，或者以變形的方式爲之，讓外人以陰柔或狡猾善變的文化刻板印象來表現東方人。尤其是中國人，往往在種族政治的觀點上，被視爲女性化，或是由現實商業文化所造就出來的特殊人種。我們承認這些刻板印象，然而要處理這些經驗時，並不能把這些既有的刻板印象，認定爲必須解構，或重新解碼的既定架構。因爲，如果我們將這些論述當成東方主義論(Orientalism)來處理的話，勢必會落入反帝國主義、反東方主義的論述，而其內在的差異與微妙的文化，以及歷史層次所呈現出的多層現實，往往被這種政治觀點所抹煞，而且也無法轉化既有的社會刻板印象，反而經由彼此對立的方式加深種族之間的文化誤解。因此，如何就多重的文化經驗來作顚覆性的解讀，而不至於將顚覆性看成是一種烏托邦式的政治，便是一個相當重要的閱讀策略。以此種方式來讀，我們可以就黃哲倫在三個時期的作品中，所展現出的不同重點，看出在文化認同方面的種種可能性。利用此方式，我們對於許多美籍華人作家的評論中所堅持的那種本位主義，或許會持有其他的觀點。

從黃哲倫早期的著作《剛下船的中國移民》(*FOB*)，到《蝴蝶君》，一直到最近的著作《航行記》，每部作品的發展過程，固然在每一階段皆有其特殊的意義，而就其整體發展的心路歷程來看，無疑地，美國正逐漸由一種以白種人爲主體的文化邁向多元族群的文化，各種典範彼此衝突激盪，文化認同於是開始產生含糊不清的情況。《蝴蝶君》這部作品即由於刻板印象，而達成了一種微妙的欺騙關係，從這種含混籠統的文化差異，以至於在《航行記》裡，重新評估哥倫布發現新大陸，就美國這種多元族群文化所發展出來的種種可能性作深入的評估，並對內在種族隔離與各種種族暴力，產生一種比較正面性，且富於探測性的方式來歌頌文化的多元聲音，可說是以一種新的立場來探討各種文化的重新整合，將不同的文化在衝突與對立之中形成一個新的局面。此處呈現出作家如何透過反省所有人種在美洲的歷史及其境遇，來開創一個新的未來，以及外星人類和地球人類在未來可能會形成的一種互助關係。以此種方式來展現在多元文化的新世界秩序中，華人與其他人種，在美國的社會裡所可能發展出來的合作關係，還有和其他族群彼此協調、一同奮鬥的潛能。因此從黃哲倫這三部作品來看，我們可以說，從華人族群中彼此的敵意，到華人與白人文化之間的含混與誤解的局面，一直到對人類歷史的過去與未來的評估和憧憬，表現出種種多元組合的可能性。我想這暗示其已爲華人文學及其所產生的影響賦予意義。

《剛下船的中國移民》是描寫剛移民到美國的中國人一副土裡土氣的德性，常常把在中國的舊脾氣與其對新土地的不信任感，從衣著和言語上表現出來。此劇本主要是探討中國移民到了美國之後，與當地生長的華人所發生的種種衝突。在當地華人的眼中，這些剛下船的中國移民是令人羞慚的過去與歷史負擔。因爲這些人的長相十分滑稽，一點也不懂得英文，在思想與行動上都顯得和新的社會格格不入，而他們又極力想要尋求發展，所以和已在美國當地根深蒂固的華人利益，發生相當大的衝突，甚至包括婚姻方面的問題。這些新來的移民大多爲男性，他們與當地的華人女子在愛情追逐的過程中，勢必要成爲當地生長的華人的情敵。在種種滑稽可笑的嫉妒與矛盾之中，這些剛下船的移民，正象徵著早期來美的移民，以及他們所帶給美國歷史的一些問題。在此作品裡，透過兩種族群的衝突，顯現出中國移民在美國史上所留下的各種問題，以及在美國出生的華人，以美國的標準來排斥這些遠來的表親，將自己祖先初到美國奮鬥所經歷的種種非人道待遇及冷酷經驗，整個變成鬧劇，是可笑而一再被棄如敝屣的歷史負擔。兩種華人因爲來美背景的差異，產生非常不同的地位，然而他們同樣都遭受到道地美國白人的鄙視。由於在外面得不到應有的尊重，他們於是對自己的親人、同胞產生可怕的敵意。在這種可笑又可憐的局面裡，ABC（美國出生的華人）所扮演的角色，基本上是一種東方主義者（orientalist），將自己所強調的差異與道地中國的差距，經由各種刻板印象的方式，來排擠與自己膚色非常接近而外人無法分辨的人身上。他們把許多美國人引以爲然的東方人形象，投射到對於自己同胞的鄙棄和打擊上面，藉此討好美國，以求得向上發展的機會。在此作品之中，這種東方論的作法，在眞正的東方主義者，也就是美國白人的眼中，卻又是十分可鄙的。無論如何，此種透過美國生長的華人來排斥剛來的中國移民的作法，正表現出美國本土內對於種族問題的暴力，以及無可避免的仇恨。在這既有的體制之中，更由於華人之間的族群差異，而形成了彼此互相剝削、排斥的種種現象，甚至導致一些外人完全無法理解的暴力事件，這正是移民史裡極其可悲的現象。黃哲倫描述此種主題，固然是想強化東方論的色彩，及其根深蒂固的意識形態作用。他也透過此種方式，來描寫移民與當地人在許多問題上的衝突。以外人的觀點來看族群之間的爭鬥，更能表現出那種無以名之的無知與殘暴，這也正是社會現實中所經常發生的悲劇。以此種方式來探討族群內部的問題，黃哲倫已表現出對於東方主義，美國教育之中所刻意強化的族群隔離，與象徵性的種族暴力策略有所批評。

在《蝴蝶君》裡，這種批判與質疑的策略則更加微妙。一位已退休的法國大使，無法眞正面對東方男子的身體及其所展示的象徵，仍執著於對蝴蝶夫人的既有刻板印象之中，而以自我欺騙的方式來達成文化差異的邏輯思想。此作品可說是對於刻板印象與文化溝通作了相當諷刺性的再現。在此故事裡，黃哲倫運用許多刻板印象，比如說，中國男人像女人、平劇之中男扮女裝的傳統。透過此種方式，展現出中國留學生利用出國機會來欺騙外國人，操縱法國大使其根深蒂固的文化概念，利用他對東方女子的刻板印象而找到一個暫時的庇護所。此一事件，根據黃哲倫自己的解釋，確有其事，他只是根據實際發生過的事件作進一步的發展。此舞台劇在百老匯上演期間，造成相當的轟動，黃哲倫一夕之間成了一個重要的美國華人劇作家。對於觀賞這齣戲的多數白人而言，他們大都還停留在類似那位法國大使的層次。基本上，他們認爲亞洲男人有些女性化，而東方人是相當狡猾、善於欺騙的❸。儘管這種刻板印象屢被強調，黃哲倫的用意則是要去質疑，甚至利用這種刻板印象，來顯現出文化差異的種種神話，可能導致顚覆自己文化利益的下場。按照黃哲倫在後記中所說，他寫這齣戲的用意在於「切穿層層的文化與性別的錯誤觀感」（頁七〇），也就是一方面加以揭穿，另一方面則要切入，表現出在錯誤的觀感之中，可能存在著文化溝通的盲點，而對於彼此有各種限制與不利之處。許多批評家是採取白人觀衆的立場，來瞭解《蝴蝶君》這齣戲所造成的影響。甚至有批評家認爲這齣戲其實是在警告處於優勢文化的白人，要他們理解本身文化的盲點將會導致自我顚覆，或者無法繼續掌握其霸權優勢。他們若再以此既有的西方神話來看東方，而沒有察覺東方已在逐漸改變，那麼他們勢必會被新的世界秩序所拋棄。《蝴蝶君》這齣戲，對於文化、種族以及整體世界之間的關係，表達出種族與殖民之間的問題，可說是扣緊了性別扮演，也就是中國平劇演員的男扮女裝，以這種男扮女裝的身分來欺瞞法國大使，讓法國大使誤以爲自己是和一位中國女子同居。這背後所隱藏的是對東方主義的批評，並將性別的各種版本作十分精采的扮演(performance)。當這位中國男子將其表面的僞裝去除，露出男人本色，而法國大使卻不願接受，甚至於到最後，他還是以蝴蝶夫人的神話來自我欺騙。在此情況之下，優勢文化與弱勢文化的地位已有所扭轉。在地位的轉換上，正可看出此故事的顚覆性；然而在種種顚覆及性別演出之中，黃哲倫仍扣緊了種族與權力關係的根深結構，來表現支配與霸權所形成的惡性關係(complicity)。在此種結構之中，行使顚覆，或解除神話，並不是那麼簡單或樂觀的。與其以性別演出來顚覆，或認爲已顚覆既往的種族刻板印象，倒不如說《蝴蝶君》這齣戲表現出一種雙重的運動(double movement)，一方面切入種族與權力關係的問題，另一方面則表現出權力關係與刻板印象的不可避免性。在性別扮演的流動性(fluidity)上，權力關係可以有某種象徵程度上的轉變之可能。

權力關係與刻板印象既不可避免又有轉變的可能性，這是《蝴蝶君》比較複雜的面向，將此一面向放在目前美國流行的多元文化論述中，尤其會感覺到權力關係在自我鞏固與被迫轉變之間的雙重拉扯，一方面似乎權力關係正起變化，另一方面則以變相的方式，進行更深入的壓抑。在多元文化的談論裡，對他人的容忍與尊重，往往建立在將他人的屬性絕對對立化的作爲之上，亦即多元文化論強調彼此的差異，甚於物化、僵化文化差異。例如大學中設立弱勢團體的工作保障，或以弱勢文化的教材，刻意將他人「弱勢化」(minoritized)或隔絕，使他人以「他人」的身分來界定自己，成爲文化中的「異數」(Multiculturalism Group;

Dominquez)。「弱勢化」的論述及作爲，往往在本質主義及代他人說話這兩種對立的環境中應運而生，因爲那是「政治上正確」（PC），且比較安定的方法。換句話說，最不會危害自身利益，也可不觸怒他人的方式：將他人視作他人，給他們弱勢的地位，賦予應有的名份（但不一定是權利）。因此，在美國，多元文化論在不少的社會及文化層面上，變成是口號上的尊重，甚至刻意加深彼此的差異，使溝通、交流成爲讓步與協商的代名詞。使得許多彼此相同或分享的灰色地帶，成爲不能涉足或踰越的鴻溝。

與這種弱勢化的活動並行的是對異己的依賴與焦慮。最明顯的例子是美國白人中產階級愈來愈依賴外籍勞工及其他膚色、文化所提供的資本、訊息、服務及產品。在日常生活中，他人與自我之間的牽扯已不容易清楚劃分，因此在保持優勢，將他人弱勢化的同時，也運用他人的勞力、資本，將他人視作朋友或敵手，給予對等或並存的地位。美國都市與郊區的居住文化便是個十分有趣的例子，在都市裡，各種膚色、階級、性別、文化族群的人在一起工作、競爭，呈現對等的與相互依賴的關係，但在郊區卻刻意排除文化有異或經濟能力差的人種，區分各種社群，自我防衛，視他人爲不相干的因素。往返都市與郊區之間的中上階層白人及其他膚色民族之間互相依賴，卻又彼此排斥。多元文化便建立在這種矛盾又微妙的關係上，一開始就呈現兩難局面。

就《蝴蝶君》的結局來看，此種兩難矛盾確實發人深省。表面上，法、中或東西方的刻板印象不變，只是以逆轉的方式呈現：中國男人稱法國「情人」為「蝴蝶」。這個稱謂之後的問號，反諷地解構他人的神話，改變彼此的性別、文化政治關係。基本上仍以「蝴蝶夫人」此一刻板神話為背景，造成反諷意義與文化震撼效果。然而，提出問號者不再是平克頓中尉，而是一位中國人。這似乎顯示出整個刻板的文化、性別角色關係已經扭轉，或可經由扭轉，再丟還給霸權文化。但在意識形態的流動及固定結構上，語言及意義的扭轉並不等於社會關係的轉變，尤其在劇場（而非電影）的情境裡，觀眾主要仍是中產階級，其中白人又佔相當高的比例，權力關係的改變及其可能形式，勢必受到象徵資本及其遊戲（含話劇）規則的限制。《蝴蝶君》可以說提出了巧妙的質疑與反諷，但仍在既定的文化束縛之下展開其文本意義。對照之下，《航行記》則以文化及種族政治的起點為處理對象，意圖透過重新發明歷史，去構建超越膚色的「生命共同體」感受。

在《航行記》裡，外星人類與地球人類結合，互相幫助而發展出新的文化，以及哥倫布發現新大陸之後，他對自我的評價。這兩個事件交織發展出對於人類過去與未來，以及發現新世界的努力，彼此對新文明的企求已相當明顯。它可以使大部分居住在新大陸的人，反省自己的過去和未來，並以正面的態度來瞭解過去的探險，以及未來可能發展出來的人與他人(alien)之間的合作。在弱勢與主導文化針鋒相對之下，此一模式是另一種可行性。當然，歌劇本身是有許多成規限制的。歌劇是一種相當精英主義的藝術，從舞台景觀，到背後的各種舞台設計人員，乃至演出的歌唱家、交響樂團與指揮等的配合，都需要龐大的財力支援，所以也是一種相當奢侈的藝術(Lindenberger;Clement;Said)。在此種奢侈的綜合藝術中，微妙的文化政治與性別政治的問題就比較無法表現出來，因爲演出者和觀衆，主要是在聆聽藝術的上層表現，並沒有想要去瞭解藝術背後的文化批判作用。他們往往將期待放在某些已經相當出名的景或幕(scene)上，而沒有很細微的文本分析。通常演出者和觀衆都對歌劇裡的故事非常熟悉，所以他們只是作相當局部的聆賞，以類似藝術鑑賞家的態度來作很細部的聆聽，而對於整部作品的瞭解，就很少有深刻且全盤的文本分析，更不可能對作品的政治文化潛意識有所瞭解。然而後現代的歌劇就比較不同了，它們通常都是在音樂方面有很前衛的配曲方式，表現出某種刻意的聆聽美學，故意將政治和文化問題帶進舞台作非常抽象的處理。從此種角度來看，《航行記》可說是一個很有趣的實驗。

這是一齣將文化、歷史與科學融合在一起的新歌劇。在序幕裡即透過一位科學家，運用電腦向觀衆傳達其對宇宙的瞭解。認爲人的心靈、身體與星球、宇宙之間是相互融通的，人的航行與人的視野是合而爲一的，透過科技的想像思維來探索宇宙的奧祕。在那位身體殘缺的科學家身上，我們發現他的理念，漫無邊際且極端自由地漂泊，卻又令人羨慕，因爲透過對未來的追逐，打破各種疆界，使人變成富有創造者的心靈，達到與神同等的境界。在這簡短的序幕之後，緊接著是第一幕，在地球的冰河期結束之時，有一艘外星人類的太空船失去控制，飛到太陽系的地球上來，而與地球人類產生密切的關係。有趣的是，這位船長是女性，她在人間得到很溫暖的照顧，便將地球視為自己的家園。此一故事在很多方面，可以說是庫克船長(Captain Cook)這位殖民者故事的重新修正版本。在故事裡，征服者的科技並沒有扮演一種霸權或是征服的角色，反而是透過地球人類與外星人類之間的和諧與互相配合的生產關係，導致非常美好的前景，以至於對未來永恆的探索有所憧憬。在此歌劇演出時，觀眾基本上只對太空船的設計，對聲、光、色、影有極端的美感經驗，而忘記了太空船所表徵的是人類邁向探索的旅程，對發現不可知的神祕世界，有著種種的期待與憧憬。在這種人與他人的關係之中，蘊含著對於對方的探索及發現有所崇敬。在這種精神底下，此歌劇的尾聲，便是處理哥倫布臨死前，對於他發現新大陸後，所引發的疾病與災難的反省。透過他對西班牙依莎貝拉(Isabela)女王的排斥，以及對自己命運的蓋棺論定，他肯定，若再給他一次機會，他還是會去開創新大陸，帶領全人類邁向新紀元。哥倫布就在這種正面且相當英雄崇拜的歌聲之中升上天堂，他的床變成天上的星座，結尾他說道：「最後我們要去航行，當航行帶我們去。」(Finally we take the voyage, when the voyage takes us)，亦即該去進行的航行，就必須要去完成。在這一幕裡，哥倫布捨棄了世間的榮華富貴、肉體上的感官享受，以及名和愛，擁抱自己一生眞正要追求的理念，去創造一片新天地，使人類文明得以更進一步的發展。在呈現無窮希望的尾聲中，歌劇結束了。在哥倫布五百週年紀念的種種活動之中，黃哲倫與葛拉斯面對各種反哥倫布的聲音，提出正面性的詮釋，將過去的事件和人類的前景結合在一起，透過這齣歌劇來呈現，以新人類作爲故事的中心點，對傳統歌劇中愛與死的故事加以揚棄，讓哥倫布拒絕西班牙女王的愛情，而在最後有一個浮士德式的結束。此故事可以說是相當反浮士德的，然而其結局卻又是浮士德式的，亦即在祝福聲中，邁向人類最崇高的道德領域，而得到神的肯定。傳統歌劇基本上是歌頌愛情的昇華，而在《航行記》的結尾，我們卻發現哥倫布不願接受愛情，而選擇接受眞理，邁向探索以尋求人類的新秩序。雖然在此種新的浮士德式的尾聲之中，浮士德並沒有沈淪，或耽戀肉體與愛情，但他最後的結束卻是那麼地神聖。此種寫法，實際上是將歌劇帶到一個新的領域，不再像在威爾第或是普契尼的歌劇裡那般，將愛與死視爲人類的既定命運，強調人類超越此種命運所發揮的最高尚的情感層面，如《阿伊達》、《波西米亞人》等劇。《航行記》裡所呈現的是一種理念的航行，而不是傳統歌劇中所展現的個人愛情與理想的兌現。很顯然的，《航行記》投射出來的是對未來遠景的憧憬，以及對過去歷史事件的重新評估。以歌劇的方式來顯現科幻與歷史的眞理，這是黃哲倫在文字中企圖表達的。他認爲即使是華人，也應參與這個過去事件所導致的種種疾苦和不公平，進而能夠建立在其上，面對過去的問題，將其轉化爲正面積極的新起點。將此歷史事件和未來人類的科技，及想像思維交織在一起，共同創造出一個更新的新大陸，使得華人與其他族裔也能夠在其中安居樂業，就像該劇外星太空船船長在離開人類時所說的：「再見，我未來的種籽再見。」在地球人類之中，已經有了他們的知識幼苗，可以用更和諧與更科學的方式來蘊育更美好的未來。此正是科學的憧憬，也是音樂作品的渴望，透過此方式，黃哲倫以文字體現葛拉斯的音樂理念，經由彼此的合作，將華人與白人文化所可能構成的未來譜下相當有聲有色的遠景。這種遠景在逐漸惡化的種族、文化衝突環境中，也許是個理想主義的烏托邦遠景，甚至於是某種改良形式的多元文化論及政治正確觀，但是在人與他人不斷彼此依賴又互相排斥的現實社會裡，這個遠景或許是維持「美國夢」必要的思考方式吧。

註釋

❶《航行記》（*The Voyage*）是紀念哥倫布發現新大陸五百週年的歌劇，作曲者爲葛拉斯（Philip Glass），劇本撰寫爲黃哲倫，由紐約大都會歌劇出版，並交 Dunvagen 音樂出版社發行（紐約，一九九二年）。美國佩斯大學鄭培凱教授於百忙中抽空爲我寄來此一腳本及相關資料，在此向他致謝。

❷有關美國華人早期的生活與亞美文學的地位，請見許儷粹的博士論文，另可參考林茂竹譯（Elaine H. Kim 原作），〈亞美文學〉，《中外文學》，二十一卷六期（一九九二年十一月），頁六五-七七，和 Kim 在 *Asian American Literature* 中的討論。美國社會在近幾十年來的多元文化衝擊下，已對美籍華人的文

化認同及亞美作品的領受有所改變，在正負面雜陳交織的局面下，當代美國華人作家的地位格外複雜，請見 Shirley Geok-lin Lim, "The Ambivalent American: Asian American Literature on the Cusp," *Reading the Literatures of Asian America.* Eds. Shirley Geok-lin Lim and Amy Ling (Philadelphia: Temple UP, 1992), pp. 13-32，尤其 pp. 28-29。

❸對於《蝴蝶君》的白人刻板反應，可參考單德興〈張敬珏訪談錄〉，《中外文學》，二十一卷九期（一九九三年二月），頁九八—九九。張敬珏認為「作者的用意和作品對讀者的效應可以是很不一樣的」。Dorinne K. Kondo 在 "M. Butterfly: Orientalism, Gender, and a Critique of Essentialist Identity," *Cultural Critique* 16 (Fall 1990): 28-29，則認為白人的刻板印象可能導致本身的失利，使其權力優勢淪喪，此一作品對美學與政治，個人與政治、男女、東西方及彼此構成的權力支配關係，有深入的暗示作用。另一方面，以性別扮演及文化顛覆(subversion)的觀點，去詮釋《蝴蝶君》，剖析其性別與文化政治涵意，可參考張小虹在淡江大學所舉辦的第六屆國際比較文學會議（八月十六-二十日，一九九一年）上發表的論文，"Oriental (Ad)dress: Cultural／Sexual／Theatrical Ambivalance in M. Butterfly."

引用資料

中文

林茂竹譯，Elaine H. Kim 原作，〈亞美文學〉，《中外文學》，二十一卷六期（一九九二年十一月），頁六五—七七。

單德興〈張敬珏訪談錄〉，《中外文學》，二十一卷九期（一九九三年二月），頁九三—一〇六。

英文

Clement, Catherine. *Opera, or the Undoing of Women*. Trans. Betsy Wing. Minneapolis: U of Minnesota P, 1988.

Chicago Cultural Studies Group. "Critical Multiculturalism," *Critical Inquiry* 18,3 (1992): 530-555.

Dominquez, Virginia. "Invoking Racism in the Public Sphere: Two Talks on National Self-Criticism". International Conference on *Cultural Criticism*, Chinese University of Hong Kong, Dec. 10, 1992-Jan. 10, 1993.

Kondo, Dorinne K. "M. Butterfly: Orientalism, Gender, and a Critique of Essentialist Identity," *Cultural Critique* 16 (Fall 1990): 5-29.

Lim, Shirley Geok-lin. "The Ambivalent American: Asian American Literature on the Cusp," *Reading the Literatures of Asian America.* Eds. Shirley Geok-lin Lim and Amy Ling. Philadelphia: Temple UP, 1992. 13-32.

Lindenberg, Herbert. *Opera: The Extravagant Art.* Ithaca: Cornell UP, 1984.

Said, Edward C. *Musical Elaborations.* New York: Columbia UP, 1992.

時空與性別的錯亂

——論《霸王別姬》

一九九二年底，我應邀參加香港中文大學人文學科研究所舉辦的「公共空間與公共文化」研討會，在九三年元旦那天下午，趁著大家休息，我們一群跨文化、國度的學者，約有十五人，一同去觀賞正在上映的電影《霸王別姬》。我們這一夥人來自不同的世界與學術或生活領域，其中有藝術工作者、新聞從業人員、人類學家、文學與文化研究者、哲學家、建築師、服裝與時尚設計家，可以說是港、台、中、美、加等地區最廣義的知識份子大雜匯，這些人即使在平時也不大可能會聚首一堂，尤其更無法想像會坐一整排，看陳凱歌的新作。

走出電影院時，一位美籍的教授還沒等人潮消失，便在衆聲喧譁的廊道裡，問我們的領隊：「你覺得這部電影如何？你喜歡它嗎？」在一陣猶豫之後，我們聽到：「比他（陳凱歌）以前的作品好些，但是仍是有不少問題……。」帶領我們去看這部電影的人是香港本地的作家兼教授，很明顯的，他對《霸王別姬》並不像美國朋友那般滿意，然而面臨如此複雜的知識群（及聽衆），特別是其中有些是來自中國大陸，他似乎有點欲言又止，彷彿仍掙不脫九七的陰影及最近中國與港督之間的緊張關係。問題所在似乎是他並不是那麼喜歡這部電影，但是要如何才能表達出他身處中國邊緣而且未身受到文革洗禮這種旁觀者但卻是中國一份子的「觀」感？既能就中國第五代新電影的內在限制與突破，作同情契入，且又要具有世界性的眼光，如何以這兩種觀點並陳，十分公允而不帶有民族熱情或政治疑慮去道出自己的眞正感受？如何去再現該電影的敍述，對電影的大中國主義及其本位的歷史觀，作較合情理的瞭解與批判？如何避免讓自己的含混身分（同時是香港與中國人），以及由這種身分所引發的論述位置，不自知地介入美學判斷，以至於將詮釋轉變爲政治寓喻，使個人的好惡彷彿是替歷史的困境作一註腳，又是「再度」說明了香港人對中國大陸有其焦慮及即將無以爲繼的文化優越感？如何就本身處於「邊疆」、弱勢而將受壓迫的地位，去正視電影的大敍事體（grand narrative），而且在這種大敍事體與本地敍事（或詮釋）形成張力之關係中，對西方正流行的「後現代」及「後殖民」文化研究架構，提出較具體並富有說服力的言論，而不只是一味撥用現有的批評詞彙，去將地區文化的歷史性及其發言位勢加以平面化或過度膨脹？

隨著愈來愈多的人加入這個討論，各種見解，多種現實立即表露無遺，不少人覺得此電影刻意凸顯政治及美學，有人對影片中所浮泛採用的史詩敍事模式不以爲然，也有學者提出由性別政治出發的觀點，認爲同性戀這個題材被炒作、利用，成爲邏輯上的雙重束縛及商業電影的賣點……。似乎泛中國文化的知識群均對《霸王別姬》不甚滿意，而歐美出身的學者則對此種不滿感到不解。同時，大陸來的學者又比香港、台灣的學者顯得較能接受《霸王別姬》的成就，只是對後半段的文革歷史有些無奈，覺得身爲文革受難者，很難擺脫那個夢魘，「即使一點也不新鮮或深刻」。最後大家覺得有必要移駕到飯館再繼續有關《霸王別姬》的討論，一夥人於是到一家上海館子大談（啖）特談（啖）。香港學者對於此部電影不甚滿意，美國學者則表示欣賞，大陸學者則採取保留的態度，台灣的學者紛紛舉《黃飛鴻第二集》爲例，批評霸片的步調和節奏太緩慢、造作，而且對歷史缺乏反諷或冷嘲的距離感。很顯然地，由於文化背景的差異，大家對於此電影的詮釋和喜好程度便有很大的不同。在各種文化背景彼此激盪之間，我們突然發現到居然沒有任何一種觀點可足以代表大家的感受，而且由於反應不一，我們已無法用既有的文化批評或文化研究所假定的「理想讀者」(ideal reader)此一概念來掌握該電影的文本內容及其意義。事實上，也正因爲類似陳凱歌這種中國新銳導演往往將眼界放在國際電影市場上，某一特定地區（尤其是國內或華人文化區）的反應未必就有其作用。換句話說，在逐漸國際化的電影與藝術公共場域中，電影的詮釋與領受已成爲跨文化瞭解與交易行爲裡隨機應變的因素，無法再由本地出身、學有專精或知識淵博的行家，來判定電影在世界與本土(global vs. local)辯證中所應產生的意義，而且意義在這個播散的過程裡其實已不足輕重了。不管我們喜不喜歡這部電影，它都可能在其他人或其他文化身上形成意義或類似意義的感覺與效應，而電影此一文化工業似乎愈來愈利用此一感受效應(affects)的活動餘地，使各種詮釋儼然多此一舉。此種電影效應（既非情感更非意義，只是感受效應），在跨文化活動日愈頻繁的社會裡，由於文化掮客（或如 Pierre Bourdieu 所稱的「象徵資本銀行家」）的催化、居中斡旋，操弄大衆的欲求，更是許多新電影工作者發揮長才的煙幕氛圍，以製造、生產有趣或刺激的作品❶。

但是，《霸王別姬》一方面運用了這種國際化的文化效應公共場域及其氛圍，卻在另一方面企圖表達中國的大敍事體及本土的詮釋觀點，因此形成一種奇怪的內在矛盾，而這種矛盾在其時空與人物性別處理上的錯亂格外明顯。因爲這兩方面的詮釋立場很難找到一個平衡點，所以想要將中國近代史此一主題做爲國際電影公共場域的賣點，且同時又要表達出歷史見證的權威感，便更顯現出此兩種立場不協調❷，戲劇圈內的同性戀此一性別政治的題材，一方面被刻意凸顯，另一方面卻又以刻板印象的方式來處理，只強化了傳統性別觀點的禁忌與束縛，而未能給予同性戀者應有的地位。整部影片影射民初四大名旦之中的一位青衣及另一位花臉，就其生平與其經歷，搭配文化政治上的歷史劇變，表露出他們在身體與政體不斷變遷的社會中，從一齣霸王別姬的演出及觀衆領受情況，做爲政治的寓喩，表呈從清末到文革的種種社會變動：「虞姬」受宮廷貴人的愛戴與栽培，經歷民國軍閥的器重，乃至慘遭文化大革命紅衛兵的批鬥。對藝術與文化精英或社會群衆之間的關係，扣緊各種同性戀的變態或非常的關係來表達藝人對劇場的時空錯位感，彷彿戲如人生，人生如戲，然而在此後設的劇場作品裡「霸王」和「虞姬」的最後一場演出，卻陷入了可預知的重複演出。雖然「虞姬」的性別扮演好像是要模糊虛構與現實的疆界，但是實際上卻是利用此模糊來表露出其非常清楚的個人現實立場，對愛情與藝術的執著，顯示其不可妥協的態度，如此一來，反而將戲劇張力整個抹煞。《霸王別姬》充滿了重複的情節，不僅主角們不斷地重複演唱〈霸王別姬〉這個曲目（尤其是虞姬奪劍自刎殉情的那一幕），而且在情節的發展上也採用重複的模式，雖歷經各階段的歷史變化卻一再演出相同的問題，而形成了一種重複的循環，這種重複的衝動及動力（repetition compulsion），從該電影的第一幕以兩位主角進場演出霸王別姬，與影片結束時奪劍自刎的那一幕，首尾呼應構成同一演出的循環，這種敍述邏輯已是相當明顯，而且打從一開始，觀衆便可以預知其結局。

從這些不和諧及過分粗糙之處，我們可以看出《霸王別姬》與《黃土地》、《大紅燈籠高高掛》、《菊豆》等有幾分神似，在作法上，皆是以本土的族群文化、性別政治當作題材，去強化東方主義(Orientalism)的刻板印象，而未能作深入的自我反省或進一步解構東方主義。當然，這是新殖民情境下，知識份子學習西方啓蒙文化而試圖自我解脫，因此試圖重新審視本土文化傳統，想發展出國民精神或「自下而上」(Subaltern)的內在族群認同，所刻意運用的拒抗策略，往往透過史詩、民謠、鄉土的模式，來宣稱某一種永恆而純眞的大敍事體，以至於罔顧了在這個國家本位的大架構之下，弱勢論述及其形塑的族群以及文化認同勢必被撥用（appropriated）並且被犧牲掉。以《霸王別姬》爲例，我們便不難察覺其中史詩模式籠罩了藝術家的微渺存在及其性別認同，性別認同此一主題僅是政治變化之下的小個案，而且被貶至邊緣的地位，尤其師弟的同性戀愛在師兄「另結新歡」之後更陷於自我毀損的局面，由生氣、嫉妒到破壞，乃至最後由師父出面要兩人再度合作演出，一直是以刻板的方式呈現同性戀的身分❸。

《霸王別姬》在文類上面很明顯地呈現出來矛盾的兩難局面，它在內容上雖是採取戲劇的方式，來展現兩位主角（花臉、青衣）的境遇，以及他們之間微妙的性別關係，將傳統戲曲帶入電影的領域裡，但是在敍述的方式上卻是用史詩的敍述模式來對整體民族文化歷史的發展作一種宏觀式的展現。這兩種文類上的並置，雖增加問題的複雜性及張力，呈現出戲劇以及個人內心的心理矛盾、人物之間的衝突，但也刻意地去強化某種超乎個人的宏觀現實，也就是社會與政治隨著領袖人物心態上的改變而改變，進而影響了一般人（包括戲子）的生活。這兩種文類交織的結果，固然增添了許多詮釋上的多元角度，卻也構成了內在的困境，也就是既想要強調個人內心的矛盾，以及性別認同的危機，又想要把此一主題模糊使其變成是在此大時代時空錯亂之下的小局面，而且是無法控制的因素。在這兩種文類的並置之中，史詩的作法，基本上相當民族主義式，而且是以大衆記憶的方式來重新建構大的歷史事件，以便外國人可鳥瞰中華民族（其實只是漢族）的現代史，並滿足其對東方的好奇心。而戲劇這一文類的運用則很明顯的是想要鋪張性別認同與個人抉擇上之兩難，而且基本上是反東方主義式的一種回歸本土及地方色彩。

將本土的傳統戲曲表現運用到電影裡面，此種傳統當然在早期的電影之中便可看到，而在當代的電影之中也常常用此種方式來展現傳統與現代生活之間的種種衝突。比較著名的例子，如《胭脂扣》此片裡，運用傳統的戲曲表現出十二少等人的糜爛生活，以及傳統文化在香港逐漸邁向現代化的過程中，被人拋棄時所產生的「剪不斷理還亂」那種微妙的懷舊處境。透過戲曲的表現，該片呈顯出文化及社會之中不均衡的多重發展，還有多重文化現實的交疊與詮釋觀點的複雜性。在最近的作品裡，像《戲夢人生》和《霸王別姬》都是很有趣地運用戲曲以及電影媒體來重新刻畫傳統與現代之間的辯證關係。這些戲曲並不是完全將早期的舞台劇搬上銀幕的方式來表現，如賴聲川的近作《暗戀桃花源》，或者是早期好萊塢的很多電影，像《國王與我》、《窈窕淑女》等，反而是以一種時空錯亂而並列的方式，來展現出戲劇與現實之間的奇妙關係，彷如戲曲和舞台本來應屬另一個空間與時間的活動，然卻很奇妙地和現代人的現實生活產生一種很奇怪的糾葛，由於張力與奇妙的關係，人於是猶如是在傳統與現代之間擺盪，一方面受到傳統的束縛，另一方面卻又得到傳統的滋潤，因此形成了種種相互矛盾的觀點來體驗自身的人生。因爲在舞台與戲曲之中，人可以透過過去的人物以及戲曲語言來重新回味往昔的文化及歷史處境，但是這些過去的經驗又在重新體會的過程中似乎對現代的生活有所啓發。而比較微妙的是在這些電影當中，戲劇與人生的差距已不再能夠作仔細的分辨。兩者之間似乎已融合成一體，這也就是《霸王別姬》比較特殊之處，編導很巧妙地運用花臉及青衣這兩位主角在長期合作演唱《霸王別姬》這齣戲的時候，兩人在舞台上與私下的生活之間所構成的微妙關係，而在最後透過演戲的方式將兩人的特殊關係作一徹底解決。師弟（程蝶衣，飾「虞姬」者）在日常生活裡的性別認同，也就是他對其師兄段小樓所產生的一種特殊情愫，在無法表達，而且無法受到現實社會認可，同時又受到師兄、嫂（菊仙）的排斥時，透過演戲的方式，反而變成是一種最直接有力的意願傳達，將他無意識裡長期累積的欲求完全展現出來。可以說在《霸王別姬》中「虞姬」這個傳統的戲劇角色化爲是戲子本身的最佳僞裝，以及一種隱喩的表達方式，也就是metaphorical projection，把其個人的內在欲求透過象徵的方式展現出來。其展現與表演方式就變成是一種象徵的演出：將其個人在現代社會的問題，透過傳統的戲曲形式以及戲曲文字，也就是戲曲之中的抒情文字(lyric)來呈現出個人在日常生活中所無法發洩表達出來的禁忌，與無法眞正坦白道出的言語。因此戲曲和個人生命之間的關係遂變成是一種孰先孰後已不再容易分辨的狀況。戲曲和舞台，反而變成是一個更重要的場景(site)將個人的人生完全涵納消融。而且在影片之中，透過戲曲的表現，將戲子個人與傳統戲曲的人物完全融合爲一體，彷彿是一氣呵成。以戲子本身的日常生活中的經歷去更進一步體會戲劇之中的人物，以個人的人生歷練去揣摩戲劇人物的性格、內心活動，以自己的成熟度來展現戲曲人物所眞正要表達出來的聲音。將自己的生命奉獻給戲曲以及其中的虛構人物，以這種奉獻的方式來替代古人傳達出其心聲。但是同時又將自己的內在欲求透過演唱的方式來做種種的暗示。此正是戲曲在這部電影之中十分巧妙的展現。

此電影一開始即暗示出戲子終其一生就是要獻給舞台，而其個人的生活，基本上只是在重溫戲曲人物的生活而已。成爲出色藝人必須接受極端辛苦的練習過程，藝人也因日後有機會可成爲戲曲人物贏得新的生命，而各種痛苦遂變得可以忍受。也因如此，門徒不斷地鞭策自己努力向上，以期盼演唱技巧達到爐火純青、登峰造極的境界，而終於成就爲一流的藝人。飾「虞姬」的程蝶衣，在影片一開始，便由他的母親帶著他穿過正在演戲的雜耍人群到戲班師父那裡，央求其收留她的兒子以解決他們的家計問題。從這一幕，我們可以看出那時正處於世紀轉捩、民不聊生、世代動亂的局面，而在民不聊生之際，演戲至少還可以糊口，因此這位母親便將其子的末指切斷，以示其決心，此方式終於感動了該師父，而願意將其子收留在戲班裡練功。打從一開始，程蝶衣在內心上便和其母親與家庭產生一種隔絕感，他可以說是一個被切割的、完全孤獨而沒有任何支撐的人。也因此日後他在衆多的師兄之間，只對其中一位經常爲他打抱不平的師兄感到格外的親近，而且也養成了他叛逆的性格。

自始至終，他的父親都不曾出現過，而他的母親在帶他到戲班之後也就銷聲匿跡了。在他的成長過程之中，父親基本上是不存在、沒有任何地位的，也因此，他似乎一直在追求一種父親或者是兄長之愛。這種早期童年的缺憾，似乎在這位飾「霸王」的師兄爲他打抱不平、照顧有加的舉動之中找到了慰藉。從兩人在戲班裡的境遇，以及有一次逃離戲班被抓回來毒打時，彼此呵護的行動之中，便可看出已產生一種終身的默契，也就是某種精神上的婚盟（婚約）。這種經歷造成了飾虞姬的這位旦角，從小便有同性戀的取向，這是從他童年的經驗以及長期以來成長過程中與該師兄彼此依賴的關係中發展出來的。雖然這並不一定會導致同性戀的結果，但卻是有著種種的暗示，而且在電影之中，透過眼睛的凝視(gaze)，場景所製造出來的期望以及凝視之中所產生出來的焦慮和渴望，顯現出此種同性戀的取向，而此取向又和傳統文化之中將戲子圈的相公文化、戲班裡常發生一些同性戀的事件相互加強。將這種刻板印象運用到電影故事之中，順理成章地發展出來「虞姬」與「霸王」的角色。另外，因爲他兩人當時被抓回來痛打之後，發憤圖強，努力在戲班學習，在這整個發展的轉捩點，便是他們合演《霸王別姬》。當然，在飾演「虞姬」這個角色以前，師弟便因爲臉蛋生得姣好、有女人味，而常常被安排飾演尼姑的角色，但是因他的個性十分叛逆，往往故意將句子唸錯，不甘心被安排演尼姑這種角色，而常想要透過戲文的方式重新展現他的男兒本色，但卻是一再地被壓抑，這之間的衝突與挫折感常在練習演唱的過程之中，造成他內心的傷害，以及精神上的創傷，然而在另一個戲劇事件之後，便從此決定他們邁向花臉及青衣，男角爲「霸王」，女角爲「虞姬」的命運。

這個事件就是因爲師弟長得很有女人味，所以在演唱時便引起淸代遺老、太監的喜愛，而將他施以雞姦。透過這種性的啓蒙與虐待的成年禮之後，他變得更加認定自己男扮女裝的角色。而在這個過程之中，對於性別認同以及強暴所造成的心靈傷害，還有長久以來所壓抑的精神問題，編導並沒有作完整而比較深刻的處理，我們反而只看到比較簡化的暗示，便將所有的問題抛開，繼續邁向他兩人所演出的《霸王別姬》。師弟「虞姬」演得生動鮮活、絲絲入扣，使人無法再分辨得出「虞姬」到底是男是女，甚至於認爲「虞姬」這個角色由男旦來扮演要比女旦更爲出色誘人。因而從此之後，男扮女裝、性別扮演(transvestism)便成爲「虞姬」這個角色引人入勝的條件之一。對於師弟內心之中的問題，編導往往都是很短暫地在他與師兄的沈默關係之中，以及他攬鏡自照之中有所暗示，但是對於他的人物刻繪與人格的表現方式，卻落入十分刻板的同性戀角色。因此只一味強調他嫉妒，以及刻意破壞的種種行爲，表示他易怒、沈不住氣、有如女人般的善變特質。在此同性戀的主題上面，其基本上是將虞姬這個角色落入傳統對於女人，尤其是失寵而被打入冷宮的妻妾的那種淒涼悲憤的處境，一方面用此種方式呈現出其破壞力，另一方面又藉虞姬此一歷史人物在舞台上展現出其對旣往情感的獨鍾。

編導對於程蝶衣早期童年經驗的處理，顯然是比較具體而寫實的，而對於其中期成名以後的人格處理，則只是圍繞著戲子和上流戲迷之間的互動，而且經常是透過同性戀的不正常關係來展現。利用此種方式再現同性戀者頹廢而消極的一面，此與整個文化傳統如何排斥異端(the other)的作爲互相呼應，而並沒有比較富有批判性的嘗試。同時又將同性戀視爲是藝人以及高等文化精英、頹廢份子的嗜好，他們的感情基礎是建立在對於聲色的放縱與追逐個人的感官滿足之上，並以一種柏拉圖式的精神戀愛來將低俗的感官經驗加以揚棄。這些似乎非常唯美，但卻又不很實際的描寫，基本上是對同性戀此一主題，作一非常膚淺的處理。而且對於虞姬的內心衝突，甚至與其師兄之間的緊張局面也未能構成戲劇的複雜性，同時也無法和陳凱歌所大量採用的史詩模式此一宏觀結構彼此配合。雖然說戲曲的表演方式在此電影裡，得到相當有趣的演出，但是在扣緊性別認同此一主題上，卻顯得過度華麗而且乏味，因爲它基本上是相當單薄而且一再重複刻板印象，而未能就內心的衝突加以深入刻畫。最明顯的一個例子是，當師兄宣佈他要結婚時，師弟的反應，基本上是歇斯底里女人的表達方式，遷怒他人，而且以買醉、自暴自棄的方式來宣洩情緒。這一直要到後來師父出面調停，師弟與師兄、嫂之間的問題才得以較爲緩和。而最可議的一幕，就是師兄、嫂在屋內整理家當之際，師弟撐著傘站在門外窺視(voyeurism)，這一幕配合著室外的風雨，顯得相當的做作，而缺乏任何的新意，因爲這整個場景都是以極端不自然和淺薄的方式來呈現。

雖然戲曲對於電影的主題有所貢獻，但是它也造成了戲曲人物，也就是這些演員在性別認同與性別的扮演上單面向化，使得比較複雜的性別認同問題，無法在日常生活裡眞正地浮現出來，也未能超乎男女既有的刻板印象，作出比較個人且相當有深度的表現。此問題之一，便是來自陳凱歌所採用的史詩模式，他希望從清末、民初，歷經袁世凱、孫中山、蔣介石、毛澤東、文革到現代資本主義興起打擊社會主義，人們對傳統藝術已不再尊重的局面，透過一種鳥瞰的方式，將中國現代史與當代社會的藝人地位作一史詩式的大敘述。因爲如此的一種大敘述體裡，有許多小課題是比較屬於個人政治的層面而無法發展開來。史詩和戲劇這兩重模式的不可相容性，在整部電影裡並無妥善的處理。反將其視爲是既可以處理個人的性別認同問題，同時也可以處理近代史、歷史政治大事件，這兩種敍述的模式，在整體個人與社會的脈絡之中融合無間。然而基本上，此電影的後半部大多著力於歷史見證以及個人境遇之間的問題，而對於有關個人的心靈與性別認同的問題便顯得不是那麼地重要，反而變成是一種隨機而起的邊緣性問題，隨著各種觀衆和領導人物的好惡，而有不同的心情、身分和境遇。正因如此，這兩種敍述模式的混淆，導致了個人爲社會文化的大脈絡做見證，這是一種很奇怪的局面，而這種局面正是第五代的中國大陸電影導演很難擺脫的歷史負擔。因爲他們認爲自己經歷過非常偉大的歷史事件，不禁在內心之中將文化大革命以及歷史的斷裂這種大事件，看成是電影所要反應的問題。因此在此片中，雖想極力鋪陳唯美和藝術的氣氛，似想表呈藝術與人生之間的距離，不斷地在模糊，但是又想刻意將藝術和藝術家的生涯變成是歷史事件的反應。在這一方面，特別是對文革事件的處理，以及更早期一位類似蔣介石的人物走進劇場來欣賞《霸王別姬》，以表現出國民黨對於文化工業的愛戴，以及口頭上的褒揚。而對社會主義者，也就是毛澤東的中國共產黨而言，藝術是無產階級所無法負擔的精英藝術。以這種非常粗糙的對比來表現出當時藝術家的困境，並將此事件擴大為文革期間，紅衛兵對於文化工作者的種種迫害，以此事件來反應中國傳統經過文革之後的破敗，以及倫理人際關係的淪喪，用這種方式將藝術家變成是社會轉變之中的一面鏡子。在這種極力要凸顯文化大革命對於藝術家，以及中國所造成的殘害，就這種非常熱烈，而且相當龐大的局面來看，陳凱歌是極力想要重新引進史詩的模式，好讓觀衆身歷其境，重新反省文革對於中國現代史的慘痛教訓。然而，他在無法割愛的情況下，此歷史事件反成為是一個額外的歷史負擔，而其企圖重新再現歷史事件的努力，卻與其刻畫戲子的內心世界，及其境遇此一活動顯得不搭調。

師嫂、師兄與師弟的三角關係，也是此片的重頭戲之一。早期由師兄、師弟兩人巧妙地搭配，發展出同性的依賴關係，與奇特的性別角色認同。師嫂菊仙原是一名煙花女子，在無意之間，進入了師兄、弟的生活，而掀起了一場男人與女人的戰爭，也將這兩個男人本來就緊張的同性戀關係變得不可能。一向，師兄對師弟就採模糊含混(ambivalent)、虛與委蛇的方式來處理師弟對他的情意，並將師弟與其他人的同性戀關係視為是其本身的一種特殊社交發展。隨著師弟的名氣逐漸提昇，其男扮女裝的性別扮演，與日常生活中的三角關係，遂變成是一種複雜而困難的局面。師兄段小樓因而向外另謀發展，以走出同性戀的陰影，同時表現、宣稱其男性慾力，而與數位上流煙花女子過從甚密。有一天，當尋芳客正在無理糾纏菊仙，爲了能使菊仙脫困，他便見義勇爲，謊稱他即將與菊仙成婚。不料，在此假消息傳開之後，所有的尋芳客便不再上門來找菊仙，因而，老鴇便將其掃地出門。在走投無路之下，菊仙只好來投靠段小樓，兩人也就名正言順的結婚了。而師弟在得知他們要結婚之時，先是以嫉妒、生悶氣、不願出席的方式抗議，繼之以分手、不再合作演出作爲要脅。然而這種種的抗議方式，師兄皆不理會，所以兩人終於分道揚鑣，而導致師兄、嫂夫妻的生活困頓，師兄並與日本軍閥發生衝突而被逮捕入獄，面臨被槍決的處境。而師弟在各種壓力之下，始出面爲日本軍閥演唱，得到其青睞，而賺到師兄的赦免狀。

一直到抗戰之後，師兄、弟在老師父的體罰與調停之下，始言歸舊好，然三角習題依舊存在。當時，國民黨的情治人員，往往將其長期對日軍的痛恨與無能感，發洩到親日的人士身上。而師弟因爲早期曾爲日本軍閥演唱的往事，自然也成爲政治迫害的對象。陳凱哥利用此事件來顯露國民黨的腐化，及中國的法治與社會公義之不彰。即使是在民國時代，小老百姓的生死，仍全操在權貴的手中。三角關係在此強調社會變動、政治腐化的課題之下，只是個隱喩式的工具(vehicle)而已。他並沒有深入探討同性戀與異性戀的衝突及問題核心，特別是同性戀的認同危機及內在困難。所以他在處理完親日事件之後，即將鏡頭轉至蔣介石來看戲的這一幕。此時「虞姬」的風華依舊，之後，他非但沒有受到往昔親日事件之影響，反而聲名大噪。

而在毛澤東崛起之後，師兄、弟之間的性別角色認同，又再度成爲彼此揭發過去瘡疤，向大衆坦白的議題。傳統戲曲的精英主義和變態的性行爲(sexuality)，在大衆相互攻訐之下，遭受到最殘酷的羞辱和唾棄。師嫂在此殘酷的文化革命期間，禁不起批鬥而喪生。文革的烈火在熱情燒盡、滿目瘡痍的情況下漸漸褪色，師兄、弟始得以過比較正常的生活。而在資本主義逐漸抬頭的新脫序社會裡，藝術與藝人的地位已大不如昔，師兄、弟倆想到劇場排演，還得利用劇場休假期，由守門員放他們進來。當他倆再重新合演《霸王別姬》時，面對著空空洞洞的觀衆席，兩人孤伶伶地站在舞台上，場面的淒涼冷清直比當年楚霸王被漢軍追至烏江時，那種英雄氣短、孤寂落寞的處境，就在此種氣氛之中，師弟奪劍自刎，結束他這一輩的種種問題，包括性別認同與社會認同問題。問題是這樣的解決辦法，如先前所述是可以預期的，且顯示出編導不敢面對性別政治和新社會現實，而無法針對傳統藝術與同性戀的問題，以及其在新社會環境中的展望作進一步的探討。

霸片是由港商出資在香港拍攝的，而除張國榮爲港星外，大部分的劇中人物皆由大陸演員飾演。即因大陸演員的比率過高，以致曾無法通過台灣新聞局的電檢在台上映。台灣、香港、大陸這三個地區所構成的三角關係，很像此片中的師弟、師嫂和師兄的男女性別關係。台灣像師弟，一心一意想與師兄（大陸）門戶相通，卻迫於情勢，而獨立門戶。而香港就如師嫂那位煙花女，因不經意的誓約，而導致被大陸明媒正娶。此片正好是在香港與大陸當局關係呈現相當緊張，而前途未明的情況之下拍攝的。一方面，運用香港的資金和電影機制，批判中國現代史，並以較自由的角度來處理同性戀的問題。另一方面，卻闡揚大中國及大漢的本位主義，爲中國電影開拓國際市場。所以此片雖是在香港製作生產，卻代表大陸去參加國際影展。它既表現出香港自由的想像空間和多元的大衆文化，但又要凸顯其不足之處。而號稱自由、進步、解嚴，台灣卻仍擺脫不了極權和人治的陰影。電檢處是否打破既有的限制，尊重純粹的藝術自由，而使得國人有機會看到《霸王別姬》這部電影，便成爲是此三角地區彼此暗自設防，但又互拋媚眼的兩岸三角關係中，另一個「文化」與「性別」政治的指標。

（註：本文寫於一九九三年四月，而在八個月後，霸片終於獲准在台上映。）

註釋

❶有關大衆文化的作品無法以假設的讀者去掌握其應用的意義，請參考 Rosalind Brunt, "Engaging with the Popular," in Lawrence Grossberg, et al., Eds., *Cultural Studies* (New York: Routledge, 1992), pp.69-80. 最近在報紙副刊上，有文化研究者對《囍宴》的地位有相當不同的評價，便涉及假設讀者及意義結構的問題。我們在香港一起看電影的朋友中，台灣去的是何春蕤、卡維波等人。

❷以下是我個人的詮釋，是介於公共場域的意義內爆及特定價值喪失此一層面，與個人嘗試去瞭解文本機制及其符號作用此一需要，兩者之間的重新建構及平衡，我當然意識到本身的詮釋未必能契合陳凱歌或其他觀衆的心意，不過，我想就國際與本土，大衆與個人的反應，作個定位與協商，道出創作此部電影的文化潛意識及其內在問題。如同二二八一樣，文革已是被炒爛了的重要素材，任何導演或作家一碰到這種課題，自然無法說完全不將國際觀衆放在心上，問題可能是藝術與政治交混的程度已不再容易評估。（在台灣，如侯孝賢的《悲情城市》或楊德昌的《牯嶺街少年殺人事件》，便是難以純藝術角度去看待的作品。）

❸有關同性戀性別認同的討論，迄今仍以 Eve K. Sedgwick 的 *Epistemology of the Closet* (Berkeley: U of California P, 1990.) 導論部分最精彩。另外也可參考 Kaja Silverman, *Male Subjectivity at the Margin* (New York: Routledge, 1992.) 針對性別與政治意涵的討論。

兩種「體」現

文化人類學家瑪麗・道格拉斯(Mary Douglas)在她的《自然象徵》(*Natural Symbolism*)的導言裡，一開始便說道：「人類的身體大同小異，但社會條件卻千差萬別。有許多由身體發展的象徵便被用來表達不同的社會經驗。」(頁vii)個人的身體與社會整體的關係是她在全書中想闡明的，據她的觀察，身體的位勢不但與社會的等第、結構呼應，彼此加強，而且社會也限定了身體的表達及體現的方式。社會與個體的關係可以說是「天人感應」式的，她的研究重點除了解釋這種觀感之外，最重要的是以控制身體的作爲來探究社會的控制及其意識形態，最明顯的社會之動亂往往以身體的疾病、不純淨與危險來象徵，身體的表達方式尤其是透過儀典尤其達成社會的控制與支配(頁六五—八一)。

和道格拉斯的研究方式相當不同，歷史學家及思想家傅柯(Michel Foucault)也發現了社會支配與控制往往訴諸身體的塑造，在《訓育與懲戒》(*Suweiller et Punir*)一書裡，他說自從古典時代，身體便是權力的對象及目標，在軍隊、醫院、學校裡，以種種方法要人的身體變得有用、理智；到了十八世紀，身體的操縱、馴服，在科學式的分析、研究之下，更形嚴密，重點是要人去主宰身體，使自己在經濟上更有效益，能以自己想要的效率、技巧、速度去完成夙願，加強身體的力量。身體在這種情況下，成了政治化的投資，應運而生的是「新的微觀力量與權力生理物理學」，以這種論述去創造更加有用、馴服（隨心所欲）的身體，來控制社會的結構及其分配，因此種種訓練、監督、重建身體的手段，就愈來愈複雜、內在化了。以往的罪犯是被看待爲無可救藥，不得不以絞刑、斷頭、五馬分屍的方式去解決、示衆，從十八世紀以降，監獄及種種監督、訓導的系統崛起，紛紛要將人的身體加以糾正、調教、操縱，使身體與社會的安定、經濟的效益能夠配合。不僅罪犯有重建身心的機會，連一般人也開始明瞭如何善用自己的身體，包括節育、生育在內，均納入政治生理學中，以製出更多馴服的身體，來鞏固治安與繁榮。在傅柯的見解裡，身體與社會控制是一體的，身體只是社會支配的「體」現。

傅柯對社會控制個人身體的「論述塑造」(discursive formatiom)，幾乎是視作全面性而且無以推翻，雖然他曾就「拒抗」(resistance)的可能性作幾番思索❶，比起他來，俄國的文學理論家巴赫定(M. M. Bakhtin)則顯得對「拒抗」較積極，他提出「醜怪」身體的概念(the grotesque body)，結合了通俗文化的儀典節慶中的大吃大喝意象及其無憂無慮的生命力，來象徵醜怪身體這個低下的社會反支配力量，宣揚低下、民俗、市場、歡會、不正統的次文化或潛存文化，針對政治壓抑、意識形態束縛及種種「官方」文化所建構出的「憂患意識」，予以諷刺、瓦解、嘲笑，達成粉碎中心，去除等第(decentralization)，將上面的身體部位、社會結構因素往下拉，而把下面的身體向上締建，創造出新生命與秩序，讓身體在肆無忌憚的放縱大笑、大鬧之後，由「醜怪」的蛹化爲燦爛的蝴蝶。巴赫定認爲不僅在革命之中，醜怪的意象得以展現，在文學及文化裡也常可見到，事實上，文化之所以有新方向，往往是經由醜怪而來（也許是因爲這個緣故，文人特別喜歡喝酒）。

醜怪身體對官方身體——拘泥小節、貪生怕死、循規蹈矩——所發出的挑戰，由大衆在市場及文人於作品中加以擴大，便沛然不可抵擋，導致社會、文化的轉變，使僵硬的官方及支配性文化重新調整，更富於彈性，甚至從體質上整個脫胎換骨，從封閉的存在化爲開放、豐碩的新生命體，延綿更加具有土地、民俗、大衆色彩的生命。

道格拉斯、傅柯、巴赫定的身體理論對新的歷史研究有相當大的啓示，尤其在某些文藝復興的探討上，將君王的身體及國家的政體、劇場與社會、人物比喻(figure)與政治現實、肉體欲求(erotic desire)與政治權威(political authority)等等之間的關聯，作託寓性的類比，同時注意文本性的修辭及其意識形態排場，強調出某一歷史片刻的特殊個體與社會身體的交感與形成過程，這種過程通常是相當具有戲劇性的(theatrical)自我與他人相互牽涉、塑造的過程，因此其中的權力關係也變得十分複雜，不只是由某一中心、主體來操縱全面，身體在這種見解——所謂的「新歷史主義」——之下，乃是多元而流動的，它與藝術、媒介的表達呼應，不斷作變化。

新歷史主義者雖然往往排斥這個名號，大致上，他們都形成某一種特殊的社群，以他們與衆不同的詮釋理念，去重新思考歷史及歷史的再現方式，而不把歷史脈絡背景(context)看作客觀、中立或充分及必要的所予(given)，脈絡事實上正是作品(text)所創出的建構，不能脫離歷史性(historicity)及文本性(textuality)，新歷史學家即在觀察作品與社會，文字與政治、意識形態的互動，分析「作品的歷史性」(historicity of text)及「歷史的文本性」(textuality of history)(Montrose)。根據新歷史主義者，身體與文本因此是密切相關的，不僅文本是身體，身體也靠文本去體現、現形，將社會身體內蘊藏的政治潛意識納入或潛存在作品裡，然後再以作品所發出的影響，在讀者、觀衆的想像及其實踐上，付諸實現，進而塑造、改變既有的個人與社會身體。底下我們就試以新歷史主義的觀點，來考察中國古代的幾則事體，看它們對雙重體現的表達手法。

先看劉邦斬蛇的故事：劉邦當亭長時，爲縣送徒至驪山，到了途中，不少人開溜，劉邦乾脆在晚上就把所有人「解放」了：「公等皆去，吾亦從此逝矣！」他喝了酒，「夜徑澤中，有大蛇當徑，季拔劍斬蛇，有老嫗哭曰：『吾子白帝子也，化爲蛇當道，今赤帝子殺之！』

因忽不見。劉季亡匿於芒碭山澤，數有奇怪，沛中子弟聞之，多欲附之」。這個故事除了顯示出政體與身體的連貫之外，還以寓喻與借喻方式，呈現了劉邦日後滅秦的政治事件：白帝子是秦始皇的象徵，他的政體與身體由蛇來表徵，劉邦拔劍斬蛇即是斬除秦王的政體。蛇的色彩當然是五行之說中重要的指標，也可能藉此表現出政體的氣運。劉邦斬蛇的故事可能只是迷信的附會，由王室權貴推衍出來的神妙傳奇，爲鞏固劉邦的政體基業，達到愚民統治的效果，這個故事眞不眞實並不重要，它的歷史效果以及它的兩種體現方式，也許對我們理解中國古代的身體思想以及有關的事體(narrative)，多少有些助益。

劉邦斬蛇的故事自然與較古老的神話有關，例如《山海經》的〈海內東經〉記載：「雷澤中有雷神，龍身而人頭，鼓其腹則雷，在吳西。大跡出雷澤，華胥履之，生宓犧，蛇身人首，有聖德。」後來的政治神話，最明顯的是眞龍天子的說法，可能是從宓犧的誕生神話發展出來，值得注意的是身體的超自然能力及血統上的半人半神，乃是古典時期的帝王及英雄經過事體的渲染所賦予的特徵，由這種異常的身體，便導出合法的政體。身體不僅是政體合法化的依據，同時更進一步建立起政體合法化的規矩及傳承自我鞏固機制與「體系」，也就是一般所謂的封建制度與血統譜系(genealogy)。

劉邦斬蛇的故事不僅表示劉邦是日後的眞命天子，在政治的爭鬥中，能斬除白帝滅秦，而也替自己的漢朝政體立下神話上的根，由身體延伸到政體，得到合法性。尤其耐人尋味的是在夢的解析與政治詮釋十分含混的空間裡，劉邦做出這種斬蛇身、政體的象徵動作，由於這一舉動的象徵含混性，劉邦引來了許多「沛中子弟」，以及後來人民的支持。這種以事體所具體化的儀式，組構出新的政治現實，以含混性達到合法性(legitimacy)與神祕化(mystification)的效果，進而以此儀式表達權力的正當性，據科哲(David I. Kertzer)的分析，是古今政治史上常見的事件❷。

事實上，類似像劉邦斬蛇的故事，不僅充斥在一些古代的典籍，如《禮記》、《春秋繁露》等，而且許多民間故事也以類似的架構，發展出金龍對青龍、白虎斬青龍等等，由星象到實際的戰場爭鬥，以象徵的情節來表達政體的權力鞏固過程。這種民間故事，最出名的是薛仁貴與蓋蘇文，以講唱的方式，深入民心，讓人民在不知不覺之間便接受，並進一步鞏固了君權的身體與政體的體現方式。不管是由上而下，以劉邦斬蛇、眞龍天子，或由下而上，以白虎斬青龍，乃至岳母以「盡忠報國」鏤刻在岳飛身上，要他以身體去爲政體效命，身體與政體之間的彼此包含、交互作用，在各種民間或官方（半官方）的事體中，均有具體的呈現。

在國家一統或維持政治穩定的立場之下，身體的象徵性功能在引導人民對秩序、等第的服從的作用上，自然是不能忽視的，君爲首，或以五臟的正常運作，來表示政體的正常運用，在古今中外的典籍中極其常見，而且有相當多的政令、論述針對政體脫序的身體變形、疾病，或就身體的不正常運作所可能導致的政治脫序，大作文章。《左傳》、《國語》中有許多以人身、政體、天體相互類比的論述，像〈鄭語〉中的史伯論五材、《周書‧洪範》的「五行」、「五事」、「五紀」，以金木水火土五大元素與人身的言視聽思，乃至歲月日星辰曆數之間的關係，來象徵政體的穩定與否，並且按政體的大小，來看大小不同的徵驗。這種論述相當普及，子產以人道天道的作法，載於《左傳》昭公十八年，是比較特殊的例子，也開展出了儒家以內在的道德去建立禮制（歸仁復禮）的先聲。但是子產的說法，卻道出身體、政體、天體的類比有其依據，只是子產強調「天道遠，人道邇」，把重點放在現實世界的人道上。後來的儒家也排斥天體與政體的感應說，《荀子》在〈天論〉就批駁日月星辰瑞曆的說法，認為這些是「禹桀之所同也。禹以治，桀以亂，治亂非天也」。但是荀子卻繼承了同樣的邏輯，仍以感應說來推衍他的禮義論：「在天者莫明於日月，在地者莫明於水火，在物者莫明於珠玉，在人者莫明於禮義。」董仲舒所以會在漢朝提出「天人感應」說：「以此見人之所為，其美惡之極，乃與天地流通而往來相應。」（〈舉賢良對策〉三）其實是其來有自。

最根本的身體、政體的履踐儒學，當然是由孔子提出的「孝、弟」，由「自己的身體髮膚受諸父母」，從身體的「不敢毀損」，進而發展出以身體到政體的「克己復禮」，以至由孝弟開展出的齊家、治國之道：「君君、臣臣、父父、子子」（〈顏淵〉），或者如有子所說的：「其為人也孝弟，而好犯上者，鮮矣；不好犯上，而好作亂者，未之有也。君子務本，本立而道生。孝弟也者，其為仁之本與。」（〈學而〉）孔子自己也說：「弟子入則孝，出則弟，謹而信，汎愛衆，而親仁。行有餘力，則以學文。」（〈學而〉）由身體的力行，到親和的社會與政體的建立，由裡而外，入孝與出弟可以說是儒學的實踐兩大基石。由孝與弟所衍生出的禮儀，在《禮記》中尤其詳細，從身體到政體是巨細靡遺地導出種種實踐準則。在另一方面，「克己復禮」由身出發，而返歸周禮這個體制的活動，不僅從內在的道德律開展出仁的實踐理性，而且也以禮與樂來教化身心，培養人我的和諧，達到政體的深入情理，以便臻於內聖外王——身體與政體的完美開展。

儒家所尊崇的是周禮，尤其是周禮的人本精神。孔子對周禮及周樂的稱揚是衆所週知的，然而即使是以重新創造、體驗(renewal)的方式，去闡揚周禮的政體思想，卻將它落實在孝、仁出發的體制，並且不斷強調身體、政體的正統等第(hierarchy)，因此以其論述體制去強化正統文化(official culture)，而在身體觀上也顯得正統及「規範化」(normalizing)，不僅對內、外作分別，而對內外之分野給予不同的價值，唯恐身體的等第不清、疆界不明，會導致政體的混亂，產生「正名」上的危機。這種身體觀頗像巴赫定所說的「正統身體」：畛域確切、戒愼恐懼、患得患失、不斷鞏固中心及排除非正統元素——孔子所謂的「怪、力、亂、神」❸。

相對於這種廟堂、禮樂的正統身體，巴赫定所謂的「醜怪身體」是在市集或歡會中肆無忌憚的身體，以性的放縱或下階層的身體部位向上昇揚，粉碎了正統身體假正經及其限制，這種醜怪身體打破既定的規範及疆界，將嚴肅的憂患意識轉化爲狂歡的笑聲，使中心在非正統元素的激盪之下無法立足。醜怪身體的重要資源之一是不受正統宗教所接納的巫，巫師以他們本身就十分「醜怪」的身體，做出許多超越疆界、規範的神奇事蹟，不爲正統文化所容，但卻自成體系，且以最下賤的階級身分進行最神聖的通天工作，替正統宗教之外的儀典服務。由於大部分的巫在身體上有缺陷，他們的醜怪反而引出更加完整的神祕才能，同時因爲他們的不容於廟堂，他們更接近大衆，成了大衆文化(popular culture)的代言人，以其被排斥性反而接納了更多正統文化所無法認知或採用的東西。

以巫的形象，去重新思考身體與政體，尤其身體所導致的認識論、價值觀、政治哲學等，這正是莊子在〈內篇〉中經常使用的文本策略，但他的用意並非要打倒儒家，而是要去重新思考界定儒家這個論述「體」制所壓抑、排除的「醜怪身體」。〈德充符〉中便是一些醜怪身體的集錦，王駘是魯國的兀者；另外，申徒嘉、叔山無趾也是兀者。至於哀駘它、闉跂支離則形狀更爲醜怪，但是這些不全的人反而讓人覺得他們更完整，以至於看待一般人似乎多了什麼。醜人可以讓人忘記他的醜，進而欣賞他的醜及外貌之外的整全性，看穿身體的膚淺形相，超越形骸局限（如申徒嘉對子產所說：「今子與我遊於形骸之內，而子索我於形骸之外，不亦過乎。」），不再執著「死生存亡、窮達貧富」等等的問題，從身體形骸的忘懷，邁入齊物、無爲的「體盡無窮」（〈應帝王〉）。

莊子以這些巫師的醜怪身體來打破正統的身體觀念，藉此也瓦解了傳統的認知方式及價值體系。莊子的認識論是把知識與身體的局限加以關聯，井底之蛙不知外面的世界是受限於空間，冬蟲不知有夏是因爲時間的障礙，而由身體疆界及概念所引生的教養與價值取向上的缺陷，以及由學派、機制(institution)所強化的成見(prejudice)❹，無不與身體的生存情境有關。〈齊物論〉一開始所用的衆竅比喻，即已說明了身體所限定的認知，而且身體各種部位誰較優越的問題，也像是各家學說各執一端，彼此「以是其所非，而非其所是」，爭議永無止境。認識上的分歧與身體疆界的確立有關，按莊子的說法，「道通爲一，其分也，成也；其成也，毀也。凡物無成與毀，復通爲一。惟達者知通一，爲是不用而寓諸庸」(〈齊物論〉)。疆界的確立是和權力、利益、價值的鞏固，與排除異己有關，傅柯稱呼這種知識論上的秩序締建過程，爲一種「分門別類」的空間與範疇區分(compartmentalization)，由於這種區分，專門的知識、權力、價值與階級利益才能成立，而這種區分不僅是在認知的範疇上落實，同時也在社會空間(派系、族群、詮釋社群等)與儀式中具體呈現，並以種種的建築形式以及道格拉斯所謂的「社會身體」顯示，成就巴赫定所說的「正統身體」，或者以莊子的話，「其分也，成也」。

由於這種區分一方面導致自我鞏固，另一方面卻排斥異己，有其洞見與不見，因此莊子爲了說明「正統身體」的「其成也，毀也」，便倡導另一種看法及讀法，將巫的「醜怪身體」

帶入儒、道家的爭論空間——所謂的「公衆領域」——把階層等第及倫常所依賴的廟堂正統身體及其所代表的完整之美整個推翻，讓子產、孔子、顏回受到巫師的挑戰，使他們的認知與價值體系徹底震盪。不過，在這種「醜怪身體」的範圍裡，莊子也不讓它淪爲正統或另一個正統，因此「壺子四示」可說是個著例。神巫季咸雖然唬得一般的鄭國百姓以及列子，卻在壺子四次的示相過程中，逐漸認淸自己的巫術有其缺陷，陷入「吾無得而相焉」的困境，以至於最後落荒而逃：「立未定，自失而走」（〈應帝王〉）。某種想建立其專斷的權威性及其排外性的巫師，在這個寓言故事中已被看出其破綻，不能立足。壺子每次顯現給季咸看的，都是無以名狀的身體的狀態，由於身體的流動毫無疆界，因此以特定的體相去觀察人的死生存亡禍福壽夭，這種巫術就行不通了。

儒家強調由身體與政體的體制去體現仁義，禮儀及正統的身體（體制）因此顯得十分重要，針對這一點，莊子刻意提出巫者的「醜怪身體」，質疑儒家所藉以呈現其中心價值、利益、權力的系統，挑戰其認知與實踐方式，在〈人間世〉的支離疏身上，我們也可看到這種文本策略。支離疏比起其他在〈德充符〉出現的醜怪身體還要更醜怪，他的名字本身就充分顯示他的形體不全，一方面「支離」，一方面又「疏」，很明顯絕不是儒者崇尚親和的形象。莊子說：「支離疏者，頤隱於齊，肩高於頂，會撮指天，五管在上，兩髀爲脅，挫鍼治繲，足以餬口。鼓筴播精，足以食十人。上徵武士，則支離攘臂於其間；上有大役，則支離以有常疾，不受功。上與病者粟，則受三鍾與十束薪。夫支離其形者，猶足以養其身，經其天年，又況支離其德者乎？」莊子表面上是說支離疏的形狀醜怪，因此可因其無用（一無是處），而得到生命的安養，由於身體不全，反而性命齊全。這種讀法與〈人間世〉篇中的「不材之木」、「櫟社樹」彼此呼應，但是無用之樹其實只是為醜怪身體鋪路，重要的是「支離其德」，以及楚狂接輿所說的「人皆知有用之用，而莫知無用之用也」，針對孔子的執著而發。支離疏的醜怪身體反而讓執著於正統體制的人看到自己的局限：被自己的正統身體及政體所陷害（接輿所謂的「畫地而趨」）。以支離疏的例子，莊子導出另一種對身體及政體的看法，同時他也大量運用一些被儒者及其體系所排除的身體、形象、人物(figures)，如巫、接輿、王駘、支離疏等人，並且把另一種面目的孔子、顏回帶進道家的文本之中，讓孔子與一些醜怪身體接觸，不再只是《論語》中上太廟的孔子及行不踰矩的孔老夫子，而是比較願意接受通俗文化，願受醜怪身體挑戰，擴大體制的另一位孔子，或者如在〈大宗師〉裡的孔子，願意坦承自己的落後，希望也能像顏回一般，「墮肢體，黜聰明，離形去知，同於大通」。

如果《莊子》中的醜怪身體出現，是要與儒家的正統身體（尤其孔子）產生對話，那麼醜怪身體的新進入視野及文典之中，必然對社會規範、訓育與懲戒的體系，產生某種程度的影響與破解。莊子將醜怪身體與正統一併納入文本中，呈現出兩種身體，以對話去披露出儒者論述所表現的一廂情願及蓄意強化的獨斷作風。當我們以這種方式去讀《莊子》時，其中的醜怪身體是否更完整地在這部文本的身體中呈現其意義，表達出醜怪身體對正統身體在身體認知、運用、實踐、政體延伸等等課題上的另一種現身法、另一種說法❺？

註釋

❶ Michel Foucault, *Foucault Live* (New York: Semiotext(e), 1989), pp.179-92，對權力與抗爭略有發揮，針對傅柯思想的被動性及其無所不在的論述塑造理論，Jean Baudrillard, *Forget Foucault* (New York: Semiotext(e), 1988)及傅柯與德勒茲的交談，*Language, Counter-memory, Practice* (Itheaca: Cornell UP, 1977)，或 Michel de Certeau 對傅柯的討論，*Heterologies* (Minneapolis: U of Minnesota P, 1986)均可參考。有關兩種「體現的理論」，可參閱 Bryan S. Turner, *The Body and Society* (New York: Blackwell, 1984)。新歷史主義者的兩種體現，有部分來自傅柯與巴赫定，詳見拙作《形式與意識形態》，頁二〇一—二三七。

❷ David I. Kertzer, *Ritual, Politics and Power* (New Haven: Yale UP, 1988).

❸「正統身體」強調「完整」及「完成」(finished) 嚴肅與悲劇性，因此刻意製造出憂患意識，達到畏懼、戒慎恐懼的政權統治效果，而「醜怪身體」則提出身體不斷形成、擴張、上下顛倒以及延續生命力的一

面，以笑去瓦解正統身體及政體強加諸人身的畏懼死亡及束縛，見 Mikhail Bakhtin, *Rabelais and His World* (Amherst: MIT, 1968), pp.303-68。

❹此處所提到的「機制」(institution)是延用 Reter Burger 在 *Cultural Critique2* (1985) 及 Janet Wolfe 的 *The Social Production of Art* (New York: Macmillan, 1984)所發展的概念，指藝術是藝術家所受到的訓練、社會領受、經濟贊助、出版狀況及行銷網、藝術家集團與學院等複製機構的影響激盪而成。另外，此處所用到的「成見」(prejudice)係 Georg-Hans Gadamer 在 *Truth and Method* 所提出的詮釋先人爲主的歷史、傳統成效，以 Fredric Jameson 在 "Transcoding Gadamer" 所說的話，是讓詮釋活動產生意義及其普遍性「生命情境」，換句話說是詮釋者所置身的歷史地位及其受到機制養成的「先見之明」。

❺楊儒賓教授的大文〈支離與踐形〉與本文均探究了支離疏，而他主張身體體現心性及體現文化價值，以這種踐形理論去剖析《孟子》，確實有發人深省的見地。不過，莊子所標示的路線是「解構」，是對踐形的「體」原作本體上的質疑與再思，並不是要作重組的工作。楊教授指出莊子、孟子「重疊的成分相當的多」，當然言之成理，事實上，「心齋」與「養浩然之氣」是有彼此會通之處。張光直教授在近作《青銅文化論集》第二輯裡，主張古代的王都是巫，但是對巫的權威來源及詮釋或政治利益的衝突，並未加以論說。《莊子》中的巫及其醜怪身體可能是巫王之外的另一種巫。

閱讀他者之閱讀

我們再也無法輕忽他者的存在及重要性了。不僅各國的自然環境會受到鄰國和遠邦的影響，其文化、政治情勢亦融於全球網絡，不再是各自涇渭分明。我們現在彼此緊密連結，遠非二、三十年前所能想像，更別說是五十年或一百年前，當代比較文學的成規草創之時。因此，過去聲稱放諸四海皆準的文化模式文學典範於今已遭到挑戰。

比較文學試圖重新界定性別─主體性，經典─價值判斷，知識─權力，中心─邊陲，書寫─政治等等課題，同樣的，比較文學者也必須思索他們自身的種族中心主義，裨能發展出重新思構世界文學的方法，得以因應語言、文化的差異。在這一點上，某些哲學家和人類學家或可提供我們依循的範例。比如，德希達析解出李維史陀對原始種族研究的矛盾，發現儘管他的研究對他者有膚淺的讚賞，但仍脫不開一種深層的、延綿不斷的歐洲中心論。再如傅柯揭露出一種藉由排他的鞏固機制如何滋長西方認識論與社會實踐的傳統。吉爾茲（Clifford

Geertz）質疑局部知識的有效性，而克里佛（James Clifford）和馬可仕（George Marcus）則看到可以從人種誌來進行文化批判和自我的反省，因此想要拯救、記錄他者生命，工作的衝突便不免有一廂情願、可議之處。尤有甚者，薩伊德（Edward Said）更批判西方帝國主義者一再的在「發明」東方，以便加以馴服、兼併。巴峇（Homi Bhabha）則以更細緻的方式暴露出殖民者與被殖民者間錯綜複雜的問題——在個別的殖民契約或權威從屬不完整，甚或無法預測的存在上，必須不斷地修正或重新制度。

如何在自己的論述中呈現出他者成爲比較文學者必須直接面對的問題，東—西研究也就特別值得注意，以便讓這個領域的著作逐漸走向比較是分析性、對話性的道路。最近幾篇論文已將東—西研究推往這個方向發展，儘管它們似乎又回到它們所要批判的種族中心主義。這些研究不是不自禁地透露出潛藏的敵意，就是過於慇勤示好。其作者看待他者的態度不是認爲要加以駁斥，就是要加以兼併。這些學者對一個文化和另一個文化進行對話的潛能或者高估，或者低估，而後再點出對話的失敗或成功之處，來爲一種虛妄的，個人和文化上的自我榮耀、自我滿足，或者自我批判辯解。這裡我要從張隆溪和蕭柏（Uta Liebmann Schaub）對德希達和傅柯的讀法所引發的後果與理論意含來加以說明。

張隆溪和蕭柏的閱讀中最叫人驚訝的是，他們對他們所討論的西方思想家之利用東方的反應差異極大。張隆溪帶著潛藏的敵意，批評德希達「錯誤表現」中國書寫文字，他認爲這種誤解在西方由來已久且迄今仍主宰著西方人的思考方式。另一方面，蕭柏則從傅柯風格的形成，欣然發現在其東方次文本中有佛教正面影響的痕跡。她甚至出人意表地下結論說：「傅柯不安定的風格受惠於佛教而非詭辯論。」（頁三一五）無論如何，張隆溪和蕭柏都同意——東方思想提供了西方批評家以不同角度審視事物的機會。但即使在這一點上，我要說，這兩位學者仍有所不同。蕭柏比較把傅柯看成是一個兼容並蓄的讀者，吸收了東方思想系統，特別是佛教，而張隆溪卻堅持獨特的中國文化道統使西方人無法越雷池一步。他比較道和理言，得到以下的結論：

> 解構思想的互爲指涉是沒有源頭的痕跡，而中國的互爲指涉卻總是可以追本溯源，可以上推到道家與儒家的聖人。以此觀之，中國書寫的力量將作者轉化爲權威的文本，因而，引用古代的書寫時，引自老子或《老子》一書事實上並無二致。所以，在中國傳統，書寫的力量一遭貶抑，即會展開報復；形上學的等第一建立便已瓦解。也許這正是道與理言相異之處：道無須等到二十世紀，藉助德希達的巧妙手法與解構策略才能崩解語音書寫。（頁三九七）

我懷疑書寫力量的貶抑眞是中國書寫文字所獨有的，而且，這種「貶抑」是否如張隆溪所說的，可以叫作「互爲指涉」。舉例來說，在奧爾巴哈（Erich Auerbach）對《新約聖經》風格的分析中,他注意文字能經歷「歷史內部的轉變」,而證明其「辯證的動能」（頁四五）。〈約翰福音〉的起始「太初有道」也明白表明了理言（具現在身爲血肉之軀的基督身上）的歷史性，也可看出在文字和人類身上都可發現內部再生與改變的動態本質。

作爲一個漢學家和比較文學論者，張隆溪力言中國獨特的眞理宣稱，以對抗各種西方的誤解，在最近的一篇文章中，他說：

> 如果同意我們的語言大抵決定了我們談論他者（other）的方式的話，那麼我們就不應忘記他者有其自己的聲音，可以聲言自己的眞理來對抗各種誤解。因此重要的是對他者的聲稱持開放態度，去傾聽它的聲音，這可以使我們意識到我們先入爲主的觀念，讓我們了解東—西方作爲兩個對立的文化實體是文化建構的產物，與我們認爲它們所應代表的物質實體大不相同。（"The Myth of the Other"頁一二九）

霍爾（Jonathan Hall）正確地提出張隆溪視爲理所當然的「物質」實體的問題,同時挑戰了張隆溪對「眞實」與「想像」過於簡單的對立，以及他對「對立」的絕對拒斥，把「對立」當成是完全謬誤的（頁二、四）。霍爾倡導一種較具批判性的閱讀方式,而不是把「對立」全然置之不顧，他認爲重點「不在否定某些由對立的術語所表達的經驗事實，而是從通盤的術語，檢視潛藏的、拒抗的多元性，也就是巴赫定（Bakhtin）理論所提出的離心的『聲音』，這些聲音總是爲賦予它們特殊歷史存在的反作用向心力所部分包含」（頁四）。換言之，要捨棄任何「神話」與「眞實」間化約的區分，而得以重新檢視文化實體文本—歷史的形構。除了如霍爾所言，要注意到文化實體的論述建構之外，我們尚要質問論述建構（本身既是一個產物，亦是表現與自我表現的過程）中的旨趣、價值與權力。也就是說，文化認同不僅是歷史—論述場域多變的構形，可用懷疑詮釋學或對話想像來解釋、詮釋，更應是一種社會文化的建構與符號機制，一個文化表現與自我表現的系統，會賦予個人與社會意義（認同、價值、聲望、地位、權力等等），同時，任何一個文化的表現或自我表現同時也是其建構，正如勞瑞提絲（Teresa de Lauretis）扼要點出的，各個術語「同時是他者的產物及過程」（頁五），正是藉由各種有力量控制文化意義場域的機構（比如，商業的、文化的、政治的、軍事的等等）、論述（比如，理論），文化的表現與自我表現才得以生產、傳布、灌輸。但由於經由表現與自我表現過程的建構本身即是位在異質性的文化接觸的範疇之內，因而絕不會是完整、甚或全面的：拒抗的文化、政治實踐仍會是潛在變化的場所，主導論述由此而得以修正。

張隆溪在處理德希達時，還是集中在西方對中國書寫文字的表現或錯誤表現的產物，而非過程。他意圖解構德希達對於非拼音式、中國書寫的觀念的神話——「一個全然置身理言中心論外的文明，強而有力的運動之明證」（*Of Grammatology* 頁九〇），但最後他卻建構另一個中國書寫文字的神話，堅持中國文字能超越解構思想，能夠否定西方哲學所倚賴的形上學的等第。張隆溪不外是引自《老子》、《莊子》的少許章節，或者器皿、建築、繪畫上頭零散的銘刻，而得到一個站不住腳的結論——「比諸任何拼音書寫，中國的書寫更能在書寫中投射出痕跡的本質或特質，從而揭露語言爲一差異的系統」（頁三九六）。

張隆溪宣稱「中國書寫的力量當然是藉大量陶器、銅器、龜殼、獸骨、竹簡、石片上的銘刻而得以歷久不墜」（頁三九六），「尚有證據足以說明中國人爲何會視書法爲一傳統藝術形式以及經典爲何有恆常的影響」。如果仍對中國書寫「表意文字」的本質有所懷疑，任一幅中國畫都會有所啓示，「任何人看了一幅中國畫都會明瞭書寫與圖章是畫作的一部分」。儘管張隆溪這番話幾乎就是說中國書寫是「表意文字」的，他其實並不滿意這個說法，他反倒暗示說中國書寫是「觀察痕跡的模式而來，（且其）比諸任何拼音書寫，更能在書寫中投射出痕跡的本質或特質」。但是他並沒有繼續描述究竟何者構成痕跡，也沒有解釋這種含括痕跡的中國書寫如何可以變成是「表意文字」的與「理言文字」的（這個「巧妙」的字是史坦納（George Steiner）創造的，張隆溪大致贊同，見張隆溪，"The Myth of the Other"頁一二六）互爲指涉，而最後由自我隱匿的痕跡所構成。

然而在〈他者的神話〉中，張不再將中國書寫連繫到銘刻、書法、圖章、繪畫，來說明其「表意文字」的本質，他辯稱「與一般的誤解相反，中國書寫不是圖像文字式的，因爲中國字是觀念符號與事物理念，而非事物本身」（頁一二六）。中國書寫的特徵在於它是一種本體論的語言，此種語言與事物本身殊少類似。那麼，對於師法自然物體及其痕跡（張隆溪在另一篇文章中指其爲差異的原則）的語言創造又將如何看待呢？張隆溪的破除神話如何能有助於我們將中國看成「眞正」的中國，他者看成「眞正」的他者呢（"The Myth of the Other" 頁一二七）？同時，又是什麼使得他對「眞正」中國的認識（recognize）或再認識（re-cognize）能優於德希達或傅柯呢？因爲他是中國社會的一員嗎？還是他對中國語言的知識？或僅僅只是因爲他亟想證明對於他所隸屬的、且一再「撥歸己用」（用魏門〔Robert Weimann〕的意思），當成「眞正」是他自己的那個文化，他是個較好的讀者？

我提出這些問題，並非表示我們無須破除他者的神話，但我們確不能如張隆溪一樣，視他者的表現或錯誤表現爲文化產物。要有眞正東—西的對話，我們必須視他者的文化建構爲表現與自我表現的產物與過程，而這絕無法從外部批判或重建。正如張隆溪指出的：

> 我們今日所發現，西方對中國的誤解構成其文化觀念傳統之一部，此乃深植於其歷史與意識形態。西方人眼中的中國形象總是被歷史形塑著，代表著異於西方的價值。中國、印度、非洲、近東都是作爲西方的襯托，不管是當成理想化的烏托邦、誘人的異國夢土，

或是枯槁、昏昧、無知的國度。無論我們對了解他者有什麼改變或者進步，總要透過語言，而語言本身就是歷史的產物，因而也就脫不開歷史。("The Myth of the Other"頁一二七)

然而，我們也可以說東方人同樣使用西方來作爲襯托，同時東方人對他者的表現勢必也會包含其自我表現，其中個人與政治的因素亦是同樣豐富的。破解他者的神話並不像張隆溪所暗示的，是要「恢復眞正的差異，而非想像的差異」(頁一三〇)，除非我們了解「眞正」對拉崗而言是某種除了以文本形式之外無法企及的。就如同詹明信 (Fredric Jameson) 所說，我們對眞實本身的掌握「一定要通過其先前的，在政治潛意識中的文本化與敍事化」(頁三五)。在張隆溪對德希達和對西方的解構閱讀底下的政治潛意識會是 (至少在過去) 現代中國展現自我，對抗、擺脫一個強有力西方的存在 (這個存在又質疑了其本身過去的種族中心論) 的欲望嗎？

張隆溪〈他者的神話〉一文一開始就批判傅柯引用波赫士 (Borges)，以及把中國當成奇特分類下的神祕故土，當成是最終的他者的作法。他責備傅柯，一如他責備德希達，認爲他不該認眞考慮波黑斯不合邏輯的陳述，從而再現西方對於他者的幻想 (頁一一〇)。張極力想說明中國這個他者僅僅提供了西方人夢想、幻想、烏托邦的場所。因而在文化上並不能豐富東—西關係。

蕭柏對於傅柯對東方的誤讀，並不像張隆溪對德希達那樣的嚴厲批評，她認為傅柯在操作「一種反論述，延用東方遺產，以抗衡西方之控制策略」（頁三〇八），「當代西方反文化正是在這種形式上擁抱東方的，儘管還是折衷的」。這種反文化，在十九世紀叔本華和尼采已經完成，甚至可以推到十八世紀或更早的對東方的偶象崇拜。對蕭柏來說，傅柯正是這種企圖動搖西方擴張思想的反傳統的完結。作為《*Tel Quel*》雜誌的一員，傅柯或許受到克莉絲特娃（Julia Kristeva）和摩爾（Linnart Mall）對佛教空無觀念討論的啓發。在尋求一種抗衡傳統理性的方式時，他一定會發現佛教的系統饒富啓發。事實上，蕭柏就找到許多傅柯受佛教影響的痕跡，甚至在其早期著作中。例如，從一九六三年的〈踰越序言〉（"Preface to Transgression"）即可看出傅柯肯定一種新的哲學，他稱為「非正面肯定」（*Language, Counter-memory, Practice* 頁三六）。蕭柏暗示這種表面上似是而非的非正面肯定可以從「一種佛教的次文本」來理解，「其中空的存在能夠肯定，正如零一般」（頁三一一）。她接著把傅柯的書寫風格連繫到佛教似是而非的邏輯，析解出證據，再下結論說：「傅柯的風格受惠於佛教而非詭辯論」（頁三一五）。

然而，傅柯的書寫和東方觀念（特別是佛教）間雷同的證據泰半是揣測，至多也是旁證而已。蕭柏描述傅柯的志業是「對局限、對空無的他者，對踰越的可能」的探索，欲傳布一種新的知識，以及一種能夠表達的新的論述（頁三一一）。在其簡略、化約的結論中，所呈現出的傅柯是相當佛教式的，很自然的，她會以佛教術語重新界定傅柯「踰越」的觀念：

> 從這些作品可以清楚看出傅柯的「踰越」基本上有啓蒙、救贖的作用。這不是倫理上所定義的踰越，也不是超越社會對立面所設定的限制。傅柯特別否定了這兩種聯想（*Language* 頁三五）。相反的，踰越是進入和諧與智慧的一種神話式的啓蒙，亦即東方宗教實踐之鵠的所在。（頁三一二）

此外，事物的秩序中的「人類學的睡眠」（頁三四〇—四三）則被蕭柏解釋成是雙層的佛教知識系統的反映：「根據『人類學的睡眠』，消失所開放的空間決非負面的，不是任何鴻溝罅隙。它是東方源頭裡正面的空無，是一個優越哲學的『空間』。」（頁三一三）在此，「優越」一詞是指東方哲學，可清楚看出她試圖抬高東方在西方之上。事實上，通篇論文中，東方一直被當成西方哲學家，諸如傅柯、德希達等，與其傳統決裂，進而能批判整體西方文明的一個出路、一種可能。

在討論傅柯的東方次文本時，蕭柏基本上訴諸一種謬誤的東—西二元對立，她以一種相當化約的形式引介這種對立的觀念。每當傅柯逸離西方認識論的傳統時，她就說他是從東方系統的方向思考問題，而東方系統似乎意味著佛教思想，但到頭來只剩下禪宗。而所謂「東方」要素實際上不外是不定、空無、似是而非、嬉笑怒罵、隨機應變等等。很明顯的她是想把傅柯和禪師等同起來：

> 傅柯對聲稱要建立眞理的言談行爲並沒有嚴肅處理，倒是對不作任何聲稱，而只呈顯論述試驗，展現語言發達眞理的基本不足的語言形式另眼相待。企求傅柯的嚴肅也許最後與企求禪師的嚴肅是同一件事（禪師以難解的公案，天馬行空、干擾攪動的嘲弄，或者突兀、譏諷的激勵來困惑其門徒，皆是要引發頓悟）。對傅柯而言，嚴肅並不表示去關注意義之嚴肅性，而是要去關注實踐之嚴肅性，此即作者風格有效性之所在。（頁三一五）

傅柯被視爲尋找風格的實踐哲學家。然而，在其與賀雷（Gerard Raulet）的對話中，他解釋他的批判活動乃是針對現象學主體理論的回應。他分析人類主體定位自身爲知識對象的歷史情境和理性形式（*Politics, Philosophy, Culture* 頁一七—四六）。看待自己是一考掘學家和探源學家，檢視一種特殊的知識與權力鞏固、操作的方式。當一種社會—政治理性的形式爲傅柯所批判時，唯一的出路是對那種理性的根底，及其個人化、集體化，精神的、訓育操縱的機構徹底質疑。

無論如何，值得注意的並非蕭柏是否誤讀傅柯，或者她的詮釋是否有其確效度——很明顯的，就某種程度而言當然是有其確效度。有趣的是她的熱心「撥用」與重新詮釋傅柯，使傅柯的東方次文本能使他從西方理性中解放出來，而最後使其志業能夠是解放性的。東方從傅柯的心中透出，因而變成是能夠影響西方的認識方式。蕭柏並不像張隆溪一樣，質疑傅柯眞正了解東方思想系統的能力，她只是認爲傅柯「顯露其對東方心靈關注的純粹性，批判西方宰制了大半的世界，且在同化的過程中扭曲了印度哲學」，同時也檢討了六〇年代和七〇年代初期在青年反文化中蔚爲蓬勃的東方思想與實踐的風潮（頁三〇八）。即使她了解傅柯不時地提到東方，當作是最後逃避與無法企及的對象，她仍然認爲傅柯取源於「心靈的東方」，這個東方是「永遠的他者，是對理性不斷的挑戰與抑制，對傅柯而言，這就是西方唯一的認知策略」（頁三〇九）。很明顯的，撇開所有顯而易見的問題、困難不談，其實正是蕭柏本身的欲望使得傅柯的風格變成是東方的，並以此撥用東方來解釋傅柯對西方傳說的批判。

笛雪透（Michel de Certeau）在討論關聯到情境形態的行動運作的邏輯時表示「相對於西方科學的程序，倚賴環境的邏輯有其先決條件，亦即行動領域的非自主性」。「在中國思想裡——《易經》或是《孫子兵法》，或阿拉伯傳統下的《詭書》，我們都可發現對這種邏輯的闡明。」「但難道我們非得求諸海外？每個社會總會顯示出其實踐所遵循的形式規則，」「但當我們的科學方法，以其『本身』位置取代了複雜的社會策略的形貌，以其『人造』語言取代了日常語言，而允許理性，甚至需要理性，以便採取一種宰制、透明的邏輯時，在西方，何處我們可以找到我們的形式規則呢？」（頁二二）笛雪透的答案是：在大衆文化——在各個社會的特殊遊戲，在特別的遊戲的記載裡，在故事、傳說裡。

傅柯需要從東方尋求其模範嗎？他的志業是否可能由西方傳統內部發展出來，而又能有所不同？他所提及的東方難道不是深植於名稱、系統的網絡，而變成只是一個指涉物、一個專有名詞，而缺少李歐塔所說的「存在」？

依照李歐塔，「命名所指涉之物並不等於展現其『存在』」。表意是一回事，「命名是另外一回事，而展現更要另當別論」（頁四二）。蕭柏所發現，對了解傅柯很重要的東方思想系統可能只是一個「不在」，只是她想使其「存在」，而不自覺地摧毀了論述的各個層次間的區別。李歐塔在解決一項爭論時說過，我們所使用的片語、詞語變成了關鍵所在，特別當其涉及公理、措詞等政治問題時：原告或被告的案件是用誰的語言、術語陳述出來？在兩個團體發生齟齬的案例中，當衝突以其中之一的語言「調解」時，他者受到的寃屈並沒有被表陳，此時他者受到壓抑，而噤不作聲，彷彿不復存在。因此，重要的是不能混淆了傅柯在論述中提及的東方和蕭柏以她的語彙所說出的，在傅柯的論述中具有重要性的東方。尤其不要把張隆溪、蕭柏、傅柯呈現給我們的東方和那個猶在尋找「尚未定形的語彙」（用李歐塔的話說）混淆了（西方或任何孤立的他者也同樣在作這種尋找）。

要以尚未定形的語彙描述他者，我們必須要能接納異質性，並且要解構我們替他者代言的權威。在此，禪宗論述或可提供一個出路。蕭柏正確地把禪宗論述和傅柯瓦解傳統範疇的企圖連接起來。根據傅柯，

> 哲學家必須相當叛逆，對眞理—謬誤不拳拳服膺。這種叛逆是以似是而非的方式運作，使其得以逃脫範疇的束縛。除此之外，他也必須相當「沒有幽默感」，如此面對愚蠢時猶能堅持下去，不爲所動，以至於槁木死灰，而能成功地趨近、謔仿……同時在這樣細緻的準備下，總有不可預期的結果，因而他還要等待差異的震撼。(*Language, Counter-memory, Practice* 頁一九〇)

我們不當忘記傅柯是採用現代主義的修辭策略，而能在叛逆中擇善固執、特異獨行。而對禪師而言，其關注所在亦是要顚覆賦予經文、佛陀、宗師、他者的權威。反駁或挑戰門徒所深信不移的權威可以在宗師、門徒間，以不同的論述形式進行。此種形式甚至可以是實際的身體攻擊，諸如，扣頭、踢股、傷害等等。使得正常的知識領域——經文主體、宗師之論述，或門徒的身體——崩解，再重新界定。同時，在宗師、門徒間的詰難中，宗師經常同時開啓及挑戰門徒的「片語」，因而他的語言便無法主宰。

學生可能提出一個司空見慣的問題：「如何是道？」答案可以是「白雲覆清嶂，鳥步庭華」（《景德傳燈錄》卷四）。此處天柱山崇慧禪師暗示其訓示——道無庸妨礙門徒發展他自己的道，既然宗師授以權威的空間不過充塞著「白雲」（白雲是一習常的換喻，代表事物的空無，愚弄無知的人，但於智者無傷）。門徒的佛性一如清嶂，暫爲白雲所覆，門徒雖暫時是門徒，但可自由形成其系統，正如鳥步花間。崇慧禪師之「攻擊策略」頗具啓發，他採意象語言，使門徒能由他處覓得自己的語言。

最後容我以一公案作結，希望有助於闡明擺脫種族中心主義的問題：

> 宣州陸桓大夫，初問南泉曰：「古人瓶中養一鵝，鵝漸長大，出瓶不得。如今不得毀瓶，不得損鵝，和尚作麼生出得？」南泉召曰：「大夫！」陸應諾。南泉曰：「出也。」
> （《景德傳燈錄》卷十）

（全文以英文寫成，由翁振盛翻譯成中文）

參考書目

Auerbach, Erich. *Mimesis: The Representation of Reality in Western Literature.* Trans. Willard R. Trask. Princeton: Prisceton UP, 1953.

Bhabha, Homi K. "Signs Taken for Wonders: Questions of Ambivalence and Authority under a Tree outside Delhi, May 1817," *Critical Inquiry* 12.1 (1985) : 144-65.

Clifford, James, and George Marcus, Eds. *Writing Culture: The Poetics and Politics of Ethnography.* Berkeley: U of California P, 1986.

De Certeau, Michel. *The Practice of Everyday Life.* Trans. Steven F. Rendall. Berkeley: U of California P, 1984.

De Lauretis, Teresa. *Technologies of Gender: Essays on Theory, Film,and Fiction.* Bloomington: Indiana UP,1987.

Derrida, Jacques. *Of Grammatology.* Trans. Gayatri C. Spivak. Baltimore: Johns Hopkins UP, 1974.

Foucault, Michel. *Language, Counter-memory, Practice.* Ed. Donald F. Bouchard. Ithaca: Cornell UP, 1977.

———. *The Order of Things: An Archaeology of the Human Sciences.* New York: Random

House, 1970.

———. *Politics, Philosophy, Culture: Interviews and Other Writings 1977–1984*. Ed. Lawrence D. Kritzman. New York: Routledge, 1988.

Geertz, Clifford. *Local Knowledge: Further Essays in Interpretive Anthropology*. New York: Basic, 1983.

Hall, Jonathan. "Reflections on Nationality and History in Comparative Literature; Present Needs," A Paper delivered at East Meets West: Comparative Literature Strategies for the Nineties Conference, Hong Kong, December 15-17, 1988.

Jameson, Fredric. *The Political Unconscious: Narrative as a Socially Symbolic Act*. Ithaca: Cornell UP, 1981.

Lyotard, Jean-François. *The Differend: Phrases in Dispute*. Trans. Georges Van Den Abbeele. Minneapolis: U of Mtnnesota P, 1988.

Marcus, George E., and Michael M. J. Fischer. *Anthropology as Cultural Critique: An Experimental Moment in the Human Sciences*. Chicago: U of Chicage P, 1986.

Said, Edward W. "Orientalism Reconsidered," *Literature, Politics, and Theory*. Ed. Francis Barker, et al. New York: Menthuen, 1986. 210-29.

Schaub, Uta Liebmann. "Foucault's Oriental Subtext," *PMLA* 104.3 (1989): 306-16.

Weimann, Robert. " 'Appropriation' and Modern History in Renaissance Prose Narrative," *New Literary History* 14 (1983) : 459-95.

Zhang, Longxi. "The Tao and the Logos: Notes on Derrida's Critique of Logocentrism," *Critical Inquiry* 11.3 (1985): 385-98.

———. "The Myth of the Other: China in the Eyes of the West," *Critical Inquiry* 15.1 (1988) : 108-31.

羔羊與野狼的寓言

——瑪莉的抗爭論述

女性文學常在晚近的報刊、專著中佔了相當引人注意的篇幅，不管是以文化或政治女權主義的形式，女性文學往往在研究範圍上被限定在經典的作品中，特別是十八、十九世紀的小說，比較少人探討更早期更加原始的敍事體，如寓言故事，從中找出女性作家的抗爭聲音的雛形。本文試圖以瑪莉·德·法蘭絲（Marie de France fl.1155-1189）的短篇寓言來分析這位中古女性作家的抗爭論述及其政治涵意。

女性作家不時以故作溫馴，甚至於過分溫馴的方式來呈現出男性文化的不容異己或專斷霸道的作爲，在策略上採羔羊對野狼的方式，步步退讓，直到對方的可憎面目凸顯無遺，藉此揭發並批判彼此關係的無理、荒謬，讓世人看到男性文化的僞善、片面性與自以爲是的行徑。這種以退爲進，長於反諷的女性寫作不僅以被殖民者（the colonized）的語言去刻意重述殖民者（colonizer）——拉崗所謂的「象徵體制」（the symbolic）——而且還以匿名或乾脆取用男性筆名的方式，去強化女性作家的自我消音、自我作賤。不過，在瑪莉的著作中，這種陰柔的修辭卻也挾著強烈的文化、政治批判與抗爭論述，發揮它的力量，展開與主流文化針鋒相對的文本實踐。

瑪莉的生平已不大爲人知，她幾乎完全是靠自己的作品來道出自己的存在，並且在自我指稱之中一再表示寫作本身是她試著不讓別人搶奪她的敍述地位、發言權，甚至於是不願遭人遺忘的方式：「我，瑪莉，寫了這本《煉獄記》，爲了是要世人記得我這個人」；或者，如她在《寓言故事集》的後記所說：

> 也許日後有些文人
> 會說我的作品是他的，
> 但我可不願這些聲明！
> 被人遺忘是件蠢事！

很明顯的，瑪莉把寫作視作肯定自我存在及發言出聲爭取權力（voicing her power）的方式。幸虧有她的自傳訊息偶爾插入作品之中，否則她的作品大概被掛上作者已不可考的標籤了，儘管如此，瑪莉的生平也只能從隻字片語中去重新組構。到目前爲止，我們大約知道她是十二世紀的女宮廷詩人，可能曾在英國的亨利二世任內，在英國創作，詠唱自己的作品，而且大概是在亨利二世的宮廷裡，將作品唸給一些仕女及皇后欣賞。她遺世之作有《寓言故事集》、《敍事詩集》、《煉獄記》等。

從她的著作裡，我們可看出瑪莉受到很好的教育，對古典文學尤其熟悉；由於她博學多能，她立志把自己知道的全部寫出來，有許多故事是翻譯或重述、轉述，但是瑪莉卻加以變化或增添一些文化批判，達到抗爭的目標。她的抗爭重點是人類的不幸遭遇，特別是婚姻的束縛，希望能引申更廣泛的關注與同情，進而解放男、女性（尤其女性）。

在她的《敍事詩集》中，就有一則小傳奇故事，內容敍述一位少女從小就被窮苦的父母押給當地的富豪，富豪將她娶到後，由於自己年事已高，便千方百計監視她，把她軟禁起來，少女一下子就像缺肥的植物，變得槁木死灰，直到有一天，有一隻五彩繽紛的大鳥從窗戶穿了過來，與她相會，化爲一位俊美的王子，請問她一些問題，彼此談得很投緣，兩人便墜入愛河，但是少女始終保持距離，而王子也十分有禮貌，後來兩人談到進一步的發展，便去請一位神父來，宣誓彼此忠貞，舉行心悅誠服的神聖婚姻。這件事卻被富豪的妹妹偷聽到了，便去向富豪告密，富豪正暗自嫉妒、懷疑，想不透自己的夫人爲何日漸淸麗，這下子可明白過來了，立刻要人在窗戶旁邊布下鐵網及尖刄，王子再飛來時，便被刺傷了，他在臨終之前卻十分溫文地向少女傾訴愛情，並告訴她以後他們的兒子會替他復仇。交代遺言之後，他便飛走了，少女在失魂落魄之餘，竟往堡外跳下去，說也奇怪，居然在愛情的全神貫注下，毫無損傷。踏著地上的血跡，少女終於找到了王子的墳墓，也知道了墳墓旁的巨石便掩藏著復仇之劍。後來，兒子生下來了，少女細心照料他，直到他把巨石推開，取出寶劍，才去殺死不仁的富豪，代父報仇。

這個傳奇故事在十二世紀產生，實在令人不敢相信，因爲其中已暗含對婚姻制度的批判，主張不拘形式，注重個人的精神解放，超越種種不合理的體制束縛，比起同一時代，甚至較晚期的傳奇故事，更加鼓勵女性的自由、自主，而且也強調愛情的實質意義，使法外情變得合情合理。對當時流行的大男人主義不啻是一記當頭棒喝，幾乎已爲日後的自由戀愛下了伏筆。由這個傳奇故事，我們就可想見瑪莉的大膽抗爭作爲。

瑪莉的《寓言故事集》一共收錄了一〇三則寓言，這很可能是有史以來最多則的寓言故事集，同時也是第一本以西歐的白話文字轉述寓言的著作，並且在收集、轉述、添增、加工的過程中不斷呈現出女性的抗爭聲音，一再與被壓迫的階級認同，向壓迫者予以迎頭痛擊，揭發他們的謊言與僞裝。

在〈前言〉裡，瑪莉說她的《寓言故事集》是來自希臘的伊索（Aesop），當然伊索是主要的資源，但是瑪莉其實增加了不少自己的寓言進去這部著作裡。值得注意的是，瑪莉標出伊索的奴隸身分，而且在前言才四十行的文字裡，便達兩次，一再提醒讀者《伊索寓言》是在不自由的環境之中創出的。也就是說：伊索的寓言故事表面上看是給世人提供智慧，其實這個「世人」一方面可以是指他的「主人」，另一方面卻指所有和他一樣，在主人的壓迫下，自謀生存、自求多福的可憐人。講述寓言故事因此便暗含了對自己與別人的苦難加以轉述、昇華的活動，在骨子裡是有它的政治意義，有它的抗爭性在。

《寓言故事集》的第二則〈野狼與羔羊〉便是個著名的例子。故事是說：

有一天，野狼與羔羊在同一條河邊喝水，狼是在泉水源頭附近，小羊在下頭的溪旁，狼很不客氣，很不高興地對羊說道：「你讓我很辛苦才喝到水。」

羊答道：「請問您，我做錯了什麼？」

「你瞎了眼！你將水整個搞混濁了。害我不能喝個飽，我應該是第一個喝的，因爲我先到這兒，渴得要死。」

小羊聽了就說：「但是先生，您在溪流上頭喝水，我這邊的水是從您那兒流下來的。」

「什麼，你膽敢罵我？」狼大叫。

「先生，我怎敢！」

狼說：「這倒是眞的。你父親倒如此對待我過，算一算也有六個月了，就在這個泉水附近。」

「但是您怎能怪我呢？那時我還沒出生！」

「那又怎樣？」狼答道：「你今天眞是怪誕，你是不應如此的。」

狼立刻把小羊抓住，狼吞虎嚥，一下子就不見了。

這就是我們的貴族所做所爲，一些小王公及法官也如此，魚肉他們的臣民；貪婪無厭隨便加罪名，胡作非爲。要人上法庭，將人民剝奪一縷不剩，就像野狼對待羔羊一般。

瑪莉的〈野狼與羔羊〉的確是來自伊索，不過，她最後卻把故事加以延伸，用來指述王公貴族及法官（執法人員）的暴行，這一層道理在伊索是呼之欲出，但是瑪莉卻把它講得更明白、更具有政治抗爭意味；把所有欺壓善良的統治者及法律詮釋者比喻爲野狼，點出他們的獸性：貪婪、蠻橫、毫無原則。

以對話的方式，壓迫者與被壓迫者的聲音更淸楚地彼此接觸，呈現出不同的意識形態及根深蒂固的階層等第，更重要的是道出了壓迫者無所不用其極，一定要把對話的可能性抹煞，讓另外的聲音（抗爭、抗議、協商或請求）徹底消滅。因此，百姓（被欺壓者）縱使能講話，爭取權益，卻遭來更大的橫禍，反而被胡作非爲的王公政要及司法人員任意宰割，連要與暴力行爲協商（negotiate）的機會都被抹除，因此造成文化、社會上的凌亂，正義無法彰顯，法令始終爲虎作倀，以更廣泛的方式，去壓迫善良。

羔羊一直是以「大人」（Sire）去稱呼野狼，表示它對野狼的尊重，但是這種敬意只獲得惡報。瑪莉在這個地方採用一般百姓對貴族的稱謂，遂使得後來的王公—野狼的聯想比喻前後貫穿起來，羔羊的語言因而顯得柔順、謙虛，但是低聲下氣、證得合情合理並不能受到法則的保障，弱者的生命在強者的予取予奪之下，變得毫無反抗能耐，簡直是朝不保夕了。這正是社會上常見的暴力及其慣用的邏輯——講不過便吃人的邏輯。

瑪莉這則〈野狼與羔羊〉的寓言故事得放在她的創作脈絡來看。她當時是在英王的宮廷當個詩人，而且是常爲宮廷仕女創作的女性，照理說應該像隻羔羊，儘說些柔弱、服從上級的話，才能取悅王公貴族，但是置身於那種環境之中，瑪莉卻發展出抗爭論述。表面上她只是重述伊索的寓言，實際上，卻對主人與奴隸（master-slave）的關係以及寫作藝術在這種主、奴地位中進一步加以批判、諷刺。比起她同時期的宮廷詩人或者較晚期的宮廷詩人，瑪莉非但不蘊藏批評於恭維之中，而且還把批評的立場在文本中公開呈現，這可以說是連日後的喬叟、邊強生也自歎不如了。

伊索的寓言幾乎每一則都有寓意，但是大致上是給所有的人，性別是男人（everyman），性別與階級在伊索寓言中並不是眞正重要的因素。相較之下，瑪莉就很注重被剝削的階級、團體，也就是今天我們習慣上稱爲「弱勢團體」，尤其是其中的女性。許多在伊索的故事裡沒有性別或特殊之處的人物、動物，在瑪莉的筆下都變成了陰性而且對家務或主婦所做的日常活動特別加幾筆，讀起來令人覺得更加眞實，也因爲這種在性別上落實的作法，使得瑪莉的寓言在寓言的傳統中獨樹一幟，同時也爲弱勢論述中的性別抗爭文學注入一股新力量。

第三則寓言〈老鼠與青蛙〉就是個明顯的例子。在《伊索》裡，這個寓言的主要角色全是陽性或沒有註明性別，而且沒細節交代老鼠、青蛙的居家環境及性格，以相當短的篇幅，提出對世人的寓言啓示：害人害己，別存心不良。但是在瑪莉的寓言裡，老鼠是陰性，青蛙是陰性，而老鷹則是陽性的。老鼠是隻勤快、乾淨、善良、好客的家庭主婦，青蛙則喜歡到處串門子、愛閒話家常而且常開他人的玩笑，是個不負責任的女性。老鷹則是隻具有侵害力的陽性，專事掠奪，他的本質就是「貪婪」（原文七十九行），只以他的口腹原則去生活、去滿足自己。

瑪莉把〈老鼠與青蛙〉的故事重寫，添增了許多細節，而且有許多細節是有關女性的家庭空間，這是在伊索及其他男性寓言作家的文本中所較少見的：

以下我要對你談老鼠的故事。
根據書寫的文本，
說她如何以機智與技藝，
在磨坊建立她的居家。

在故事裡，我要告訴你她的辦法：
有一天老鼠坐在門檻；
她把鬍鬚整了一整，
用小腳梳理一下，
突然青蛙出現在面前，
似乎是突如其來的現身。
青蛙以老鼠的語言問老鼠道：
她是否爲此家的主婦？
是否掌有家中的大權，
天天如何過活？
老鼠答道：「親愛的，
我是此地的主人已有相當時日，
一切都在我的掌握之中，
在洞中我可得以自保，
日夜均有安身之處，
隨便戲耍，隨心所欲。

你何不在此過一夜！
好讓我當嚮導，
看看磨坊和它好玩的地方，
這兒樣樣都好，
有豐富的稻、麥，
是農夫撿剩的。」
青蛙聽了就留下來，
兩個就坐在石頭上，
牠們找到許多食物，
不費吹灰之力。

值得注意的是老鼠十分安居樂業，牠完全是以慷慨的情懷與青蛙分享，青蛙問她是否掌有家中的大權，這個問題當然道出了婦女在家中的地位。雖然洞裡好像只有一隻母老鼠，但是老鼠對自己的自主性十分有把握，這種問題在《伊索寓言》裡不僅沒有，而且大概連想都沒想過。由於這些有關家庭主權及生計的問題，瑪莉筆下的老鼠顯得相當現代，簡直是現代女性的雛形，特別是老鼠的自信與獨立性格：「一切都在我的掌握之中，」已經令人感到女強人的模樣呼之欲出了。

然而，青蛙卻是不負責任的女性朋友。吃飽之後，青蛙說：「你的飯弄得不錯，如果再加點水就更棒了。」因此，她帶老鼠到她的窩：湖畔的水洞。一到水裡去，老鼠馬上就濕了，覺得自己會溺水而死，她想回頭，但是青蛙不斷以甜言蜜語哄她，最後竟以威逼的方式，要老鼠下水。老鼠哭著說她會淹死，青蛙則交給她一條繩索，要她縛在身上，跟青蛙一起過河。到了深處時，青蛙的壞心眼立刻露出眞面目了，她一直把老鼠往下拉，老鼠大聲叫，以爲自己已死了。這時候來了一隻老鷹，看到青蛙（牠聽到尖叫聲才衝過來），認爲青蛙長得白胖好吃，便一口將青蛙吃了，至於縛在青蛙身上的老鼠，牠卻讓她走了。

在這段重寫裡，瑪莉刻意把老鼠放走，只處罰青蛙，這是《伊索寓言》所沒有的，伊索說老鼠與青蛙同歸於盡。這種說法自然比較合理，但是瑪莉卻有不同的看法，而這也就是男性與女性對於「正義」(justice)的見解迥異之處，男性往往就事論事，女性卻堅持更深入的正義，因而主張慈悲而不是懲罰。據瑪莉的觀點，老鼠是無辜的，應該放過，這似乎不合邏輯，但卻讓伊索的老鼠與青蛙同歸於盡的作法顯得草率、缺乏究竟的正義。從這個觀點看，瑪莉的寓言故事不僅針對男性文化作抗爭，而且還把男性文化所依賴的論述體制重新界定、加工、轉變。瑪莉知道抗爭並非僅從政治活動著手，反而是由政體之下的論述去作瓦解及重新閱讀，才能從根本改變體制，以義大利的馬克思主義者葛蘭奇(Antonio Gramsci)的話來說，在政體之下，均有某論述來支撐，要革命就得針對這種論述，提出抗爭的反面論述(counter discourse)。這種針鋒相對的重讀及解讀、重寫的論述就構成了「象徵性的拒抗」(symbolic resistance)，讓霸權無法再順利地腐蝕人心，體制因此從單音、霸道、專斷而轉化爲對話、尊重歧異的多元體制，彼此制衡。

雖然只是一些精簡的寓言故事，瑪莉卻不斷以重寫的方式，去改寫歷史，要人注意到寓言故事中看似不在其中的社會壓迫及性別歧視，以女性更加細膩的筆觸，瑪莉鋪張了許多男性作家不大關懷的家庭空間及其問題，同時對主僕關係、詩人與宮廷的權力關係作了辯證性的處理，在閱讀她的《寓言故事集》時，我們不禁要由衷地感動，體會出她在文字之中何以要宣稱自己，把自己的女性經驗及社會關懷放進重寫《伊索寓言》的活動之中。閱讀她就等於是重讀男性作家的寫作，看它如何壓抑、忽略了社會中更加細密的壓迫及不平等。這就是羔羊對野狼的論述：野狼告訴羔羊牠以前犯的錯誤，要羔羊承擔起來，羔羊只好以自己的聲音去抗爭、詮釋，表明自己的立場。也許羔羊是被野狼吃下去了，但這個抗爭論述卻留下來了。

母語運動與國家文藝體制

台灣這幾年來，政府常常提倡認同生命共同體以及全方位的思考方式，但是在這種整合與合法化的過程之中，卻更凸顯出種種的族群差異和愈來愈多的內部問題。在如此的環境之中，台灣史的備受重視及原住民的母語運動，便成爲是新興社會秩序之中正在蘊釀的論述，而且從非主流的地位逐漸成爲主流派的立場，除了在報章雜誌裡備受討論之外，更列在立法院審查大學預算的台面上做爲一個重要的標準。然而隨著母語以及本土運動的蓬勃發展，卻產生了種種的焦慮與不安，特別是針對母語的問題，許多人開始擔心過度側重閩南話或者是原住民的母語，勢必會使中國與台灣的文化產生決裂的現象，而讓很多其他的族群無法有發言的位置，甚至於有人將提倡母語及台灣話的思考邏輯來和沙文主義的思考加以連貫，認爲提倡某一種語文而未能兼容其他的語文，便成爲是一種文化霸權，是一種對他人的壓抑。而也有人以反諷的方式，在表面上呼籲提倡母語教育，認同台灣文化，但在背後卻表現出一種焦慮，認爲即使是外省人也要開始學習台灣話，將會被台灣人同化，以至於會將其族群的內在特色納入整體台灣本土運動之中，而變成是一個弱勢團體。在這種種對於母語運動與本土運動的宣揚和反對聲浪之中，我們可以看出大部分的人很快地便將母語與文化政治加以連貫，而忘記了母語運動在台灣國家體制與文學論述之中的歷史發展過程，因此對於殖民和後殖民的多重現實發展的階段有所不查，並且對於語言與國家想像的交互作用，以一種單面性的思考來作評判，認爲使用某種語文即將導致某種國家認同危機，或者會排斥某種文化族群，在這種相當偏頗的語言論述之中，我們可以看出台灣文學在國家體制弱勢文學論述之中，是有其坎坷而不平均的發展。在統派、獨派，及中間路線各種立場針對台灣文學地位的討論，我們可以從多方面的觀點來重新審查早期的鄉土文學論戰的遺產。重新回顧這些論戰，我們可以找出一些線索，並對於目前方興未艾的母語以及文化認同危機論戰有所啓示。

一般而言，台灣七〇年代的鄉土文學論戰被視爲是一種意識形態的爭論，也就是極右派與極左派之間的，或者是官方與非官方文人之間的一種文藝大整風。由於此種政治與意識形態掛帥的看法，往往抹煞了更隱而不顯的文學體制，如喬斯丹尼士（Gregory Jusdanis）所說的文學的成規及其體制，包括美學的標準、出版、各種雜誌、文學教育、文學評論、文學獎助、文學社團，以及官方或半官方的文學團體，乃至於翻譯，與各種書籍的交換和領受，這些都構成一個國家文藝體制所提供的種種空間，以鞏固某種國家文藝的利益（頁一二二—五九）❶。透過各種方式，我們可以重新評估鄉土文學論戰不只是一種政治與意識形態的論戰而已。當然，以意識形態來看待鄉土文學論戰是一種提綱挈領的辦法，如呂正惠最近的著作《戰後台灣文學經驗》便是以美麗島事件做爲鄉土文學發展的重要分水嶺，認爲在此事件之後，台灣的本土意識變得十分高漲（頁五六—六〇）。此種觀點，當然是相當能夠扣緊大時代的政治事件，但是我們除了注意到此事件之外，也不可以忽略掉其他一些隱而不彰的文藝體制及其架構。在台灣的中華民國企圖邁向現代的國家（nation-state）的過程中，長期以來企圖要重新發明國家正統及其文學的傳承，用以鞏固疆界，排除地理與政治上的不安。在此種環境之下，鄉土文學遂受到種種國家文藝體制及其網絡（network）的牽制與壓抑。而在此關鍵上，可以說鄉土文學的發展所激起的焦慮，是對於台灣本土語言及其代表性產生了一種危機感。彷彿使用鄉土的素材與台灣邊緣地帶的語言，便會產生分化團結及種種政治上的威脅。因此鄉土文學的論戰從彭歌在聯合副刊的三三草專欄裡，發表七篇短論攻擊鄉土文學之後，即迫使王拓、陳映眞、魏天聰等人針對其本身的立場提出說明，而形成了持續大約半年之久的鄉土論戰。而在此論戰之後，很快地便發生了美麗島事件，代表鄉土文學的幾位作家，如楊青矗、王拓都因參與此事件而被捕入獄。在此高雄事件裡，很明顯地，政治與文學是無法區分的。

當然，鄉土文學論戰與政治的關係並不是如此單純的，誠如呂正惠在《戰後台灣文學經驗》中，所提出的鄉土文學並不因爲政治事件而在發展上受到阻礙，例如一九七八年得到第三屆聯合報小說獎及第一屆時報文學獎小說類第二名的洪醒夫，以及隔年得到時報小說獎首獎的黃凡，都是鄉土小說家。不過，鄉土文學的陣營內部也產生了統獨之間的矛盾。其實，這早在鄉土文學論戰之前已現出其端倪。如一九七七年五月，台灣文壇的前輩葉石濤便已在《夏潮》雜誌上發表了台灣鄉土文學史導論，表現出本土意識的觀點，而在同年六月，陳映眞立即在《台灣文藝》發表鄉土文學的盲點來駁斥葉石濤的本土意識。呂正惠的看法，是在本土意識這般急驟地成長，與高雄事件的泛政治化之後，許多統獨陣營的分裂以及鄉土文學家從政的傾向，導致了小說家開始寫政論，並且有和政治無法脫離的傾向，以至於鄉土文學在台灣於是全盤地沒落。這般的觀察，事實上並沒有觸及鄉土文學在台灣的續繼發展，也無法眞正澄清，長期以來國民黨政府透過其國家文藝體制，對於鄉土文學的控制和壓抑。而在此點上，母語小說的發展可以說是一個可供我們檢視的例證。雖然，鄉土文學與母語並非是同一回事，但是我們如果將母語與本地色彩，視爲是鄉土文學小說家所必須要採用的素材，那麼母語對於鄉土小說家的發展而言，是一個相當重要的因素。早期在日據時代便有很多台灣的小說家以閩南話來寫作，而原住民之中，也有以自己的語文來創作的例子。這些小說家在日據時代，以及國民黨早期的文化中常受到壓抑，但是並沒有因此而完全告終，所以鄉土文學論戰，也不會因爲各種文學家對於政治與社會的關懷面擴大而結束。實際上，在宋澤萊的《打牛湳村》崛起之後，呈現出了鄉土小說的一種出路。以瓜農遭受都市商人的種種欺騙與壓榨，來爲農民道出他們的苦衷，此種鄉土的素材在宋澤萊持續發展的小說和散文生涯之中，並沒有因其政治面擴大而縮小。反而，我們從《廢墟台灣》中可以看出他是以一種科幻小說的方式，來對台灣的環保問題作相當懇切的關懷，而他也試圖以北京話和閩南話來表現有兩種不同版本的故事。以此種方式，透過母語的小說與目前正在逐漸發展的台灣話研究和創作，閩南語文學的蓬勃發展，很明顯地沛然不可禦，也因此導致了許多統派以及中間路線人士的不安，他們往往認爲母語的過度發展勢必會壓抑其他族裔的語言，尤其是阻礙國語與長期以來透過國語和中國正統之間的關聯。而這也正是目前在多元文化之中，針對母語及其發展出來的弱勢文學論述整個在認定上的問題所在。事實上，從最近有關對於語言所構成的社會分化，與閩南語所構成的沙文主義族群中心這方面的焦慮，可看出是繼續延伸了國民黨政府對於台灣本土語言的政策，而將語言的功能放在民族主義的磅秤上，凸顯其政治功能。此種作法，實際上，根據荷柏斯朋 (Eric Hobsbawm) 以及更早期的黑南 (Earnest Renan)，都認爲語言並不足以形成國家與民族分界的必要條件。因爲在歐洲，有許多使用德文和法文的民族，雖享有相同的語言，但卻不因爲相同的語言而導致變成是同一個國家的事實。在國家與民族的共通經驗、文化經驗底下，才可能形成一種內聚力，語言只是其中一個充分但並非是必要的條件。因此不少學者認爲使用閩南話、或客家話、或原住民的語言，勢必將導致某種族群爲主的沙文主義，以及排外的作風，甚至將導致整個國家體制的崩潰，這乃是言過其實的說法。因爲到目前爲止，連閩南話都沒有一種固定的寫法，更不用說會在教育體制之中或是國家體制之中得到某種形式的認定。連認定都還產生問題，更不可能會形成政治文化的宰制。以此種方式來看，母語與鄉土的素材長期以來所受到的壓抑，在目前多元文化論述之中的情況並無多大的改善。即使是一些討論原住民的文學論述，探討他們如何寄生，或者是以主動的策略來反宰制，操弄漢文，以表現出自己在城市內外的游牧戰爭（傅大爲，頁二八—四九）。此種論點，還是無法顧及原住民各種族裔之間的語言隔閡，及在其書寫傳遞過程之中，背叛口語文化的複雜層面。同時此種觀點，也通常將母語視爲是抗拒性的工具，而無法注意到母語在國家機器所遭受的打擊與其內在分裂的層面。這些嘗試以母語道出的文字論述，不僅在其起源便有內在的矛盾及其歷史上的困境，而且在他們想要透過現有的國家體制來尋找其讀者，往往是相當不容易的。因爲在國家體制之中，不僅是文學的成規與文學的批評、獎助及出版、結社的活動，都受到相當程度的政治影響，而且一直被政治化（politicized）。在這般的過程裡，母語與文字不只是形勢上，無法有一貫的作法，並且在讀者群的認定上有其潛在的問題。認爲閩南語的書寫與大量傳播會造成沙文主義，或者會造成族群文化之間的不和諧，我想是忽略了既有的語言，在其環境中發展的可能性，而將其變爲是一種政治化的思維，並以政治化的思維來加以規範。此種文化邏輯，其實是在國民黨的國家文藝體制宰制之下所發展出來的思考方式，並無法透過對這種沙文主義的反省，而做到使各族群之間的關係得到一種平緩的作用，反而是在族群文化尚未能充分發展之前，便加以蓋棺論定。我想這在目前的處境之中還有待觀察，並不能如此早就下結論。

在國家文藝的體制之中，「國語」當然是一種相當重要的媒介，透過國語，我們可以與中國文化有所認同。這種大一統的觀念，長期以來在文學和文化教育之中被傳播著，然而語言是無法被設定疆界的。國語此一概念本身即是從日本人的殖民文化中繼承過來的詞彙，而在此詞彙的形成歷史之中，便呈現出其異文明的成分，它是接納了日本文化的詞彙，且將其變成是一個國家的文藝政策。這種一開始便產生接納外文化的荒謬局面，使得國語始終都是在接納閩南語，與其他族群語系的詞彙，來豐富其本身的表達性，與其在日常生活之中的活潑性。因此當國民黨政府除了透過國語教育來傳播其大一統的思想之外，他們還要用各種方式來達到維持其政權的效果。例如在戲劇圈裡，刻意地提昇平劇的地位，將其視爲是國家形象的最佳代表，而且將平劇與舞台完全等同，變成是一種國粹。以此種方式，將正統的中國文化合法化，而透過其他的機關，包括國家文藝基金會、文化建設委員會，以及教育的機構如教育部等等，來傳播有關文學的理念，使文學創作者對於文學成規與文學內容有固定形式的瞭解。而文學創作的出版，與所得到的獎助，以及各種方式的流通，都受到國家文藝機構的支配以及控制。在此種體制之中，鄉土文學與反國家文學的弱勢文學，便無法直接開展出來，而只能寄生，或者以攀附的方式來展開其生命歷程。然而在此種寄生、附生的弱勢文學之中，城市與鄉村既對立卻又彼此有所互動的主題，便在鄉土文學裡，往往變成是凸顯鄉下人，或者是社會邊緣人的一種場域（site）。城市與鄉村在開發中國家的文學裡，常常變成是兩種對立文化的表達方式，都市代表的是資本主義、科技與進步，但卻也是物化、人與身體、精神分裂的場所；而鄉村所代表的是無知、落後，以及某種形式的鄉愁（參見Skurski and Coronil，頁二三一—五九）。此兩種文化之間的交會與衝突，便構成了鄉土文學在許多作品之中的展現，如黃春明的《沙喲娜拉，再見》，以回歸宜蘭的都市人在台灣的後期資本主義、跨國經濟社會之中所代表的回歸原鄉與出賣本土，在此兩種張力之中，對於原來的社會和鄉下產生了一種特殊的感情，而對都市及其所代表的政權與腐敗有所批評。在此種城市與鄉村的對立之中，再加上台灣城市在國際都會間的交易與政治之間所扮演的邊陲位置，更顯現出台灣人在中國政府與日本商人的種種政治和貿易政策之下所表現出的卑微地位。此作品裡所象徵的那些想要回歸鄉村，但卻又發現鄉村早已被整個國內都會文化與國際都會文化所腐蝕的現象，在此種不滿的情緒之中，回歸鄉土及其矛盾的情結便成爲台灣在邁向現代化的過程之中所不可避免的惆悵。其實，台灣的「中華民國」中央政府從一開始便把台灣看作是「鄉下」，只有北京、上海、重慶才是所謂的「都市」。因此，在台灣被「光復」之後，都市的街道紛紛以中國的「國際」大都會爲命名的依據，而愈富於這些中國都會色彩的城市（如台北），便愈有政經與文化資源。很快地，中央與地方，都市與鄉村，便在中國與台灣這個都會文化與邊緣鄉村的政治邏輯之下，推演出台灣奇特的都市與鄉村文化，使鄉村不但沒有受到都市發展的好處，反而成了都會文化的垃圾場。而在這種中國與台灣城鄉關係的邏輯上，還有美國與中國（台灣的中華民國）之間的城鄉關係存在，早期的台灣不僅依賴美援，而且迄今還是不改其作爲貿易及資訊邊陲的地位。美國都會文化所不願消費的有毒農產品或過期的工業產品（包括退役的軍機、兵工及核廢料）便銷到台灣這個「鄉下」（號稱美國在夏威夷之後的另一個州；另一處鄉下地區），成爲都會裡的舶來品、中央政府賴以維護其都會與中央霸權的武器、鄉下人身邊的工業垃圾。而最令台灣農漁民不解的是，他們所生產的食物從本地到都會便一路價格上漲，而在鄉下，他們卻不斷地被殺價，最後不得不賤賣其穀物和蔬菓，但是都市人卻從中牟利，並更進一步服從上國的都會文化與商場需求，而進口歐美的廉價食品、穀物、肉類，使本土的農漁民成爲國內及國際生意競爭與利益輸送過程中的犧牲品。鄉土文學便是在現代化的過程之中，展現出鄉下人在都市裡的卑微、困頓處境，但是以更深一層的意義來看，也呈現出整個鄉土文學在國家體制之中的卑微地位，因爲它無法凸顯自我，而只能依附在都會文化及其體制之下來呈顯。

鄉土文學所反映的都市與鄉村的地位，便是母語在台灣的國家文藝體制之中的地位，因爲母語在相對於國語的地位，被視爲是鄉下人所說的，國語在都會文明是可以彼此溝通，而且也是官方的語言，是一種最能夠掌握到資源的媒介。相對於這種進步、科學，而又最具有現代化色彩的語言，母語便是一種落後、不科學的鄉下語言，只有粗鄙的鄉下人才會使用，因此在台灣的文化教育之中，始終是使用中文爲其主要的語言，而刻意貶低母語，將其變爲是屬於鄉巴佬的語言。以前在學校裡，要是講鄉巴佬的語言，便要遭受罰款，或者受到其他方式的懲罰。從這點，我們可以看出，母語又進一步加強了都會與鄉村之間的鴻溝。而此問題，從美麗島事件有官方版本與民間版本（都會版本與鄉下版本）的流行便可以看出。官方認爲這些人是暴動份子，想顚覆政府，而民間卻認爲這些人只是在表達反對的意見，對於政府體制有所批評而已，並不是要顚覆政府。這兩種版本的差異，便表現出早期鄉土文學與母語的微妙地位。然而隨著政治局勢的改變，美麗島事件的受刑人現在多已進入官方文化的場域之中，與執政黨針鋒相對、平起平坐。在此局面下，母語或者是鄉下的語言便有了翻身的機會，逐漸地在擴張，但這並不意味著母語已改變了鄉下的位置，或者在逐漸邁向科學、民主與進步的過程中，母語具有主導的地位。在各種文學與文化評論之中，母語的運用反而變成是一種誤導，或者是一種後退的，使人從正路上歧出的一種作爲，將母語與統一方向的前進形成一種對立的局面，彷彿意味著母語愈發展，與各種多元文化論述的逐漸擴張，便會使社會付出更大的成本，使原來能夠一貫發展的民主與經濟成就因而墜入不可知的深淵❷。其實，這種現象在目前美國的多元文化論述之中也是極爲常見的，認爲在教育之中，輸入對多元文化的關注，或者強調母語的教育，勢必會導致整體國家概念的崩潰，使得一個國家變爲是多個國家。事際上，此種論點並不能解釋爲何長期以來美國的黑人仍願意認同美國而不願意自己成立另一個國家，還有美國的英語不斷地吸收黑人的英文及其俚語，以逐漸擴大英語詞彙的活潑性以及其表達的可能性。在各種母語逐漸互動的空間裡，文化並不會因爲某種本位主義而陷入隔閡的局面，反而會因爲互動而引伸了種種前所未有的可能性。此種考量，在目前的多元文化論述之中，特別是在母語的論述裡，往往以政治化的方式被加以限定，以至於不願見到多中心的發展，而隨意便以一個中心論的方式來畏懼另外一種母語取代國語，或者是以過分積極的方式來歌頌某一種母語取代了國語，在此論辯之中，常常忽略了母語與其他語文長期以來的關係，及其在文藝體制之中所處的寄生及劣勢的位置。而即使它想要翻身的話，也必須在這種類似的局勢之中找到一個新的出發點，且此出發點並不是憑空掉下來的，而是在歷史的互動脈絡之中發展形成的。在此前提下，我們再來重新評估鄉土文學之中的都市與鄉下，以及母語在這種都市鄉村的互動脈絡之中發展的可能性，我想是有其必要的。而且在此互動的模式之中，我們或許可以暫時拋開一些無謂的焦慮與畏懼，而真正面對正在形成的新語言現實吧。

註　釋

❶有關國家與弱勢論述之間的問題，已有不少學者討論，特別是在非洲、拉丁美洲、印度、澳洲、愛爾蘭等地區文學，此一主題下的著作相當多，其中不少與後殖民論述有密切關聯，也有一些是就階級、性別、膚色與種族的政治問題切入。影響所及，歐洲本身的歌劇、劇場、文學也紛紛以藝術與國家政治或合法化過程的角度，去作重新評估。

❷這種畏懼、焦慮式的論述不時出現在媒體文化評論中，在此我依據 Michel Foucault 的「作者」概念，認爲這些「作者」其實是特殊文化、歷史、政治、社會環境中的產物，因此並非某些作品的作者，大致上只是社會既成論述的播散、收發站，而且他們透過重新包裝社會論述，去強化某種社會現實，造成一定的影響。所以我並無意指涉特定的幾位文化評論者。

引用書目

Hobsbawn, Eric. *Nations and Nationalism Since 1780: Programme, Myth, Reality*. Cambridge: Cambridge UP, 1990.

Jusdanis, Gregory. *Belated Modernity and Aesthetic Culture: Inventing National Literature.* Minneapolis: U of Minnesota P, 1991.

Renan, Earnest. "What Is a Nation?" *Nation and Narration.* Ed. Homi K. Bhabha. New York: Routledge, 1990. 8-22.

Skurski, Julie, and Fernando Coronil. "Country and City in a Postcolonial Landscape: Double Discourse and the Geo-Politics of Truth in Latin America," *Views Beyond the Border Country: Raymond Williams and Cultural Politics.* Eds. Dennis C. Dworkin and Leslie G. Roman. New York: Routledse, 1993. 231-59.

呂正惠《戰後台灣文學經驗》（台北：新地，一九九二）。

傅大為〈百朗森林裡的文字獵人：試讀台灣原住民的漢人書寫〉，《當代》第八十三期（一九九三），頁二八—四九。

色情文學：歷史回顧

英國浪漫詩人拜倫(Lord Byron)有篇名叫〈唐朱安〉(就是劍俠唐璜)的史詩，其中有一段 (I: 44) 描寫到劍俠小時候所受的教育，說：唐璜讀到的版本是最佳版本，裡面有問題的段落全被刪去，以免學生受害，但是學者們又怕這種刪節對大師不敬，因此把去掉的部分統統放進〈附錄〉中，結果反而造成學童的方便，他們要找一些色情的描寫，只要翻到〈附錄〉，眞是俯拾即是，也不必去費心翻原典了。

拜倫所諷刺的現象仍然存在，只是大家現在都不去讀古典文學，因此色情文學的〈附錄〉篇就失傳了。不過，我們如果還想去找的話，其實在神話、史詩、民謠、樂府、傳奇、小說、戲劇，連文學理論 (如解構大師德希達的 *Disseminations*) 到處都有相當豐富的資料。

要談色情文學史之前，先得作以下的區分：暴力色情(pornography)與唯美色情(erotica)。這種分野在色情文學中很難維持，但是作原則性的劃分卻有助於我們理解色情文學在文型及成規上的「出入」創意。暴力色情文學是刻意誇張性能力或器官，表達出某種性別（通常是男性）的濫用力量，去侵犯、強暴、侮辱、醜化另一個身體。唯美色情文學則把性器官視作身體與另一個身體達到圓滿溝通與解放的媒介，因此把作愛與愛撫鉅細靡遺的描繪，但始終保持身體的神祕、美妙，而且往往在色情之中透露出某種意義。暴力色情文學要舉例的話，像大家通稱的「黃色」書刊或A片都是，不過，比較嚴謹的討論，請看 Andrea Dworkin 的《*Pornography: Men Possessing Women*》，裡面有不少例子。至於色情文學或唯美色情文學如《*Lady Chatterly's Lover*》、《*Fanny Hill*》、《*Story of O*》，或《金瓶梅詞話》、《肉蒲團》等，英美小說方面大家不妨去讀 Maurice Charney 的《*Sexual Fiction*》。

色情文學很難只是純粹的暴力色情或唯美色情，通常是出入這兩種文型之間，像《*Fanny Hill*》是有關一位妓女的所見所聞，除了唯美的作愛描繪之外，其中也有不少片段是暴力色情的鏡頭，或者像 George Bataille 的《*Story of the Eye*》。唯美的色情動作常是在暴力的環境之中完成，一方面令人震驚，另一方面卻爲那種色情的深刻感受所打動，幾乎是近乎雄渾(sublime)的經驗，覺得被震懾住了，無法理解其偉大、超乎邏輯的奇妙。那是一種獨特的美感，似乎傳統的美學標準已經無法適用，人被莫名其妙地帶動，提昇到另一個不能控制的興奮與驚愕(awe)。

就文學史來看，色情文學佔了很大的比例，抒情與敍事作品有很多這一類的表達，即使在最初期的文學裡，像神話、史詩，也不乏其例。希臘、印度的神話（其實中國古代神話也是如此）裡，第一個神（人）都是以很色情的方式延綿後代，印度神話有關創造這一段尤其對陽物加以凸顯，類似這種父女、母子、兄妹亂倫的神話，古今中外都不勝枚舉，連正經八百的《舊約聖經》也挿播像大衛王偷窺民婦沐浴或每個作品都圍繞著唯美色情的所羅門王的《頌歌》。希臘神話中，大地之母的兒子在母親的谷播種，這種意象其實是相當含蓄了。

史詩之中，如拉丁文學的《伊尼亞德》（*Aeneid*）描述伊尼亞斯與黛朵兩人躲雨入山谷，山谷本身已是色情意象，而整個男歡女愛的過程在極具暗示、有時直指的文字之下，配上谷外的雷雨，充分顯示那種不可收拾的激情。希臘、印度史詩也保留了很多古代色情文學的遺跡。今天我們認爲最古老的人類史詩，也就是蘇美人的《*Gilgermesh*》，也把性愛看作是人類從野蠻邁入文明的轉捩點，Enkidu 原來是個野人，直到神 Anu 給他一位女子，教給他「女人的藝術」之後，他的色慾滿足了，才眞正成爲一個有理性、智慧、能力的男人。而我們許多類似史詩的敍事詩，如《洛神賦》也不乏「巫山雲雨」之類的描寫。

從古典時期以降，色情文學可說在情節及細部處理上，愈來愈精采。根據傅柯（Michel Foucault），希臘對性並不設限，性與愛或精神與肉體的距離並不像基督教文化之後的思想家所想的那麼不可踰越。事實上，由於基督教介紹了原罪的概念，對肉體、現世的享受作種種批評，反而產生了許多諷刺宗教與道德的好作品，如《十日談》、《坎城故事》、《蘭索拉特》，這些作品之中有不少極佳的色情文學，如《十日談》中的一個故事，說修士騙天眞的少女，如何將魔鬼放進地獄中去，或《坎城故事》裡的〈磨坊主人講故事〉，那更是情節曲折、好笑的上等「黃色」故事。這時候的作品對肉體、現世作種種正面的描繪，以批判假道學，逐漸開展出後來所謂的「及時行樂」的概念，同時對身體的低下成分(如性或排洩器官)作相當顚覆性的鋪寫，色情文學於是大盛，以巴赫定(Mikhail Bakhtin)的話來說，簡直是民俗歡會(carnival)的勝利。在這一個盛況之中，赫巴雷(Rabelais)、莎士比亞(Shakespeare)，尤其莎翁作品之中的色情成分已經豐富到會令仕女觀衆動輒臉紅，但是色情用典的典雅也令所有的觀衆敬佩不已，一直到今天，我們教莎士比亞手邊都不能沒有《莎翁色情用典辭典》這一類的書，把色情文學去掉，那麼中古及文藝復興的歐洲文學就所剩寥寥無幾了。事實上，不僅歐洲如此，你只要去翻一下《天方夜譚》，一開始就是個仙人的女奴偷漢子的故事，而且這個故事是緊接著國王的王后通姦被發現的事件。也因爲如此，國王才不相信普天下的女性，要在初夜之後殺死。《天方夜譚》之外，中國、日本的許多傳奇故事都不乏唯美色情文學的佳作。

但是一切要到十八世紀，中產階級的道德變成最嚴肅的標準之後，色情文學才大爲「猖獗」。就拿《*Fanny Hill*》來說吧，它是講一位妓女的故事，但是從她自己偷窺到參與，從各種正常試驗到雜交、變態性交，從目睹到耳聞，各種以往色情文學的梗概在這一部小說可說得到了最完整的發揮，而且作者 John Cleland 認爲這種小說有助年輕人對性愛的愉悅有更進一步的體會。看《*Fanny Hill*》，等於是在偷窺別人的身體及其技巧，同時也擴充了自己的身體面向。從《*Fanny Hill*》到《*Lady Chatterly,s Lover*》，色情文學變成了一種專門的文型，對身體與溝通作了相當深入的剖析。

另外，我們不能忽略的是暴力色情文學也是在十八世紀大盛，然後一直到今日仍是久盛不衰。主要人物之一是 Marquis de Sade 這位法國作家，今天我們隨 Freud 說人總難免有性虐待及性被虐待狂(masochism)的傾向。性虐待犯(sadism)這個名詞便來自 de Sade，他不僅寫暴力色情小說，而且還實地去作。由於他的作品，世人領會到變態的樂趣，而且愈鑽愈深。有趣的是，大約在同一時間，中國的《金瓶梅詞話》也問世了，一方面是唯美色情，另一方面則是暴力色情。

當然十九、二十世紀的色情文學更多了，尤其二十世紀後半葉，色情已介入媒體、影視文化之中，成爲司空見慣的現象，現在我們有了一種新的色情文學，不再是 D. H. Lawrence 或 Vladimir Nabokov（尤其 *Lolita*）那種唯美式的，而是被《*Playboy*》，《*Penthouse*》，《*Playgirl*》這種文化激盪過度的離開身體（obscene）、沒有器官的色情文學，色情文學目前是影像的手淫，像瑪麗蓮夢露已成了性感的符號，只要像她的人就足以引起色情的遐想。這時候的色情文學正是被媒體化、媒介化了的色情。

作品中有文字共和國嗎？

——試論《哈克貝里芬歷險記》對多元文化及公共場域研究的啓示

「但實際上，無以實踐的知識形式並不能讓無產階級明白其處境，對壓迫者而言，這種知識並不危險。」（Benjamin，頁二三〇，見註❺）

「一旦我們將公共場域視作組織社會經驗的場域，便得承認：同時也存有多重而彼此競爭的相對公共場域，每一個相對公共場域均針對支配性的媒體操縱，顯示其排外的特定方式（諸如階級、種族、性別、性取向等），然而每一個相對公共場域卻認爲它是另一種社會組織法則的核心。」（Hansen，頁二〇七，見註❿）

馬克吐溫的《哈克貝里芬歷險記》是美國文學中最爲人知的作品之一❶，不僅在正典課程中備受討論，也在兒童文學、大衆媒體裡，佔有相當的分量。晚近，美國學界對《哈克》仍不斷有新研究提出；不過，在衆多詮釋之中，我們不難發現到種種衝突的見解，它們表現出彼此無以妥協的文化差異及政治立場。在多元文化論述與政治正確觀交互擺盪的學術與文化環境中，這些歧見均迫使我們對日愈複雜的閱讀、教書倫理與權力關係，無法再掉以輕心，同時對文學論述與公共場域 (the public sphere) 之間的互動與牽制❷，有所警覺。《哈克》及其詮釋與矛盾因此是探索美國式的文化多元論，一個具體而微妙的切入點。

我一時想到的是 Jonathan Arac、Toni Morrison、Myra Jehlen（或者 Michael Warner) 這幾位批評家對《哈克》的討論❸，Arac 以「超高正典化」(hypercanonization) 的觀點，分析《哈克》何以由同時代的作品脫穎而出，並且不斷擴大其文本生命；Morrison 雖是作家，但也是文學、文化評論者兼電視書評主持人，她以黑人作家的身分，對《哈克》之中暗藏的美國白人「非洲主義」(Africanism)，透過作品將黑人進行沈默化、黯淡化及加以排除的象徵暴力，痛加指責；而以文字共和國 (literarische öffentlichkeit) 爲分析架構，Jehlen 則承襲 Warner 的《*The Letters of the Republic*》中❹，有關書籍透過閱讀及多重而抽象的想像社群認同與參與等見解，試圖看待《哈克》與《*Federalism Papers*》爲美國多元論 (pluralism) 的根本著作。Jehlen 對黑人學者（如 Houston Baker 或 Henry Louis Gates) 往往以多元文化爲題，介紹族群文化差異的作法，頗不以爲然。她尤其要透過《哈克》

去指出閱讀與認同政治(identity politics)是兩回事，而就 Gates 與 Baker 的爭論，批評 Baker 無法以「超驗普遍」的讀者身分去「擁抱美國的多元文化」。對 Jehlen 而言，多元論可分文化多元(pluralism)與多元文化論(multiculturalism)，兩者並不相同但卻不至於水火不容，而《哈克》便是要提倡文化多元論，企圖創造多元位置的讀者及其文字共和國，強化美國人對美國文化的感通與參與。

我只拿這三位學者爲例，一方面是因爲個人所知有限，另一方面則是想透過這三種詮釋立場，去加以關聯、交涉，就它們之間的矛盾與張力，作爲公共場域的議題，分析多元文化論述之中涉及「公共事理」(publicness)與「大衆媒介」(publicity)的多重而且不均勻的牽扯與互動，藉此對多元文化的徵狀作簡單的詮釋。這三位學者任何一位並未曾在論文中刻意討論其他兩人的論點，但是由於他們大致上是關注類似的問題，而且均針對同一個作品，提出歧異的見解，將他們放在一起，引發彼此的對話與辯證，應該是有意義之舉。事實上，Jehlen 在論文結尾時，突然提到 Morrison 的作品《*Beloved*》，認爲 Morrison 並不用「方言」去寫小說，即透過共通的語言，去轉變文學再現方式，並藉此訴諸美國人分享、並比的政治想像力，試圖重寫族群在文化多元社會中的歷史。Jehlen 似乎對 Morrison 的「非洲主義」批判並不熟悉，或者有意加以壓抑，因此以另一種方式，將她的論點與 Morrison 的見解正面接觸，並運用 Arac 的文章去加以疏通，也許會得到某些有趣的啓發。因爲這三位學者均同時注意到《哈克》是「美國性格的根本天眞」之代表（頁五四），而 Jehlen 更直言無諱，稱《哈克》爲「超高正典文本」。準此，本文將它們並置，正可探究美國民族主義、國家認同多元文化論述的爭論及其潛在焦慮。當然，我無法在此對多元文化的策略及展望，提供任何建議。我的關心所在是公共文化（public culture）與社會實踐，而不是純粹的知識形式或文學史典範問題。在這一點上，我主要是依據德希達的「實用書寫學」（pragrammatology）以及班雅明的「歷史微觀唯物論」❺，一方面注意書寫、論述的發收處境、框架及其社會歷史制約等因素，另一方面則留心一些微小而不起眼的事件，對歷史的曲折變化及如何保存某種過去以便開創未來的社會實踐，有所省察。

以下我嘗試爲這三位學者先作簡單的摘要，然後再將他們彼此關聯；在第二部分，我會針對公共場域的發展及多元文化的問題，稍作整理與分析，特別是要質疑將文字共和國建立在面對文本的閱讀與知識模式這種想法，我認爲多元文化論述者勢必要重新思索閱讀與媒介理論，不能再假定一個沒受到多重而交混的媒體所左右的公共場域。唯有認眞探討公共文化及種種與公共場域及相對公共場域之間的多元辯證與協商關係，多元文化論述者方不至於陷入理想主義或多元包容論的困境。

㈠、三人行

Arac 認爲《哈克》比一些國家論述（如 Cooper 的 *The Pioneers*）更順利而且順理成章地成爲美國文化偶像及超高正典作品，主要是因爲「《哈克》充滿了地方幽默材料的書寫，並且根據個人敍事體的成規去展現其基本表達模式，但是又去除具體想像、文化中心的讀者，也不提及國家問題，因此《哈克》提出自由、美感構成的文學敍述世界」（頁一八）。Cooper 的《拓荒者》與馬克吐溫的《哈克》都針對白種的異數與法律之間之衝突，特別著墨於城鄉、人性與國家的對立局面，但是馬克吐溫（或者正確些是 Clemens）並不像 Cooper 那麼注重國家、歷史或時間性，他所強調的是一位邊緣人物的內在變化及其見聞。馬克吐溫的非歷史性及非國家民族性，最明顯的例子是黑奴 Jim 自以爲是逃離奴役，但實際上他的主子老早就決定給他自由的身分（只是 Jim 逃走了，他並不知道有這一回事）[6]。看起來，哈克是陪伴 Jim 找尋自由，然而自由早已存在。既然這個種族、政治議題實際上並非關鍵，《哈克》只是個人、地方的敍述，純粹是文學想像，和現實的社會衝突及種族迫害毫不相干。不過，有趣的是，一方面《哈克》純是文學作品，僅是關於個人的流浪，但在另一方面，《哈克》卻往往被視爲有關奴隸與解放重建的傑作。由於《哈克》的文學性，它的地位不斷提升，同時由於它的個人性以及崇尚自由，逐漸成爲美國文化的代表：純眞、個人主義、叛逆而追求自我發展等。《哈克》成了超高正典的結果是所有美國文化均得見於此一作品之中，連《哈克》的定版編者都要將《哈克》之外的作品放進《哈克》之中，讓讀到《哈克》的人彷彿讀通馬克吐溫及美國文化。

Arac 試圖析出《哈克》所涉及的形式缺失及歷史沈默，藉此闡明美學與文學判斷在民族主義、文學正典之中的地位，也就是《哈克》所象徵的逃脫、解放與重建，事實上是美國文學論述呈現其民族性格，將政治加以心理疏遠，長期以來就認定這一點：眞正的美國人得與實際上存在的美國現狀保持距離（Arac，頁一九），反對千篇一律的文化與社會現實（Arac，頁二〇）。換句話說，《哈克》鼓勵美國人避開美國以便發明美國、重建其文化認同。由於這種疏離美感與個人敍事體的魅力，《哈克》十分成功地登上文學史寶座，不但文本內容隨編輯的增加篇幅，一直擴大，而且其意識形態也與民族認同不斷融合。

Arac 所說的美感與個人敍述所導致的超高正典化過程，正是 Morrison 另一種方式提出的白種人的「非洲主義」作爲，也就是「透過疏離，加以排除的非洲主義，這種新文化霸權操作方式，達成組織美國生命共同體的過程」（頁八）。黑人的膚色遂被魔化、物化，一方面被銘刻，同時也被抹除，就是用非洲主義來逃避種族歧視，只產生接觸，說了但也是不說到黑人，黑人變成了非洲來的他人、異類，是個媒介、工具，用來設想身體、心靈、混亂、慈祥、愛心等（頁四七），形成黑白的對比，並且以自我反射的冥想，去編織非洲主義的神話。Morrison由文學史、敍述體、小說及傳奇(romance)、短篇故事中，不斷看到黑人及其膚色顯出其「黑暗力量」，一再被美國白人的文學想像加以運用、玩弄，透過文學想像與敍述體去思索人類自由的種種問題，將黑人視作白人反面自我或自我的代替品，去訴說白人世界裡的歷史、道德、形上學、社會上的憂慮、問題及對立關係。黑人雖然就在美國白人的身邊，卻充當文學想像之中的象徵與空洞(void)，用來探索美國白人由歐洲放逐，初到新大陸心中浮現的惶惑、恐懼，如害怕他們會失敗、無法征服一望無垠的自然，同時對本身的孤寂、內在的掠奪性、罪惡及貪婪，也有莫名的恐怖。黑人遂成爲一種媒介，藉以反省人類自由的問題，但是在這種想像、冥思之中，卻不觸及人類的潛能及人的基本權力(Morrison，頁三七—三八)。

非洲人物（黑人）因此是個替身，使得白人能透過想像的接觸，瞭解自己的地位；同時其語言也被白人所挪用、謄寫、扭曲，以表現出黑人爲文化之異數，不能發言，有其不正常之性慾，並且落後可厭，藉此達成美國白人的現代主義、鞏固其種族區分及階級意識、維護特權與權力；黑人是在這種被建構爲外人、異數的過程中，成爲認知的對象以便加以控制、訓練（傅柯所謂的賞罰訓練伎倆），並藉此探索自己的身體；有關黑人的敍事體因此是個探索局限、苦痛、反抗及命運的媒介，不斷被操弄，以宣稱文明與理性的定義，建立倫理、社會的普遍規則（頁五一—五三）。在 Morrison 這些論點之下，我們可看到 Baker（如 *Modernism and the Harlem Renaissance*）、Cornell West（如 *The American Evasion of Philosophy*）、傅柯等人的論述，不過，Morrison 不只是重建歷史（如 West 企圖重新發現黑人的先知實用主義者傳統），她更想將重點放在黑暗、空洞的符號上，剔出「匱缺」(absences) 所蘊含的意向與目的，也就是「無法言說的事物一直被人道出」的懸疑與失落、沈寂等不對勁的徵兆：如影隨形一般，點出某種現存被排除、遺忘了。Morrison 強而有力地道出：「空洞也許空空如也，但決非眞空。」(A void may be empty but it is not a vacuum)[7]。

瞭解了 Morrison 的立場，我們對她的《哈克》解讀會比較容易接受。首先，她勸讀者別讓《哈克》的天眞假相所蒙蔽，正是由於《哈克》是透過一位沒有地位的小孩（幾乎是社會所不容的邊緣人，且遭中產階級所厭惡的「異類」）來講述喜劇、揶揄誇張的故事，這部「偉大」的小說更徹底地將奴隸與自由的相輔相成關係予以雙重壓抑、移位，我們不能忘記，黑人 Jim 是成年人，而在哈克的口中，Jim 是不斷受屈辱，而且甘之若飴的人物。Jim 充滿了愛心，也因此他是一位較次等的人，象徵白人所渴望的諒解與愛心，但是 Jim 始終得不到，在白人 (Huck, Mark Twain 等) 的眼中，Jim 的自由身分不但不可能達成，而且縱使達到了，Jim 也領略或享受不到其滋味，因爲 Jim 只是個借鏡，使他（白人）瞭解自由的眞諦（自由是要在與奴役對照的情況下，才能產生其意義）。Morrison 因此推論《哈克》的結局是一種刻意的安排：Jim絕無法活著目睹自由之日。這種安排將「必要而且勢必不自由的黑人角色他的逃脫加以刻意拖延」，因爲只有在奴役的可怕條件之下，自由才對哈克及文本產生意義，否則完全沒有意義（頁五六）。

黑人儼然是美國白人經常拿來對照、不斷提及或想像的鄰居，但是卻一直不被邀請入門，藉此達成美國民主平等的夢，將階級糾紛、種族不平與無能爲力的情況加以掩飾。Morrison認爲黑人在美國文學確實存在，但是以一種非洲主義的現存，白人的鏡映文化之中難以忍受或眞正面對的夢魅存在。Arac雖然也指出《哈克》的非歷史、非國家文化性格，而且也批評《哈克》長期以來被形塑成同時也參與組構的個人美學敍事傳統，但是他的重要論點之一是：《哈克》的脈絡絕非一般人所謂的「解放與重建，其苦痛與失利之經過」（Arac，頁一九）。Arac的關心所在是美國文化有關國家、民族歷史的敍事體何以會被個人、邊緣、非時間、地方性的敍事體取代，他想透過這些「形式的缺失及歷史沈默」去重新反省「美國文學」有關「美國」及「文學」的典範形成過程，對他而言，在這些歷史沈默之中，黑人的沈默只是「超高正典化」活動中的一小部分。因此，Morrison的問題是：「黑人角色這個鄰居何以被摒除在外」，而Arac則是要質疑「國家、歷史敍述何以無法成爲大傳統的部分，而終於被所謂的文學敍事體所取代」此一文學史發展程序。兩人都將「排除部分與含納的整體」加以對立，但很顯然，Arac是針對「含納整體」之中的排斥成分，也就是國家與個人敍事體兩種傳統的消長、競爭關係，他比較是由含納整體的內在之中去剔出被排除的白人寫作因素（如 Cooper 的 *The Pioneers*），Morrison 則將含納整體視作一種排斥與替換的連續書寫活動，她既以內在其中但也被迫置身事外的微妙立場，去分析被排除的部分在含納整體的矛盾地位。Arac 的分析是比較傅柯式的（尤其是 *Historie de la Folie* 所運用的策略），而 Morrison 則類似德希達（尤其是與傅柯針對瘋狂與理性為主題彼此爭議的德希達）❽。對照之下，Jehlen 則比較像哈伯瑪斯(Jürgen Habermas)，假定所有人都必須在共識(consensus)的形成過程中有所參與。

Jehlen 的論文大致上是發揮 Warner 在《*The Letters of the Republic*》有關文學與想像社群的觀點，只是 Jehlen 更關心的是：如何拿《*Federalism Papers*》與《哈克》去為多元文化討論的爭議，提供一個理性而能含納多元整體的政治與修辭基礎。在《*Federalist Papers*》中，一貫的思想是代表不能代表(a representative does not represent)，也就是民意代表不能代表地區或個人的權益，他得超越而不是將政治利益置於個人身上(to transcend and then prevent embodiment)。由於這種個人超越利益的代表思想及其作為，政府及社會才能成為彼此通融達成理解的政體。Jehlen 認為從一九六〇年以來，各種團體的利益往往假民主之名，而扭曲公共代表政體(republic)，以多元包容之修辭，行使「認同政治」(identity politics)及代表各種膚色、性別、種族權益的民主政體(democracy)，由於這種民主訴求，多元文化論(multiculturalism)經常壓抑美國文化多元論事實(pluralism)。Jehlen從《*Federalism Papers*》及《哈克》中，試圖再發展出「共和」模式(republican model)，呼籲讀者重視（或重新審視）超越個別、性別、文化認同的公共代表方式，藉此闡明美國式的文化多元論。

Jehlen分析《*Federalism Papers*》，大致是採取Warner的策略，也就是運用哈伯瑪斯的公共場域概念，將此一公共事務概念與理想放入修辭、論述行為之中，透過修辭上的大公無私（「不代表的代表」）去建構一個仍未成形但已呼之欲出的文字共和國（及理想國），由文字去進行呈現、建構政治現實的奠基及媒介斡旋(mediation)或合法化(legitimation)的工作。但是，Warner在他的書中不斷指出，「公共事務」與「大眾媒介」之間的矛盾與互動張力，一方面文字、書籍強調公共道德、大公無私，但在另一方面也創造出私人挪用的範疇與概念如尊重、名氣、奢華等，這公與私兩方面的緊張關係在早期美國文學論述之中似乎是共和國的典範較能發生影響，使得官方的文獻及論述一再強調印刷品所構成的政治共識(printed constitution)。Warner的第一個例子是Franklin，因為他是美國文化中第一位將政治理念化為印刷品文本的作家，在他之前，文人與政治家是用傳道或口語的方式，散布自己的理念，但Franklin卻用文字將他的想像、幻想實現在印刷字體上，藉此創造出讀者與人民。Warner將重點放在十八世紀，因為他發現後來的美國小說不只是訴諸讀者的情緒及其認同過程，而且在內容上也逐漸趨於倫理與政治之間的衝突，使公共面向轉化爲比較個人、私下的想像投射空間。公私之間的複雜辯證關係，於大衆媒體發達的二十世紀後半葉，更是不斷將公共場域侵蝕、融化爲雷佛(Claude Lefort)所謂的「自我官僚」(egocrat)的壟斷空間，這種趨勢在美國大衆對性取向（如同性戀）或墮胎等議題的控制與扭曲，即可看出❾。

Jehlen將Warner的觀點加以延伸，放在二十世紀來談多元文化問題，便顯得未能照顧到公共場域之中公共事務與大衆媒體之間的牽扯關係。Jehlen以文字共和國的模式，自然在《*Federalism Papers*》找到其根源，但是當她談到《哈克》及美國目前方興未艾的多元文化論述時，則刻意地將閱讀與文化的關係淡化處理。她強調美國歷史上有文化多元論，而不是目前的多元文化論。多元文化論是政治主張，其文本、價值、生活方式大致上代表某一特定團體的立場，因此是認同政治的特定主張。然而，多元文化論在學術圈內卻因爲文化傳承及教材選擇上，面臨Gates所謂的「政治與文化」代表或再現的問題，一方面在文化上認同某一文化族群，但在政治上卻採兼容並蓄的態度，Gates認爲文化代表性似乎得放在內心，因爲族群認同只提供快感，但人得跨出族群，才能重新思索那些限定並且賦予能力給大衆的大結構。在這一點上，Baker與Gates的意見有些差異，而Jehlen則透過Gates去指出共和國與公共場域的存在必要性，也就是說：即使多元文化論者（如Gates或West）也得依賴公共場域，才能獲致政治而且無利害關係的代表性。

Jehlen 承認黑人在歷史、政治上確實是個問題，但是文學作品只就道德及社會的應然（而非實然）去發揮想像，如《*Federalism Papers*》與《哈克》這樣的偉大作品，均表現出包容文化多元性的氣魄。馬克吐溫的文化多元論可以在兩方面得見，一方面是他使用各種方言，來表現不同人物及其文化，即使是哈克自己也運用他人的方言，連他講話也不代表本身的語言與政治立場；另一方面則是馬克吐溫透過敘述修辭與要求讀者參與的文本策略，鼓勵讀者學習去超越自己的經驗與文化立場，變成一位超驗、普遍而擁抱文化多元論的讀者。在這兩個面向上，哈克這個敘述者不斷提供在他之外的觀點，透過他的眼睛，我們看到他所看到的，而且也看出他的文化意識形態、價值及美感判斷上的偏差。換句話說，哈克與 Jim 都是不代表自己的代表，他們反而需要馬克吐溫或讀者去將他們再現。

我們將 Jehlen 的論點與 Arac、Morrison 等人的見解並置，立刻發現到 Jehlen 並不注意敘事與解釋的文類差異，同時也未能處理 Arac 所謂的集體與個人歷史之間的衝突，而 Morrison 對《哈克》的非洲主義批判，剔出 Jim 的矛盾處境及其膚色遭到操弄並抹除的問題，放在《哈克》的創作與閱讀脈絡之中，均不容忽視。Jehlen 假定了超驗普遍的讀者必然存在，透過他公共場域方屬可能，這種觀點預設文本與讀者的面對面溝通理想條件，其實是一廂情願的文字理想國論。

(二)、文字共和國或理想國？

公共場域是歐洲在十八世紀以後，透過報章與種種法令的討論，將中產階級的個人與家庭的私人利益完全拋棄，而透過公共的體認以及一種修辭的形式，將個人及其身體所代表的利益整個揚棄，而提昇到一種抽象普遍性的溝通，讓每個人不拘泥性別、膚色、階級均能夠同時認知其共通的利益，也就是此種利益不和某一特定的人相干。透過對於文學、雜誌及公共政策的討論，此種公共場域的發展，在十八世紀以後，便在英國、法國、德國和美國有相當穩固的發展，成爲現代此種民主政治與民意代表的形式，以此種方式來表達大衆普遍的關注，而使得公共政策不至於被少數人所壟斷，也不至於被個人的利益，以及某些程序上的謀略所掩蓋，公共場域於是變成是政治與社會經驗的普遍識域(general horizon of political and social experience)。

實際上，公共場域這個字在德國一些理論家的描述裡是相當難翻譯的，在德文這個字是öffentlichkeit，它有很多層的意思，不是另一種語文可以輕易掌握的。一方面它有一種開放空間的概念，表現出一種社會的場域、社會的空間，而在此空間之中，意義是有其被訴說、散布以及彼此協商的餘地。除了空間的概念外，這個字也表現出一個公共的群體一起建構出一個公共概念，以及透過此種程序來創造出一種開放的，彼此可以透過一種理念，以及某種大家可以接受的準則，來進行非常開放的討論，以此種方式來構成大家均能認同、產生共識的一種公共事理(publicness)。因此，這個字除了基本上具有空間的意義，又有一個非常抽象的公共理想與抽象性概念，這在其他的語文與文化當中是很難找到可以與之對應的詞彙⑩。其實，在歷史的發展之中，公共場域此一字眼，也是相當不具體的概念，哈伯瑪斯將此概念放進現代西歐的社會之中加以檢試，然而，這在各種文化之中也不是那麼容易便可以找到眞正的例證。而在內格特(Oskar Negt)與克魯格(Alexander Kluge)的書裡，現代媒體文化的消費經驗之中，也是一個不容易找到具體而且被大家所體認的公共場域。因此公共場域是否只有一個，且是否大家皆可以接受、相信某一具體的場域，便是一個有待查證的問題。早在一九二七年，力普曼(Walter Lippmann)在《空無所有的大衆》(*The Phantom Public*)一書裡，就認爲沒有一種方式可以讓市民成爲一個負責而且在資訊上相當充足的大衆⑪。所以公共基本上是一個空洞的字眼，無法眞正達到普遍認識，因而公共場域其實是一個相當抽象的理念，然而想要呈現某一個具體的社會現實，我們在民主的過程之中，就必須要承認有一個公共場域，至於公共場域是否眞正存在，就有待協商、重新評估了。不管如何，要討論凝聚社會經驗達到共識，就必須談民主，而討論某種共識的形成過程，公共場域卻又是不可或缺的概念與具體的社會空間。若是沒有此種概念的話，便無法凝聚彼此的共識。所以如何運用此一抽象的概念，而又能發揮其彈性並且照顧到正在形成的多種社會層面，以及各個國家與國際團體彼此交織所構成的利益與協商關係，從抽象的公共場域到具體的國際公共場域在媒體、政治、資訊、文化、財經，以及種種的國際意識形態與人權、民主、人種等等的機構中介入。在這種互相配合或互相牴觸交織而含混的空間與權力糾纏的場域之中，如何眞正探討公共場域，以重新評估哈伯瑪斯與內格特和克魯格這幾位學者所謂的公共場域，並吸收當代多元文化論者的洞見，便成爲是目前一個相當迫切的課題。

在哈伯瑪斯的研究裡，公共場域以及所謂的輿論(public opinion)，基本上是從十八世紀在英國的咖啡館、茶館之中的文藝辯論，以及法國的沙龍、德國的藝文討論，種種針對於文字、書籍所構成的閱讀大衆，以及知識在閱讀大衆之中所傳遞出來的社群想像(social imaginary)，透過這些公共場所所發出來針對書籍、新聞資訊的討論，融合各種不同的意見所匯集而成的輿論，以一種開放而理性的溝通來達成彼此的共識，在此種特殊的場所裡，中產階級的家庭與個人的利益並不參與其中，而早期那種貴族的利益在此種公共討論裡並不構成眞正的影響力。輿論在這些特殊的場所之中，融合了各種矛盾，吸收了不同的意見，達成一種彼此可以認同而形成公共政策上的參考，這便是從十八世紀的藝文論談到十九、二十世紀的民主過程之中，一種正常而必然的現象。而哈伯瑪斯發現，在十九世紀末隨著大衆媒體的發展，特別是如報章雜誌、收音機、電視，或者是電影，許多公共人物的一言一行遂變成是和許多財團及個人的利益彼此融合的一種壟斷，如此透過公共場域的媒介與知名度(publicity)來左右大衆的判斷，遂成爲是二十世紀公共場域的一種特殊而且變相的發展[12]。哈伯瑪斯對於此種發展是相當不認同的，他認爲那是一種墮落，隨著公共場域被少數既得利益團體，或者是財團左右，大衆的輿論遂在新聞媒體上產生一種帶有利益色彩的扭曲，對於此點，他顯然是非常悲觀的。

內格特與克魯格兩人則從媒體所推波助瀾的個人消費，以及媒體所造成的個人特殊社會經驗來討論所謂的生活脈絡(the context of living)，他們認爲在現代社會裡，個人已無法逃脫媒體的控制，然而在這種表面上的控制之中，個人與公共場域的發展還是有其餘地，並不是如哈伯瑪斯與法蘭克福學派(Frankfurt School)他們所針對文化工業的批評。對他們而言，面對面的溝通，與理性的模式，這種經驗已經變成是過於理想化而不太實際的發展。因爲自六〇年代以來，媒體已進入大衆的生活脈絡之中，影像和個人私底下的欲求與消費習慣彼此已無法劃分了，在此種經驗之中，如何透過各種交織的社會識域來達成消費文化的認知，這便是內格特和克魯格比較富有創意之處。在其論點裡，眞正的消費文化與大衆媒體並不是某一種形式的媒體所可以壟斷的，如相對於一般的電視，則有所謂的公共有線電視(cable TV)的方式，來促成各種新媒體所發展出來的彼此辯論，彼此互相交織成公共場域此種機構與概念的形成。所以在個人消費、電視與電影，以及媒體的資訊裡，是有種種的選擇與彈性運用的空間。而在這種商業與批評的弱勢論述（或者是新媒體）彼此相互激盪的空間裡，公共場域的發展便必須去探討觀賞者的想像力，以及其發揮文化政治影響力的空間。

在此種討論之中，很明顯地，官僚體制以及少數既得利益團體所建構出來的壟斷系統，並不完全如哈伯瑪斯所堅持的那麼地富有全面性的影響，反而是在個人與群體的社會經驗之中構成中間媒介的餘地，並在其上發展出反制的可能性。此種論點在許多多元文化論者的相關著作裡頗具有啓發性，如 Miriam Harsen，這位專門研究大衆媒體的學者，就從欣賞好萊塢的電影中發現到各種不同的反應，基本上，觀衆可以透過影視來得到某種個人的想像，以及欲求的一種庇護，能夠透過欣賞的方式來針對日常生活裡的問題，提出逃避或者是解決之道[13]。而這也正是公共場域面臨現在的多媒體，與多重社會現實，且在此多元文化的環境之中彼此交織成各種次文化，以及相對於公共場域的這些文化，在互相激盪之下能夠有新的發展。這也即是如 Miriam Harsen 與 Nancy Fraser 所謂的「民間的相對公共場域」論述[14]。這些相對性的次文化團體有同性戀、婦女團體、勞工團體，以及其他非主流種族的文化團體，以他們相對於由白種男人的優勢文化所界定出來的公共場域及其標準所發展出來的另一種對應的聲音。透過此種對應的公共場域、各種聲音的迴響來重新評估公共場域的理性策略及其開放性，使得原本爲白種男人理性而單向化的辯論方式，可以透過另外一種思考的方式來加以解決，畢竟公共場域正如克魯格所謂的是一種場域，在此場域之中，所有的抗爭是透過戰爭之外的各種方式所得到的一種解決之道。雖然在大家的理念之中，認爲有一公共場域可以使得各種聲音融會貫通，但是此一公共場域它的具體存在是因應著底下，以及對應的其他比較不那麼公共或者是半公共的，或者是不公開的一些特殊階級與特殊性別的公共場域，這種種的匯合之間形成一種含混或交織的關係。在此一公共場域與各種場域彼此交會的場域之中，多元文化論者往往發展出來種種策略可以和環保、政治、運動、企業、同性戀、公共電視，以及教育團體來達成一種互補或者是互惠的關係。以各種方式彼此混合，或者是以搭配的方式來提出本身的訴求，企圖改變愈來愈複雜而國際化的文化與社會局面。而在此一新世界秩序或者是脫序之中(new world order or disorder)，多元文化論者在公共場域裡的地位便成爲是一種多元化，而不斷隨著社會環境的需求而改變的社會互動力量。

對公共場域的發展及其公私交錯、官僚體系與自我官僚（或科技官僚）不斷介入的情況，有所瞭解之後，我們再回顧 Jehlen 的論文，便不難發現她未能考慮《哈克》長期以來放在多元文化論述的框架中，被塑造成「解放與重建」的超高正典（以 Arac 的術語來說），《哈克》已無法成爲單純的文本，再訴諸讀者對文化多元論的關懷，而不觸及多元文化的展望與危機。因此之故，Jehlen 忽略了《哈克》在文學的公共場域中被大衆媒介侵入、轉變、形塑的歷史，同時也無法交待讀者在此媒介影響與各種相對公共場域的交織之下如何達成一種單一的超驗普遍閱讀經驗。實際上，在她的論文中，一直假設了馬克吐溫爲唯一的超驗作家與讀者，似乎要讀者成爲另一位馬克吐溫才能瞭解《哈克》的「只代表個人的代表及普遍性」。Arac 在他的論文中其實已指出《哈克》的編輯問題，在目前的定本裡包括了馬克吐溫不願放進去的篇幅，編者及以往的編輯認爲那是馬克吐溫受到查禁(censership)的影響而主動將他認爲不當的部分剔除，然而這個馬克吐溫不想要的部分堂而皇之出現在目前《哈克》的本子中，到底馬克吐溫是哪一個版本的「超驗普遍」讀者？而且有如此一個單純的超驗普遍閱讀方式嗎？恐怕馬克吐溫也不清楚。

但是最嚴重的問題是，Jehlen 認爲超驗普遍的閱讀模式與共和國的政治模式彼此輝映，建立或鞏固了美國式的多元論。一方面將閱讀與公共決策加以貫連，而忽略了政治現實的多元決定及其隨緣變化的複雜情況，另一方面則以爲知識形式會導致社會實踐，將文字理想國投射、擴充爲文字及文化的共和國，對這種多元論，Morrison 的「暗中戲耍、操弄」見解可以說是當頭棒喝。Jehlen 所採取的分析策略正是 Morrison 所要抨擊的白人文學想像：非洲主義，或者以德希達的話來說，是「不同於（與）他人變成爲本身的不同，爲本身的不同起見而與自己不同，以便將歧異、動盪留住，使之平靜，納入單純、內在的疆界裡」[15]，也就是將內在的不同蒐集、維持、轉化爲本身的不同(difference from-with the others)。

Arac 所指出的非國家化、超高正典化，或 Morrison 所批判的非洲主義，其實都能針對 Jehlen 的論點，提供更深入的媒介與文學史權力典範分析，顯出多元文化論述的迫切性。然而 Jehlen 所代表（雖然她認爲自己不代表）的美國式多元論卻不願多考慮大衆媒體介入公共場域，將不同含納而製造出「不同於與不同與」（d'avec）的統一體，公共場域遂淪爲普遍而抽象的團體共同組成的空洞存在，用來維護既定的內在歧異，我們不妨閱讀一下一本詞典對「多元文化」的定義：

> 多元文化論是一種政策，其作用在於：賦予不同文化或種族社群有權利去保持其特殊性，以免遭支配社會的文化主流所吸收消化。通常多元文化論是限於教育與藝術的範圍，在這方面有些政策的範圍比較廣泛。大致上多元文化論的修辭有個弱點，那就是很顯然只通用於弱勢文化而無法照顧整個社會。多元文化論也可說是只會宣揚文化差異（各種社群回顧其文化傳承），而無法針對大家的平等權益（不管其種族文化背景），有正面的擔當。⑯

這一段文字很精簡地道出美國主流PC的觀點，他們一方面要認可多元文化論，但另一方面則希望將多元文化論限定在某些小範圍，而且一再將它貶爲弱勢族群的權宜（而非倖存）策略，因此對整個社會的正常、平均發展有所傷害。芝加哥跨文化研究中心的一些成員曾撰文，稱類似的主張是「弱勢化的論述」（minoritizing discourse），也就是將弱勢團體隔離⑰，表面上以「保留其文化特色」的修辭，其實將弱勢文化放入社經發展、進步的模式中，使弱勢文化淪爲主流文化蒐集文化差異、含納異己的點滴象徵代表(token)。Baker與Gates、Benita Parry與Gayatri Spivak等人的論辯可以說是對這種「代表而其實並不代表」的多元文化論感到不平[18]，因爲即使弱勢社群的成員可以參與重新協商、定位其文化差異，但是主流文化卻往往以扁平的秩序邏輯(developmantal logic)，要弱勢文化將其文化、歷史背景拋棄。我們在Jehlen所企圖提倡的「代表而又不代表」的共和國模式便可看出那種「代表而其實並無法代表」的特殊多元文化論意識形態：將多元文化納入文化多元論中，成爲一個整體。

我們若仔細分析Arac的論點，也可看出這種「代表而不代表」的思考模式，Arac對《哈克》無法代表國家、歷史有所不平，但是他所關心的國家、歷史是美國白人的民族主義拓展史。《哈克》中的奴役與解放，據他的分析，並沒有任何意義，因爲早在Jim逃脫之時，自由便降臨他的身上，《哈克》的歷險只是個人無謂的流浪與遊蕩，脫離歷史、族群文化的中心，作浪漫而不實際的空間旅行（而非時間性探索）。Arac的分析因此落入了Morrison所批評的「與黑戲耍、操弄」的非洲主義作爲，他在白人文學想像的傳統中思考哈克與馬克吐溫的個人敍事體，並不能給Jim任何比較正面的評價，而且反過來還否認Jim追求自由的意義，認爲Jim的逃脫早已徒勞。然而，在另一方面，Arac也指出相當重要的文學議題，也就是文學性愈強的超高正典作品愈會掩蓋其歷史、文化性，不但使當時的其他作品黯然失色，而且也讓現代讀者遺忘其文化脈絡，甚至於將此一作品擴大其文本內容及生命，涵納其他作品的片段，彷彿讀此作品即可鳥瞰一切。

文學論述所展現的公共場域因此是個公共性事務與大衆媒介多重糾葛在文化、歷史中長期以來牽扯、彼此制約或互動的產物及過程，Jehlen 重視公共面向及共和國模式，但卻因此是無睹於 Arac 所提出的文學詮釋及國家文學被淡化、替換的典範及其媒介作用（mediation），同時也未能注意到共和國模式之下有非洲主義及弱勢文化論述，使得「不代表利益的代表」淪爲支配手段。不過，只要文學論述能發揮其文本作用，文字的公共場域勢必存在，但是它存在的方式卻受到歷史物質條件的限制與促成，就像馬克吐溫在《哈克》一開始說的，讀者要先讀《湯姆・索友歷險記》才知道哈克，文字共和國模式也得與大衆、文學史媒介（包括詮釋社群、領受與轉化等）等面向彼此關聯，才能看到多元文化論述的可能性及其潛在問題。如何在公共場域與個別的消費經驗，於公共場域與相對公共場域（或民間相對公共場域）的多重牽扯之中，發揮 Morrison 所提出的重新記憶或回顧非洲主義，則有賴學者更進一步分析文學論述與這些公共場域與相對反公共場域的互動關係，而不能輕易將自己提出的另一種相對公共場域視作核心。

註　釋

❶ Mark Twain, *Adventures of Huckleberry Finn*. Eds. Walter Blair and Victor Fischer (Berkeley: University of California Press, 1985). 以下簡稱《哈克》。

❷「公共場域」的概念主要是依據 Jürgen Habermas, *The Structural Transformation of the Public Sphere*. Trans. Thomas Burger (Cambridge: MIT Press, 1989) 與 Oskar Negt and Alexander Kluge, *The Public Sphere and Experience*. Trans. Peter Labanyi, et al. (Minneapolis: University of Minnesota Press, 1993). 有關這個概念我會在第二部分介紹，名詞的翻譯此處從高承恕教授。

❸ Jonathan Arac, "Nationalism, Hypercanonization, and Huckleberry Finn," *Boundary 2* 19, 1 (1992): 14-33. Toni Morrison, *Playing in the Dark: Whiteness and the Literary Imagination* (Cambridge: Harvard University press, 1992), pp.54-57. Myra Jehlen, "The American Way of Pluralism," Comparative Approaches to Civil Society and the Public Sphere Conference, Bellagio, Italy, Aug. 23-27, 1993.

❹ Michael Warner, *The Letters of the Republic: Publication and the Public Sphere in Eighteenth-century America* (Cambridge: Harvard University Press, 1990). 也可參考他的另兩篇文章"The Public Sphere and the Cultural Mediation of Print," *Ruthless Criticism: New Perspectives in*

US Communication History. Eds. William S. Solomon and Robert W. McChesney (Minneapolis: University of Minnesota Press, 1993), pp.7-37; "The Mass Public and the Mass Subject," *The Phantom Public Sphere*. Ed. Bruce Robbins (Minneapolis: University. of Minnesota Press, 1993), pp.234-56.

❺ Jacques Derrida, "My Chances／Mes Chances: A Rendezvous with Some Epicunean Stereophonies," *Taking Chance: Derrida, Psychoanalysis, and Literature*. Eds. Joseph H. Smith and William Kerrigan (Baltimore: Johns Hopkins University Press, 1984), p.27. Walter Benjamin, "Eduard Fuchs: Collector and Historian," *The Essential Frankfurt School Reader*. Eds. Andrew Arats and Eike Gebhardt (New York: Continuum, 1982), pp.225-53. 本文最前面的引文即出自此一論文。

❻見《哈克》第三十一章，Arac，頁一九。

❼ Toni Morrison, "Unspeakable Things Unspoken," *Michigan Quarterly Review* 28 (1989): 11.

❽ Jacques Derrida, "Writing and Difference," Trans. Alan Bass (Chicago: University of Chicago Press, 1978), pp.31-63，或者更像晚近德希達評 Levinas 的論點，見 *Rereading Levinas*. Ed. Robert Bernassoni (Bloomington: Indiana University Press,1991), pp.11-48, 尤其 pp.38-47.

❾ Warner, "The Mass Public and the Mass Subject," 見註❹，這篇文章也收入 *Habermas and the Public Sphere*. Ed. Craig Calhoun (Cambridge: MIT Press, 1992). 他正編輯一本 *Fear of a*

Queer Planet, 對大衆媒介有深入之分析。

❿見 Habermas，頁二一五，同時也可參考 Miriam Hansen 爲 *The Public Sphere and Experience*（見註❷）所寫的導言，這篇導讀也刊於 *Public Culture* 5, 2 (1993)，179-212. 正文前的第二個引文即出自此篇導讀。*Public Culture* 5, 2 中有 Craig Calhoun，Benjamin Lee 等人的論文，均對哈伯瑪斯的見解有所擴充或修正。

⓫ Walter Lippmann, *The Phantom Public* (New York: Macmillan, 1927).

⓬ Habermas 在兩百頁界定大衆媒介所蘊釀的 Publicity work 是「不藉助公共討論議題便達成妥協，藉以強化個人地位的特權利益。」

⓭ Miriam Hansen, *Babel and Babylon* (Cambridge: Harvard University Press, 1991).

⓮有關 Frazer 的"Multiple Publics"及"Subaltern Counter Publics,"見她的"Rethinking the Public Sphere,"收入 *Habermas and Public Sphere*（見註❾）。

⓯ Jacques Derrida, *The Other Heading: Reflections on Today's Europe*. Trans. Pascale-Anne Brault and Michael B. Naas (Bloomington: Indiana University Press, 1992), pp.25-26.

⓰ R. J. Johnston, et al., Eds. *The Dictionary of Human Geography,* 3rd Ed. (Oxford: Blackwell, 1994), pp.399-400.

⓱ Chicago Cultural Studies Group, "Critical Multiculturalism,"*Critical Inquiry* 18, 3 (1992): 530-55.

⑱ Benita Parry, "Problems in Current Theories of Colonial Discourse," *Oxford Literary Review*, 9, (1987): 27-58; Gayatri C. Spivak, "Poststructuralism, Marginality, Postcoloniality and Value," *Literary Theory Today*. Eds. Peter Collier and Helga Geyer-Ryan (Ithaca: Cornell University Press, 1990), pp.219-44. 有關「代表或不代表」的問題，不斷可在 Spivak 的談話錄中出現，見 *The Postcolonial Critic* (New York: Routledge, 1991).

重寫台灣史

——從二二八事變史說起

(一)、二二八事變的公共景觀

一九九三年初李登輝任命連戰爲行政院院長，取代了與李氏有過節的郝柏村，此事可說是台灣史上士族又重新掌權的新階段。表面上看來，好像是本土化開始落實，但實際上是過去被外省政權壓抑的台灣士族又再度掌權，而在此交接的過程之中，許多外省老兵走上街頭，對這個由本省人所領導的政權表示極度不滿，紛紛要求李登輝下台。此一景觀，不禁讓人想起在二二八事變時所發生的情況，只不過此一情況是一種重新的扭轉。這些老兵當初可能是殘害二二八受難者，或者是被列爲迫害的對象之一的，但現在他們卻反過來認爲自己是被拋棄的一群，而希望鄧小平來解放台灣、打倒李登輝政權。在此種微妙的政治局面裡，二二八受難者的家屬與李登輝的關係，慢慢地變成是一種看來很和諧而實際上存在著許多問題的情況。雖然二二八紀念碑在各個地區開始紛紛建立，二二八事變的眞相也開始一一地公佈，然而同時，警備總部正在焚毀五〇年代白色恐怖時期的檔案資料。二二八事變的歷史隨著學者的討論，一步步地揭開其眞相，但是始終有些環節無法眞正打開，另一方面，台灣史的研究也在各地蓬勃地展開，二二八事變遂變成是一個公共的景觀，不僅在其紀念碑以及各種討論的書籍裡得到公共大衆的承認，也堂而皇之地，由其家屬爲代表進入總統府接受當政者的撫慰，好像歷史眞的可以變爲回憶，而這些家屬也公開表示有「向前看」的胸襟，願意與政府配合。然而此種作法，使得二二八事變離群衆愈來愈遠，像一般的中學生，甚至是大學生，對於此一事件愈來是愈模糊，甚至於感到冷漠。儘管二二八事變好像已受到官方的重視，而許多學者也以此爲本土化歷史的重新開展點，但是正當二二八受難者的家屬眞正進入公共場域，與當政者面對面撫平過去的創傷的同時，卻目睹外省老兵與本省領導者之間日益明顯的衝突，而隨著新黨與國民黨決裂，更顯得二二八事變的陰影就如同是一場再度來臨的夢魘，不過這一次它是以一種完全扭轉過來的方式來顯現。

在許多學者討論二二八事變，公開其眞相的衆多嘗試裡，我們可以看出二二八事變的發生背景是與長期以來台灣的移民與殖民經歷之中的多重衝突有關係的。在此種環境之下，二二八事變受到了官方與民間的壓抑與曲解，變成是歷史上的一個黑影，而此黑影正隨著台灣目前的族群問題變爲是族群之間的政爭與語言問題的一個指標。二二八可以變成是一個歷史教訓，同時也可以是未來事件的雛形。因此，在衆多學者紛紛提出二二八事變的眞相，表明他們的態度之時，我們再來重新將二二八事變當做是台灣史的一部分，可以對歷史的寫法與族群文化的問題提供一個思考點。而我比較關心的是二二八事變，此一歷史事件如何在國際的公共場域之中成爲一個再現(representation)的焦點。通常此種再現是透過一些國內外的學者以及電影媒介來展現的，所以本文的重點將放在賴澤涵等人所撰寫的《悲劇的開端》(*Tradegy Begins*)這本書，以及侯孝賢所導演的電影《悲情城市》，透過此兩件作品來探討二二八事變在國內與國際公共場域之中所形成的曖昧關係。經由這般討論，也許我們對於台灣史在國內外媒體的多方牽扯之中，是否能夠展現其整體性會有一個比較深入的看法。

(二)、二二八事變消失了嗎？

柏楊在一九九二年時曾受美國《時代》雜誌駐北平辦事處主任克里斯朶夫的訪問，他表示對台灣的現狀感到非常滿意，中國已有四千甚至五千年的歷史，但是從未有過像台灣目前這樣的一個時代，目前台灣的人民是如此的富足，生活條件是空前的好，可說是中國歷史長久以來唯一出現的一個黃金時代。柏楊在早期時對國民黨是深惡痛絕的，他也曾因揭露政府的腐敗而被施予政治迫害，甚至於在受刑期間被打斷膝蓋，還被指控是個共產黨，是個匪諜，這是在白色恐怖時期，柏楊的不幸遭遇。但是到了九〇年代時，他卻對國民黨政權感到很滿意，認爲目前的台灣由於經濟的大幅成長，政治已有充分的自由，和中國大陸比起來，簡直是天壤之別。有趣的是，他認爲政治與經濟是一體的兩面，有經濟的成長必然就會有政治的自由。其實此種論點也時常出現在研究亞洲、太平洋國家的論述裡，往往將政治與經濟混爲一談，認爲第三世界只要邁向經濟的成長便一定可以擺脫極權，步向美國式的民主。而這也是美國許多有關於其他世界的報導所採取的策略，比如公共電視台有關於四小龍的報導，或者是對於菲律賓與中南美洲的報導，通常都將政治因素歸罪於經濟的貧窮，或者是將許多民族的希望寄託在未來的經濟成長，如對中國大陸的期許。此種論述認爲經濟的繁榮一定會導致政治的穩定，而最後便能夠邁向民主與自由，亦即是馬克思所謂的下層結構與上層結構的對應關係，這樣的論點常常一再出現於國際的公共場域與媒體裡，而且被認爲是世界性的必然趨勢。像克氏的標題便表現出台灣目前是由獨裁邁向民主，因爲台灣有繁榮的經濟。克氏爲何會來台訪問，因爲他和許多中國大陸的學者一樣以爲台灣是中國大陸未來的雛型，看到台灣經濟的繁榮與政治的改革，他們便認爲中國大陸未來或許可以從台灣經驗裡得到啓發。在他的報導裡，還將台灣和東歐比較，認爲民主在台灣的轉變是一種進化而非革命 (evolution rather than revolution)。對他而言，台灣這十年來的激烈轉變，主要原因在於經濟成長，在其論述裡，意識形態、文化與政治都只是一些比較次要的原素，因此他認為國民黨長期以來處於優勢，而且在各種選舉之中一直是大贏家，表示人民希望維持現狀，既不要獨立也不要統一，只想保持政治的安定與經濟的不斷成長。

克氏同時也指出教育是改變台灣的主要因素之一，甚至更勝於經濟成長，因為教育普及之後，人民的知識發展更快，而政府不斷與美國有各方面的接觸，另一方面又受到世界人權協會的批評以及施予壓力，這種種才促使台灣逐漸步向民主。然而教育普及、美國方面的接觸與人權協會的壓力，同樣也存在於中國大陸，但中國大陸卻無法出現如台灣目前這樣的民主現象，所以克氏認為台灣從早期的獨裁到目前的民主，明顯可見的主因便是經濟成長。他說「台灣的模式與中國大陸的有所不同，但是卻可以提醒我們貧窮而受到壓抑的中國遲早要進化，而且將非常和平地邁向民主與繁榮」（原文頁五七）。有趣的是，克氏認為貧窮而壓抑人民的政府會很快地邁向民主與繁榮，而他將民主放在繁榮的前面，正像美國長期以來對中國的期待一般，希望中國能夠步向民主、尊重人權。在他的報導裡，他非常有意地將台灣人民尋求國家與文化認同這件事情淡化，而將二二八事變看成是台灣邁向未來民主化的一個標記，彷彿台灣人民與執政者皆已將二二八拋諸腦後，而目前台灣人民所關注的只剩下經濟的成長與突破。因此在他的報導裡，一再強調經濟的因素，在他看來，連民進黨主席許信良也像是個商人而不是革命家。而且他一再將國民黨與台灣的商人關聯起來，認為政府對於大陸的政策，基本上就如同商人保存兩種帳簿一樣，一種是給自己內部用的，另一種則是應付稅捐機關的。而目前台灣政府的大陸政策同時也有兩種版本，一種是給大陸的人看的，而另一種是給自己的人看的。還有，他一再強調台灣人目前對大陸的態度是認爲自己是中國人沒錯，但卻大不同於大陸人的落後、貧窮，他們或許是我們的親戚，但我們是絕不願意他們過來同住的，這便是台灣所謂的一台一中的策略，而此背後是有經濟上的衡量標準。他的這種說法即是意識形態與文化的不同，在統獨的政策之中是完全沒有任何意義的。在此，我想以克氏的文章來做爲一個引子，因爲在台灣我們也常聽到相同的論調，政府與商業界人士常常用經濟的因素來阻礙公共場域以及民意的發展，認爲社會有任何變動將導致經濟的不安定，而長期下來，自由社會的制度會產生問題。此種論調可說是國內外皆一致，而透過這種變相的公共場域來制裁、影響國內的反對聲音，甚至於在許多層面上接受了中國大陸與美國對台灣的政策，可以說是一種壓抑而且變相的扭曲。一直到現在爲止，可以說我們的公共場域，基本上是由國民黨主導的媒體所掌握的，國民黨對主要媒體至少握有百分之四十的股份，而且對於一些相對的公共論述，以及一些所謂的弱勢團體的公共空間、公共場域也具有相當大的影響力。透過國內的公共場域，與國際上這種以經濟爲主導的言論及其公共場域，我們很難區分什麼才是人民所眞正需要的，或者是國際上對台灣的一種期望和壓抑。包括我們前面提到台灣目前是處於黃金時代的這種看法都可以告訴我們，許多人有意地將經濟與政治混爲一談，而這又往往成爲國際的輿論，透過如《紐約時報》這樣的媒體來對國內群衆形成重大影響，將他們的聲音內在化，藉此以達到國家以及國際壓抑當地的人權與反對聲音。在克氏的報導裡，他強調不論是國民黨或者是民進黨，他們的領導者都已經將二二八事變拋諸腦後，且已決意要迎向民主、未來，而不再回顧過去。對於此一看法，我有些懷疑，因爲在八〇年代末期和九〇年代初期，我們才看到有關二二八事變的討論，而且這些討論一直被置於媒體之中，變成是一個公共以及相對公共場域的事件，透過對二二八事變的討論，或許我們可以了解台灣目前公共場域的發展是否有一些可能性與其局限性。

克氏說「在某個程度上，外省人與台灣人的敵對關係已經被時間抹除了」，這點在許多方面是事實，不過政權與文化霸權並不如他所說的已從外省人手中移交給台灣人。台灣人接掌政權的種種不順利，從郝柏村和李登輝的糾葛，以及連戰上台之後所受到的質疑，老兵的抗議等等情況看來，便可得知台灣在邁向本土化的過程之中，一直是活在大中國的情節底下，甚至連李登輝都得屈服於此一情節，而對於一台一中的概念不斷加以否認。表面上看來，目前雖有部分台灣人執政，但實際上仍被匡架在由蔣介石所設立的特權系統體制之中。在五〇年代早期，蔣介石便已透過軍公教人員教育補助的辦法，不僅在領導階層安插了外省籍的精英份子，而且還不斷複製他們的子孫繼續做爲台灣的領導者。這種省籍歧視和不公平的選擇性，以及強制人民將北平話當做是國語來學習等種種措施，便將大部分的台灣人排除於中心之外，使他們無法得到重要的職位來做任何政策的決定以發揮他們的影響力和促進政治改革。目前雖有少數的台灣人掌握住政權，不過他們大部分是精英和士族，這些人還是在蔣介石所設立的系統底下與之斡旋，一心只想到自己的既得利益，且拼命將自己的人馬帶進政治體系之中以得到分贓的好處。

因此如果用鮑爾丟(Bourdiew)和巴色漢(Passeron)的說法，我們可以說台灣的文化資本與象徵資本一直都操在外省人手裡。這些人自一九四九年來到台灣，但是他們從沒想要將根深植在這裡。例如在目前十六所大學中，台灣籍的校長便屈指可數，而最近在某國立大學的校長遴選之中，三位候選委員之中只有一位是本省人，而他在最後遴選時甚至沒有入圍，從此事便可以看出，在大學教育裡，省籍的問題是不容忽視的。另外，軍方的將級、校級的省籍比例相當懸殊，儘管有百分之八十的士兵是台灣人，而他們的領導者卻大部分是外省人，可知國民黨始終是活在尋求中國統一的陰影底下，以外省人爲主導的政體。民主電視台一直到最近才合法化，而在此之前，大體上所有的媒體都操縱在國民黨之手。從經濟的層面來看，國民黨掌握了三家電視台高達百分之四十的股份，佔有全國總收入的百分之十五，並佔有整體國家資本的百分之四十，還雇用了百分之十七的人民當其勞工。這些數目隱藏在一般人民看不見的地方，而在一些黨營、國營、或國庫通黨庫的機構裡，這些數目可能還會更高（可參考一九九一年澄社報導）。在每一次發生大型罷工或街頭抗議活動時，甚至在立法院黨團互相衡突時，憲警往往被利用來鞏固國民黨的利益，所以我們很難相信說台灣人目前已經掌握住政治資源，而二二八事變就如同克里斯朵夫筆下，許信良所說的是已經過去了。

李登輝和許信良都宣稱台灣二二八事變的鬼魂已被驅逐，現在大家的理想是要邁向民主、未來，而不再想回顧二二八事變。其實，李登輝本人也是白色恐怖時期的受害者之一，而現在他卻要求人民向前看來創造一個「新的中華民國」，諷刺的是，他在四十年前被認爲是台獨份子而對中華民國不效忠。然而在其任內，有某些官方或非官方的機構贊助學者們來研究、撰寫一些號稱是比較正確而負責任的二二八事變的歷史。當這兩黨的領袖紛紛提出二二八事變已經過去的論調底下，實際上產生了一種現象，即是台灣史與二二八事變成爲是大家集體關懷的重點。特別是學者、作家、電影導演都對此事件感到興趣，開始去探討它，因而在如此多種聲音交會之下產生了各種不同的版本。此種場域爲何在早期時被扭曲、壓抑，而爲何在現在卻可以產生新的可能性？由此點切入，或許我們可以重新瞭解或詮釋台灣的市民社會(civil society)。從有關於二二八事變的種種論述裡，我們可以明白在台灣的公共場域以及民間的相對公共場域它們的社會與歷史的發展。

(三)、公共場域以及二二八事變

弗蕾澤(Nancy Fraser)曾針對哈伯瑪斯(Jürgen Habermas)的公共場域此一概念提出「公共場域並非是一個單一的，而是一個多元的公共所湊合在一起的，特別是一些他所謂的民間的相對公共場域」。這些場域是相對於單一公共的論述場域，在這裡，民間的社會團體成員可以提出或者傳播他們的相對論述，以便闡明相對的立場，並透過此種方式來表達他們的認同政治利益與需要(Fraser, 1992, A: 123; 1992, B: 610-612)。這些底下的社群成員除了女人、勞工、有膚色的民族、同性戀之外，還包括一些不同的族群，他們有著不同的歷史，而其接受現代性(modernity)，與認同經驗也有很大的差距。弗蕾澤對哈伯瑪斯的這點修正，本身當然有她在美國做爲一位左派女性主義者的限制。此論點雖有其洞見，但也必須透過一些後殖民的論述來加以修正，尤其是在當代的新殖民環球經濟之中，其他世界的人們如何求生存以及應變(Mbembe,1992)。殖民政策台灣歷代的發展有：早期荷蘭的侵略（一六二二至一六六一年）、中國的移民(一六六一至一八九五年)、日本的佔領(一八九五至一九四五年)，以及國民黨「光復」台灣（一九四五年至今）。在如此長期的殖民經歷之中，不僅有種族和文化譜系上的經驗差別，還有許多族群之間的問題。這些族群分別在不同的時期來到台灣島，而且也帶來了許多相當不同的種族和文化遺產。在這樣多元的移民與殖民經驗之中，原住民可以說是受到最多迫害的族群。他們不只得改變宗教、被迫放棄土地、當日本人的軍伕，甚至得改變姓名、學習國語，最後還不得不離開家鄉到都市叢林討生活成爲廉價勞工或者雛妓。

其他族群所受到的歷史傷痕雖不像原住民那般的千瘡百孔，但也是經過主體化(subjectification)種種不同的經歷。而這種種的差別，使得這些族群無法有平等的方式，去接近公共場域或是相對公共場域，因爲有些族群基本上就是比其他的族群更來得有權力，而且掌握到較多的資源。在如此富於流動性與多元性複雜的環境裡，每一個族群在日常生活之中，皆有其本身獨特的方式來發揮其有效性，並且和其他的族群產生互動。由此我們可以看出台灣的公共場域和民間的相對公共場域是多元且非常複雜的。然而此種公共場域的概念，常被以一種民間社會或者是比較單一的西方模式概念來加以抹殺。這些人往往爲了保持本土的本位主義或者是西洋的理念，而變成是新保守主義者。其實不論是採取西方新殖民主義，或者是本土主義，都無法兼顧到台灣多元的流動性與其中的衝突。因此我們應該從這兩極化之中解脫出來，而去想像一個既承認相對公共場域，又能夠比較適切地描寫每一個族群自我管理與互相協商，而且能夠對政治產生共識的理論。我想目前我們也須要以此種方式來重新思考二二八事變的一些論述，透過檢討這些論述的洞見與不見來得出一個比較平衡、全盤的觀點。

(四)、悲劇的開端

一九八八年李登輝正式上任成爲台灣的總統，同年二月二十八日，有相當大規模針對二二八事變提出種種訴求的抗爭活動在台灣的各個城市展開。這一天，李登輝發表公開的申明，對二二八事變提出自己的看法，他說「此悲劇在國民黨光復台灣沒多久之後就發生了，現在社會須要寧靜，所以我們應以誠懇的瞭解來對待此一事件」（這段文字收藏在賴澤涵等人，一九九一年，頁一）。從此台灣省歷史研究會便開始致力於官方版的二二八史，此一研究成果在一九九一年十一月正式出版，然而實際上，在更早期，尤其是在一九八六年之後，已經出現相當多關於二二八事變的書和論文。不管是以口語的歷史或者是以民間歷史的方式來寫二二八事變，作者們運用反彈以及種種方式來撰寫二二八受難者的生平（如藍博洲、李筱峰等人），或者是以當時的歷史背景來描寫、分析整個歷史事件的前因後果（如賴澤涵等人，一九九一年）。在如此多的學者和文藝工作者關懷二二八事變的這段長時期裡，一九八九年夏天由導演侯孝賢推出的電影《悲情城市》，可以說是一個相當重要的事件，因爲這部電影得到了威尼斯影展的金獅獎，而得獎的原因主要是由於它的政治題材。

雖然目前有愈來愈多的二二八事變敍述體在市面上流通，而這個題材在以往卻將近有三、四十年的時間是無人敢觸及的。其實所謂的二二八事變是一串的事件促成的，而是由一九四七年二月二十八日一個主要的抗議活動所引發的。台灣人對於國民黨的腐敗及其對百姓的種種壓抑早就極其不滿，因此一旦爆發即不可收拾。國民黨政府當時很快地便平息了此一暴動，以至於引發了相當規模的後續動作。根據官方的報導，死亡人數並不明確，民間則認爲多達數萬人，而目前學者基本上認定約有八千人，而這八千人裡不僅包括台灣的精英，同時也有一小部分是外省人。而這許多被殺害或者是被捕入獄的精英都是台灣當地的知識份子，因此在此關鍵性的事件裡，便將台灣正要形成的一個市民社會完全斷送掉。此事件不只是殺害了相當多的台灣人，而且對台灣日後的政治發展也有決定性的影響。所以重新敘述或者重新詮釋此一事變，便成爲是重新認定台灣的公共場域、討論其困難及其種種可能性的一個必要工作。然而國民黨政府一方面提供了相當多的資料，另一方面卻又隱藏了某些資料，不願讓二二八事變成爲是一個大家都可以接觸到的檔案。在此過程之中，國民黨和民進黨都致力於撫平此事變的家屬，但同時也授權某些人撰寫一些官方的歷史，或者是非官方的敍述體。如此以政府帶頭與民間學者彼此互相混合，二二八事變的敍述體在公共以及私人的利益彼此交盪的情況下，當然變得更加複雜而且困難，其眞相也就因此而不大容易被瞭解。

許多民間的學者大體上是以台灣獨立的追求者或者是政治迫害的犧牲品的方式來歌頌二二八事變的「殉道者」，這些作者大都和民進黨或是無黨無派的政治立場有關，比如像藍博洲和李筱峰，與這些人對照起來，還有許多官方的版本想要確定事件發生的前因後果，並且想以歷史的脈絡來認定國民黨的鎭壓及其暴力是有必要的，因此希望從此事變能夠導出目前台灣人民要求社會寧靜、在繁榮中求進步的心態，並對二二八重新反省以記取政治上的教訓。他們雖是在處理歷史，但通常是有一個出發點，如賴澤涵等人所出版的英文著作《悲劇的開端》便是將二二八事變看成是一個「都市群衆的暴力事件」，此種事件是在中國歷代的政治改革過程之中不斷發生的（一九九一年，頁九），他們指出從一七六九年到一九一一年在中國所發生的一些都市暴動，甚至有一事件是來自威海衞的，以這些事件爲基礎，他們認爲一九四七年的二二八事變，同樣可以被看成是在歷史的變化過程之中，一個有組織的都市暴力事件，以其來反對政府的權威及其腐敗，強烈表達群衆對於外來新政權的不信任和不滿（一九九一年，頁九—十）。群衆對於國民黨的不滿，當然是和將日本人的價值內在化有關，此種情形尤其是在台灣精英身上可以找到許多證據，所以此書的三位作者便以相當詳盡的資料來證明四〇年代的台灣人的確是受到日本非常大的影響，而在此情況之下，暴力的發生自然是難免的。他們的敍述體基本上是可靠而合理的，不過大致上還是採用了國民黨的官方說法，將暴動視爲是二二八事變的本質，而其發生的主要原因是因爲彼此缺乏瞭解，並將之歸罪於台灣精英妄想新來的國民黨政府能像日本政府一樣改進台灣人的生活品質。換句話說，台灣精英如果不是那麼地受日本文化感染，此事變便不會發生了（一九九一年，頁四九）。

我們很有趣地發現，這三位作家和陳儀在一九四七年三月三十一日告訴他的屬下們的觀點是相當一致的。「陳儀當時說事件發生的主要原因是由於五十一年來日本人的統治賦予了台灣人民有毒的宣傳和觀念，台灣人認爲他們應該要反對祖國的政府，同時他們也挑釁了很多老百姓追隨他們。」（一九九一年，頁一三九）賴澤涵等人在他們的分析裡，其實是強化了陳儀的觀點，他們說「我們眞的無法找到足夠的資料來證明台灣人對日本人的統治到底有何種的反應，不過我們知道當時有百分之十的人使用日本名字。有如此多的人採用日本名字絕對不是小事一樁，而且我們知道在二次大戰結束時，有許多台灣人仍希望留在日本，還有很明顯地在四〇年代時，台灣人也沒有反日的地下抗爭活動。台灣人在日本多年來的統治之下，並沒有產生不滿的文學，也沒有對日本人的濫用權力表露出憤怒之情。比起其他世界在二次大戰之後對其壓迫者所表現出來的暴烈反應，如法國人之反納粹的情況而言，台灣人是相當不如其他自由世界的人，公開對他們的壓迫者提出指控」（一九九一年，頁四五）。另外他們也提到，台灣人和日本人的關係實際上是比較和諧而沒有什麼緊張的，比起韓國而言，台灣幾乎對日本是不曾有任何反抗的（一九九一年，頁四六）。

然而在這些比較的同時，這幾位作家似乎並沒有注意到法國和韓國是在二次大戰時被德國人和日本人打敗的，而且是在很短暫的時間內便被佔領，而台灣是由清政府在一八九五年時割讓給日本，是發生在中日甲午戰爭之後的一個歷史事件。其實在日人統治台灣的這五十一年裡，台灣人的抗爭是不斷的，如在開始時即宣稱自己爲台灣共和國，表示獨立，雖然此一共和國僅維持了十天，然後是多年來的抗議，並且以民間傳說，如廖添丁傳奇，來表現民間對日本人的強烈抗議。霧社事件和各地方所遺留下來嚴重受損的遺跡，在在都證明了台灣人和日本人的關係並不是和諧而沒有緊張狀態的。台灣人反而是在這將近半個世紀之久的殖民期裡，不斷在挪用、藉機發揮以求取自己的生存空間，可以說是運用一種表面上服從而實際上是隨機應變的方式。採取日本名字與接受其文化其實是一種僞裝，而不能因此證明他們並不想脫離日人的統治，或者是推翻其政權。在這五十一年裡，不論是用日文或台文寫成的作品，都有相當多的資料告訴我們，其實台灣人是一直在抗拒日本人的。這也可以解釋爲何二二八事變當時會產生那麼大的衝擊，因爲台灣人原以爲脫離了外人的統治，而來自祖國的國民黨政府會帶給他們新出路、新希望，但後來卻發現非但沒有反而更糟。所以這些學者似乎未考慮到當時的殖民狀態底下，人民利用文化與政治上的陽奉陰違所達成的倖存策略，而他們基本上是接受國民黨厭惡台灣曾受日本統治的那種心態。

對這些作家而言，日本人的霸權與支配不只是全盤性，而且其所遺留下來的資產更是導致台灣精英與國民黨彼此衝突的導火線。在第三章裡，他們提出說「台灣精英認爲國民黨政府不願意給台灣人更多的就業機會」，這種看法是站不住腳的，因爲比起日本政府，中國政府更加致力於培養本地的精英，一直努力想將更多的政治權力交給台灣人。他們說「在高層次的六級公務人員裡，國民黨訓練了二千二百個台灣人，而只培養了三百零五個外省人。又在一九四五年十月至一九四六年十月之間，也培訓了四千二百九十六個台灣警察，而只培訓了三百九十六個外省警察」（頁六七）。另外，國民黨也在一九四六年四月提出新憲法，而且召開市鎮的議會選舉。由於這種權力下放的選舉已經逐漸發展，這幾位作者認爲台灣精英實際上沒有充分的理由來反叛他們的「解放者」。

既然政治不是眞正的原因，那麼比較可能的兩個原因當然都是和經濟有關的。一個是日本人被充公的資產，另一個則是農產品的缺乏與通貨膨脹。在日本人的財產被充公之後，國民黨並沒有將它們分配給台灣人，因而引起台灣精英和士族的不滿。另一方面，國民黨政府來台之後不當的經濟政策導致嚴重的通貨膨脹，便成爲本地人不滿的動亂之源。這些作者說「在陳儀的政權之下，最大的問題是在於經濟危機。在一九四六年之後，經濟的問題日益嚴重，也因而導致台灣人與新政權的衝突。是這種經濟上的嚴重局面，導致都市人對新政權不耐而引發了一九四七年的二二八暴動」，由於他們的觀點基本上認爲經濟是主要因素，便把二二八的起源定在八盒香煙被台北市公賣局徵收此一事件上。此事發生在一九四七年二月二十七日，由於官方強迫一位婦人交出她私人所販賣的香煙時誤殺了路人，而引爆了一場嚴重的都市動亂，且一發而不可收拾。此種論點，基本上可說是在歷史的發展上找到證據，賴澤涵等人雖一方面強調經濟的問題，表示是經濟導致二二八事變，但是他們同時也說當這些群衆集中在一起時就高喊一些口號，如「陳儀的公賣機構下台」、「台灣自主」、「新民主」、「撤除公賣局」、「陳儀帝國下台」、「暴君下台」等等（頁一一〇）。從群衆所喊的這些口號裡，我們很明顯地發現台灣人似乎比較關懷民主化而不是經濟問題。

此書另一個令人迷惑的地方是它並沒有要任何人爲二二八事變負責任，大致上只認爲那是士兵過度鎮壓而導致一些失當的行爲，而從陳儀到蔣介石，以及一些參與這些事件的高階層官員都不須負任何責任。這幾位作者的看法是此事變是由於族群之間的緊張關係所導致的，是一種彼此互相激盪之後的自然結果，因此不須任何一方爲另一方負責。另外，他們還提出一個種族上相連的「我們族群」(we group)的概念，也就是台灣人認爲他們是被外來較差的族群欺侮，甚至被當成犧牲品，因而在內心裡有一種不堪的感受，最後這種感受便爆發成爲一種對另一個族群，即「他們族群」的暴力行爲，而這正是此事件的核心所在（頁一七三）。他們論斷說「如果沒有我們族群被犧牲迫害的深刻感受，就不可能發生二二八事變」。我認爲中央與海岸，大陸相對於台灣，「我們」和「他們」的立場，此種範疇的劃分是相當唐突的，而且對許多方面而言都是謬誤的。首先，台灣人從過去一直到現今都始終沒有成爲一個所謂完全和諧的「我們族群」，從殖民的歷史與族群之間的種種紛爭來看，並不曾有一個完全和諧而且能和外來者完全對立的族群意識形成。在「我們族群」這種看法裡，原住民與其他的族群都一律被視爲是台灣人，以便和外省人彼此相對立。此種看法，我認爲是太過簡單，而完全忽略了許多特殊的族群經驗，及其族群衍生(geneologies)的歷史。其次，怪罪於種族所彙總的「我們族群」此種論點的這幾位作家，其實又重新強調意識形態之間的對立關係，也就是當初促成二二八事變的立場又再度被提出來加以強化。我想這是意識形態上很不足取的立場，尤其是目前有一些居住在台灣的作家，卻往往採取大陸中央的觀點，以中國史種種變遷的方式來看台灣島嶼的邊緣歷史。此書同時也觸及二二八事變及其餘緒，也就是此事變與五〇年代白色恐怖之間的關係。白色恐怖所擴張開來對知識界與政治界的迫害，甚至到現在基本上都還沒有完全消除。而這其間的關係主要是因爲蔣介石到台灣之後，便認定該事變是由一群共產主義者所推動，所以他寧可錯抓一百個無辜者，也不願漏抓一個共產黨。在這種概念下，他以文字獄的方式斷送許多無辜者的生命或者是其政治生涯。一直到他死的那一刻，他還是認爲二二八事變是由共產黨一手策畫的。因此我認爲若不提此點，便無法將該事變的後果做一個清楚的交代。在此書裡，作者們一再將陳儀與共產主義者的責任澄清，同時他們也暗示蔣介石對此事變的處理方式非常明智，認爲他從歷史中得到啓發，希望能夠邁向民主，也因此台灣的民主才變得可能。這種觀點其實是誤導讀者，讓他們以爲後來的蔣介石與白色恐怖時期的蔣介石是不相干的。如此片面而又偏見地運用一些歷史材料來提出歷史「眞相」，基本上是很難令人信服的，因爲他們常常只是倚賴一、兩個人的記憶或文字來證明他們的論點。像他們以彭明敏來做爲所有台灣精英的例子，認爲他和中國文化並沒有什麼具體的關聯（頁一八）。刻意舉彭明敏來當做台灣精英的代表，我認爲是一個很值得商榷的選擇，因爲彭氏本身是台灣獨立運動的領導者之一，而將他視爲是台灣精英的代表，這些作者似乎在暗示所有的台灣精英都支持獨立，然而事實並非如此。一直到現在，台灣的大部分精英對台灣獨立運動或是其他的社會運動並沒有非常認同，這可以從在爭取獨立運動之中，民進黨和獨盟之間所產生的問題看出。

我之所以提出這本書，是因爲它是以英文寫作在美國出版，而且它在許多方面和克里斯朶夫的假設有若干雷同之處，而一些本地學者和作家以中文寫的二二八敍述史，就不那麼地受到國際學者的重視，因而也無法得到國內學界的尊重或注意，畢竟洋人的觀點遠比本土人士的觀點要來得受政治界的器重。本土學者的論點不只在國內外沒有受到應有的注意，甚至在《悲劇的開端》此書裡也沒有被大量列入。如藍博洲、李筱峰、林雙不這些人的觀點，他們是想以本土的方式，針對本地的讀者來寫一部新的國家歷史，因此他們的觀點主要是放在這些消失了的台灣精英的生平與事蹟上，大致上是撰寫這些受難者的傳記，以便讀者可以認同他們，並在他們身上找到若干過去和現在可以互相對應之處。透過閱讀，明白彼此其實都是處在一個不自由的社會之中。換言之，他們希望讀者從過去的事變之中學到一些經驗，以便能夠對應現代的社會並有所省悟。這些作家，基本上是用非常憂傷的筆調來回顧此一悲劇，並且對早期知識份子所嚮往的歷史轉折點有所懷念，希望能夠重新促使眞正的政治改革，而且能夠在邁向歷史的變化之中有所承擔。

㈤、悲情城市

念舊與對於過去的理想描述，基本上是《悲情城市》這部電影的背景。透過一位既聾又啞的攝影師來呈現當時二二八事變如何轉變成爲一個無法控制的場面。對導演侯孝賢而言，這部電影既是也既不是討論二二八事變，在威尼斯影展時，他和策畫詹宏志都將此部電影說成是政治電影，但是在得到金獅獎之後，侯孝賢在台北的一個記者會上則說該電影並不是關於二二八事變，而是關於生活在自然法則下的男女人的命運。我不知道他這種自我解釋的方式，是否是一種自我監督，或者是一種自白。不過，爲了避免追溯作者的意圖這種錯誤，我們只好仔細來看此影片中的一景，有幾位台灣的知識份子在攝影師的家裡高談闊論，商量如何利用國民黨來發揮他們的政治作用。這些知識份子，基本上是在一個私下的空間裡展開公共論述，他們希望在對全台灣的人民都有利的原則下，達成一個共識。當他們正在產生這種公共論述的同時，攝影師與其未婚妻兩人是在一種完全不同的氣氛與處境裡，他兩人是在私下的感情世界之中互相吐露彼此的愛意。這些知識份子是從私人的世界邁向公共場域，從現在步向未來的改革，而這對戀人卻仍停留在私下的領域，聆聽古時的音樂，緬懷早期那種美好的日子。

就在公共與私人，政治與個人，政治熱誠與懷古念舊等種種的對立和張力之中，我發現此部電影是相當有趣的，因爲它不只引導觀衆回到四〇年代，台灣公共場域正在形成而最終消失的一個事件上，同時它也顯現出即使在四〇年代後要來討論這個問題還是一樣地困難，甚至有其焦慮。在面臨公共場域正在成形的關鍵點上，攝影師基本上是想從公共的空間轉移而停留在私下的領域裡。然而有趣的是，他卻讓這些知識份子到他的家裡討論公共的事件，也因此他被陷入白色恐怖之中。所以可以說，一方面想要逃避，但另一方面又被陷入，這種兩難的局面正是攝影師，亦即是侯孝賢他的矛盾觀點。也許就是因爲如此，他才安排該電影的主角是個既聽不到又不能說話的攝影師，儘管他想藉此裝聾作啞而避免介入而引發一些麻煩，但是最後他還是得涉入政治，就如同該片中的攝影師雖然既聾又啞，但最終還是被認爲是和共產主義者有關的異議份子而被抓去槍斃。也就是說，侯孝賢他雖極力想要擺脫公共的批評、公共論述，但是終究無法逃脫。當然，我們也可以說他運用這個聾啞的攝影師來強調視覺效果，因爲身爲電影導演，基本上他的最終關懷是在於視覺效果。而飾演攝影師的梁朝偉剛好是一位香港影星，並不會說國語或閩南語，所以最佳的策略便是裝聾作啞，但還是無法藉此來逃脫公共的論述。相反地，聾啞的人物反而讓此事件更富於悲劇性，而引發更多的問題。

其實，運用這麼一個聾啞的角色，導演他保存了一種兩難的矛盾，一方面讓他什麼話都不說，另一方面卻又無所不說。而在面對人類的暴力與殘酷之時，侯孝賢經常以一種永恒沈默的方式將鏡頭轉向遠方的自然景觀，或對著山或對著海，來看待人類生命的消失與倖存的歷史。在該片裡，女人基本上是和自然互相庇護的，女人因爲善於靜觀而成爲倖存者並得以爲歷史作見證。這個電影故事便是透過攝影師之妻的日記重新整理出來的，也就是她的公共角色是在於揭露她自己的私人生活紀錄。有趣的是，這種私人與公共是在一種性別微妙，自傳與歷史之間的對立與關聯之中呈現出來的，而這也正是此部電影最微妙且矛盾之處。

這種聾啞政策是相當聰明且又易於操縱讀者和觀衆的，既能夠讓各種詮釋同時出現，又可以不表明本身的立場。在威尼斯國際影展裡，大家都認爲這是一部政治電影，但在回到台灣之後，卻又是另一個故事。在國際上，它被視爲是台灣逐漸邁向民主、揭發暴政而重新出發的一個重要歷史見證。也就是說，在台灣漸漸步向市民社會與國際化的局面之中，提出台灣的現代化與民主化，是這樣的議題使得這部電影引起國際間的關注，這原是政策上的決定，但是在幾個星期回到台北之後，侯孝賢卻公開表態說其實這部電影並無意討論二二八事變，而只是以其爲背景，來呈現出比人更大的一個主題——自然法則。

不管侯孝賢的眞正旨趣爲何，《悲情城市》這部電影已在世界各地和台灣本地有各種不同的詮釋。在日本，觀衆們在片中看到他們早期所遺留下來的台灣，以及他們早期的殖民經驗，而發現到這個島嶼是如何受中國政府的凌虐。在香港，引起人們想到天安門的屠殺，甚至讓他們感受到在一九九七年回到中國大陸的懷抱之後，所可能發生的一些問題。在大陸第五代導演的身上，我們也見到這部電影的一些影響，甚至於是一些焦慮，認爲台灣已經走得比大陸更前進，這引發了他們的畏懼和羨慕。而在這片子的故鄉——台灣，由於它在國際間的名氣，使得人們在對於二二八事變的歷史關懷與美學關懷之間擺盪，而不知應如何來看待這部電影。它讓一般人看到二二八事變及其慘重的後果，它另一方面也讓許多人開始注意到一些問題，也就是不能再讓另一個二二八事變，或是一些非法的新社會運動來干擾、破壞台灣目前既有的經濟繁榮和政治民主。而這種觀點，基本上是官方製定的二二八史裡所明白提出的，如從省文建會與各種由國民黨所資助編寫的二二八歷史文獻裡都可以看出此一觀點。

每一年的二二八紀念日，在立法院裡，民進黨都要以此一議題逼迫國民黨邁向民主化，而在一九九四年的二二八紀念日尚未來臨之前，二二八事變彷佛已經被淡化，而國民黨卻愈來愈橫蠻霸道。在如此的情況之下，公共場域一再變成是私人與政黨利益的輸送空間。二二八事變雖已在台灣各地立下歷史的碑塔，但卻逐漸變成是一個灰色地帶。透過各種敍述體，它儼然成為一個引發公共論述的議題，同時它也逐漸邁向私人的空間，由一些受難者的家屬來提出他們私人的要求，希望將二二八暫時擱置，或者只紀念自己的先輩。在許多社會運動裡，二二八事變所引發的是一個可怕的陰影，讓許多父母親與一般市民深切感受到絕不能讓另一個二二八事變發生。而所有討論新社會運動與市民社會公共場域的論述，基本上都是在二二八的陰影底下爭取其合法性，或者是想像其危機與可能性。在此種處境裡，二二八的歷史似乎一再地出現，但卻一再和私人的歷史與某些特殊的關懷彼此交融，而不再容易找到一個客觀而普遍的敍述體。然而有一點，我們必須承認，二二八事變及其所造成的陰影、鬼魂，並不是像許信良或是克里斯朵夫他們所相信的已經消失了，至少在有關於此事變的寫作和想像方面，二二八並沒有完全過去。

（本文較早的版本曾刊登於 *Public Culture* 5-2）

參考資料

英文引用書目

Bourdieu, Pierre, and Jean-Claude Passeron. *Reproduction in Education, Society and Culture*. 2d Ed. London: Sage, 1990.

Fraser, Nancy. "Rethinking the Public Sphere," in Craig Calhoun, Ed. *Habermas and the Public Sphere*. Cambridge, Mass.: MIT Press, 1992a. 109-42.

———• "Sex, Lies, and the Public Sphere: Some Reflections on the Confirmation of Clarence Thomas," *Critical Inquiry* 18 (Spring): 595-612, 1992b.

Habermas, Jürgen. *The Structural Transformation of the Public Sphere: An Inquiry into a Category of Bourgeois Society*. Thomas Burger and Frederick Lawrence, Trans. Cambridge,

Mass.: MIT Press, 1989.

Kristof, Nicholas D. "A Dictatorship That Grew Up," *New York Times Magazine* (February 16): 16-21, 51-53, 56-57, 1992.

Mbembe, Achille. "The Banality of Power and the Aesthetics of Vulgarity in the Postcolony," *Public Culture* 4 (No. 2): 1-30, 1992.

Lai, Tse-han, et al. *A Tragic Beginning*. Stanford, Calif.: Stanford University Press, 1991.

中文引用書目

陳師孟《解構黨國資本主義》(澄社，一九九一)。

陳映眞《美國統治下的台灣》(人間，一九八八)。

杭之《後美麗島的民間社會》(唐山，一九九〇)。

台灣省文獻委員會，《二二八事件文獻輯錄》，一九九一。

何方編《台灣新反對運動》(唐山)。

藍博洲《沈屍・流亡二二八》(時報文化，一九九一)。

李筱峰《二二八消失的台灣菁英》(自立文化，一九九〇)。

既聾又啞的攝影師

《重寫台灣史・附錄1》

自從《悲情城市》上映以來，已引起了許多回響，七十八年十一月號的《當代》，曾經舉辦了一場座談會，邀請吳密察、齊隆壬、田村志津枝等人參與座談。有趣的是，會中每個人都提到了朱天文、侯孝賢為何以一個既聾又啞的攝影師，來代表二二八事件的見證人。大家都覺得相當困惑，認為如果能換成正常人，應該可以講得更清楚，表達得更深刻。雖然大家都提到了這一點，但卻都沒有做更詳細而深入的討論。在本文裡，我將嘗試討論朱天文、侯孝賢為何以一個既聾又啞的攝影師來處理二二八及相關事件，而且由一個女性敍述者（攝影師的妻子吳寬美）以日記的方式來述說這個台灣家庭的變故，並揭露出整個血淋淋的事件，這種安排，相對於侯孝賢本人自稱「《悲情城市》不是談二二八事件」的說法，十分具有暗示作用，似乎把導演及攝影者加以類比，把編劇者及受難的女性加以聯想，表現出這些人對政治問題的替代及錯置，甚至於以一種裝聾作啞的方式，表現出他們對政治敏感問題的內在自我檢查，因此使得電影怯於面對這種文化及政治的象徵暴力，而一再用鏡頭轉換及唯美的手法，來掩蓋這個政治事件所造成的傷害以及可能帶來的反省。是以一種美感的反昇華及政治上的無可奈何，來代替、甚至壓抑眞正須面對的問題。

一連串的替換與錯置

迷走已經在一篇文章裡（編按：指〈環繞《悲情城市》的論述迷霧〉，見《新電影之死》），提到侯孝賢等人的雙重標準，在國外將《悲情城市》稱爲國民黨的「六四事件」，回到國內後卻改口說這部電影是藝術，而非光談二二八事件。這種模稜兩可的態度，不禁令人不得不懷疑這部電影在政治層面的考量，吳密察等人已經講出侯孝賢電影裡的二二八事件，其實是非常主觀且片面，甚至還有許多錯誤，因爲二二八事件牽涉了許多老一輩及年輕一輩的台灣人，他們的政治理想基本上是日式的社會主義而非共產主義，對知識份子參與的描寫也過分狹隘，生於流氓世家的攝影師和醫師作爲兄弟的安排也相當不協調，這些都令人相當困惑。日本翻譯者也對朱天文和侯孝賢，對日本歌曲、櫻花和武士刀的唯美表現方式，感到詫異，這種不加反省的崇日態度，甚至連日本人都感到納悶。不過最值得注意的是，每當政治問題快出現時，鏡頭總馬上轉移，從眞正的政治迫害及暴力事件，轉至山嶽、海洋及漁船，試圖以山川之美及靜態的風景，來替代及錯置（displace and misplace）眞正的問題。電影一開始，就因人物過度複雜，使人沒辦法了解眞正的角色以及他們的作用，常常一個情節正要展開時，馬上就轉移至另一個狀況，而這個狀況未處理完，就又轉至另一個景觀，以非常聰明而善變的方式，導演暗示性地將許多原本可以細部處理的事件一筆帶過。最令人納悶的是，影片中最重要的二二八事件，只出現了外省人和本省人衝突的場面，及攝影師在火車上的驚險遭遇，而這兩幕也都沒有做更清楚的交代，馬上就將鏡頭轉換至事後的情況。這種鏡頭轉換的方式，再加上角色安排是由既聾又啞的攝影師來承擔，不禁讓我們感到導演及編劇在處理二二八事件上的用心良苦。

「看」就「信」的意識形態

我們都知道，自文藝復興後，在各種認知官能(faculty)上，視覺變得愈來愈重要，視覺及書寫(writing)自文藝復興後變成最具支配性的認知媒介(means to know)。在早先，人們的聽覺、嗅覺和味覺等都和視覺一樣重要，因此不會被書寫和主觀的詮釋所支配。隨著視覺的重要性的提高，整個政治及媒體的宰制就變得更加複雜，人們因爲只能看到東西，只能將「可被看到的東西」及書寫當作主要的媒介，所以知識變成是可見的，必須以可見的方式表現它的權威，這就構成所謂「可見性的意識形態」(ideology of visibility)，這種現象尤其在電視及電影上最具有壟斷性的作用，因爲我們沒辦法看到框架及剪裁的過程，只能看到銀幕上的動作，把這些部分的景觀變成好像是整體事實的一環，好像是眞正存在那邊的歷史，把銀幕上片段的活動，看成是歷史的部分，而且是部分的整體。這種「看到就相信」(seeing is beliving)的態度，構成認知及感覺的操縱及宰制。

透過一個既聾又啞的攝影師來看這個事件，以及一個沒有發言權的女性來揭露這個家庭變故的始末，導演及劇作家可以說非常巧妙地運用了「可見性的意識形態」，以及轉換鏡頭的操縱手法，因爲老四林文淸無法聽及說，他就變成最模糊、最微妙的沈默，在政治上可以把事情沈默化(politics of silencing)，把一個本來可以講出來或眞正聽到的事件，變成以非常片面的方式，透過書寫(在紙條上寫字)，以非常簡潔的方式，來表達他的觀念及想法。從這裡我們也可以看出：整部電影，劇作家及導演可說是以非常書寫性的方式表達出他們對二二八事件的看法，他們拒絕了許多人對二二八事件的說法，因爲他們不聽，以一種近乎裝聾作啞的方式，拿二二八事件當背景畫出他們所想要的圖像，就好像既聾又啞的攝影師一樣，常常在相片洗出之後，對底片做一些修補及編輯的工作。

官方「看」法

侯孝賢對二二八事件也是以一種唯美修飾性的方式來表達，每當遇到一些核心的敏感問題，鏡頭就轉至永恆的自然，以一種非常念舊的方式，試圖以田園的和祥來取代及錯置人世間不幸的政治壓迫，表面上看來是非常人文主義式的關懷，似乎是對人類的愚昧及暴力表現出某種同情與昇華，但是這種情緒性的念舊及轉移，卻無法眞正觸及問題的核心。而且當導演一再以同樣的手法，非常短暫地描述國民黨軍隊對躲在山裡的社會主義工作者的鎭壓及屠殺，這種一再重複的手法，使得我們不得不感到，整部電影充滿了弗洛依德所說的「重複的衝動」，想要以重複及轉移的方式，來操縱及組構另一種無可奈何的情緒。最令人納悶的是，朱天文所使用的基本上是官方的資料，因此影片對二二八事件的處理，就隱約透露出陳儀政府(國民黨)對台灣人民的寬容，而採取戒嚴也是爲了維護所有台灣人民的安全，在廣播中表現出官方的懷柔及明智。廣播的聲音有點影射蔣介石，雖然似具有反諷、好笑的效果，但鏡頭一轉，政府又變得持忍受、懷柔、沈默的態度，靜觀其變。相對於這一點，台灣人的暴力則表現在老大的流氓氣息及幫派間的私鬥，甚至於在二二八前夕對外省人的殘暴態度，這使人感覺到台灣人的專橫、野蠻及不理性，似乎認爲二二八事件是由這些不理性的人所造成。

雖然在電影裡也提到上海佬(阿山仔)的奸詐，而且對外省人與本省人的衝突，也以伏筆的方式講出本省人的憨直，及外省人的老奸巨滑，但是那些上海佬畢竟只是少數不肖的外省人，並不代表眞正「大公無私」的政府。

女性：沈默的忍者

在這影片裡，本省人的代言人吳寬美是一個忍受各種不公平待遇，而充滿了愛心，能以她的耐性來感動旣聾又啞的攝影師，透過她的日記，我們看到了整個家庭的變故。以女性的眼光來講這個故事，當然有它暗示性的作用，及較豐富的意涵，因爲女性是比較沒有發言權的，以她敏感的觸覺，可以看到許多男人無法看到的東西，另外由於她沒有實際參與政治，因此得倖免於難，所以成了歷史的見證及時代的代言人。然而吳寬美這個角色，在電影裡是一個相當內斂及沈默的女性，以她的觀點來看二二八事件，基本上是以一個受難者家屬的身分來述說，同時她的信是寫給另一個女人，因此是女性之間的交往，表現出在政治動亂之間，如何以堅強的耐性及智慧，靠著較實際的常識生存下去。由於她們只是協助而非眞正參與，因此女人在歷史上只是次等的地位，並不是完全主動，所以她們的聲音代表的是旁觀者的立場，以一種主觀的書寫，呈現出她們所觀察到的較片面的事件。而且以一個倖免者，她所講出的是無可奈何的悲情，及不明所以的安天知命，這種意識形態，基本上由吳寬美這個角色傳達出，是一個既能愛人又可原諒，同時把希望寄託於明天的堅強女性。

由於她是一個可以忍受，而且不願在公衆面前以實際方式表現出立場的人，所以就以她的書寫來呈現這一段時間的歷史，基本上是以一種沈默化的態度呈現出某種不敢碰觸的問題，以這樣的方式，將她的觀點模糊且間接地表現出來，身爲一個護士，吳寬美是要來治療歷史的傷口，而以一個母親的身分，她是要來綿延這些政治犧牲者的後代，使得整個群體可以繼續生存下去，在這「衆人喫、衆人騎，沒人疼」的壓迫下，發展出個人的空間。這種以女性的方式，來包紮、掩蓋歷史，因此可以繼續忍受，而得以在創痛中存活下去、綿延不絕的生生不息的看法，其實是相當傳統而被動的，這也許是爲什麼朱天文和侯孝賢選用了吳寬美來表達出人在政治中的悲情及無可奈何，而對於現狀以一種懷念，而非批判的方式來呈現。

朱天文在《悲情城市》十三問裡說，侯孝賢希望能拍出「自然法則底下，人們的活動」。所謂自然法則，也許就是無可奈何的悲情吧！如果眞是這樣，《悲情城市》只不過是一種情緒性的反應，而稱不上是一齣悲劇；只是個人的抒情，而算不上是歷史的敘述及反省。

《重寫台灣史‧附錄2》

歷史的揚棄？

——再論《悲情城市》

去年我應邀參加了三次討論《悲情城市》的座談會，在理念上，使得我更加相信，《悲情城市》絕不是一般所謂的藝術品而已，而是某特定社會及文化的產物，也就是說它並不是純粹爲藝術而藝術。事實上，也沒有哪種東西是不受時間及空間限制，我們都知道，「人」（不管男人或女人）總是在他無法決定的條件下創造歷史，一方面他似乎自由地創造自己所要的藝術、文化，但另一方面卻受制於所處的環境及歷史條件，而受到當時的社會及意識形態的模塑，沒有辦法脫離那社會化形成的過程。因此，藝術絕不可能從歷史中抽離出來，就好像《儒林外史》絕不可能出現在今日非科舉考試的社會，我們可能有的是像《拒絕聯考的小子》這樣的作品，而不可能再有《紅樓夢》或白先勇《台北人》這樣的作品出現，因爲歷史環境已經改變，使得藝術表達的理念也隨之改變。

《悲情城市》可以說是因解嚴後對政治題材的注意，而「六四天安門事件」又提高了它在國外得獎的機會，這些都是幾年前，甚至前一個世代，所沒有的條件。因此，實際上這部作品徹頭徹尾都受到時代的塑造及影響，而無法將它和文化歷史條件，以及導演對歷史文化的認同感分開來談。由於《悲情城市》和歷史及文化有相當密切的關係，而且表現出朱天文及侯孝賢這些藝術家們對台灣早期歷史的態度，以及他們對這段歷史的重寫，所以讓我們仔細來談談電影裡的一幕，就是吳寬榮及他的朋友，在既聾又啞的老四文清的居所談論台灣的前途，正當這幾個知識份子熱烈地討論國民黨來台之前，台灣文化的遠景，表現出他們積極的烏托邦理想時，寬美及文清卻在另外一邊聽音樂，文清是聽不到音樂的，因此寬美用寫字條講解給他知道，透過紙面的談情以傳達彼此的理念，而且隨著音樂，兩個人陶醉於浪漫的氣氛之中，值得注意的是，在這一幕中，侯孝賢將兩個歷史並置，表現出兩種對歷史不同的態度。吳寬榮這些志士們是要創造歷史，他們向前看而且是前進的、動態的，世界透過思想的溝通與行動來表達，他們是動力的來源，但在電影裡這卻只是在限定的空間（也就是房間）中進行；而另一方面，文清與寬美的態度則是反歷史的，是超越歷史的，浪漫而主觀地迴避歷史，注重的是個人的溝通與情感的交流，而不牽扯進另外那一群人正進行的客觀及大衆的歷史裡，他們是疏離的，而隔離於另外一個情感及藝術的空間中，得到個人主觀及抒情的和諧。他們在聽的音樂已相當老，而且從留聲機的構造看來也是相當念舊，正好和他們主觀、浪漫及後退的歷史觀吻合。

因此，這一幕相當巧妙地表現出侯孝賢的兩難，一方面他想表現出那些創造歷史的人的活動，但卻把他們放在一個密閉的房間中；而另一方面，他選擇文清及寬美當電影的主角，則表現他對歷史的態度，也是念舊的、主觀的，毫不在意眼前所正在進行的，反而只是陶醉在旋律及兩人的世界中。在這一幕裡，我們已經知道，侯孝賢對過去、大衆的記憶及歷史，採取的乃是抒情而主觀的態度，甚至將發生在二二八事件前後的事情混淆處理，這是侯孝賢的錯誤，同時也是他抒情式態度的表現，在文清及寬美的這一幕裡，已充分表現出他們對歷史的揚棄。然而對歷史的拋棄及不加理會，仍然使得文清及寬美成爲歷史的受難者，仍然無法躲過二二八事件的牽累，就好像所有的台灣人，包括導演、編劇及觀衆，甚至沒有進到電影院的人們，都逃不了二二八所帶來的傷害。這也是這部電影反諷的地方，它一方面讓人覺得好像和二二八事件沒有直接關聯，但另一方面卻又表現出所有事件，甚至連國民黨都脫不了關係，而像文清和寬美這樣與世無涉的人，都免不了受到政治和歷史的牽累，無法脫離整個大衆活動的影響，他們也成了二二八事件的受難者，雖然並沒有眞正參與這個事件。

所以，雖然對歷史裝聾作啞，但歷史卻又回過頭來發揮它的影響力，讓那些被刪剪、忽略，及曲解的事件，又重新進入大衆的記憶，銀幕上某些片段所傳達的訊息，又使得我們憶起二二八這個歷史事件及其餘響，就像弗洛依德所說：「被壓抑的總是要再回來。」也就因爲如此，所以這部電影顯得是那麼矛盾，侯孝賢強調這部電影不是在談二二八，但電影裡面卻圍繞著二二八事件，雖然在電影裡二二八這個辭彙並不構成明顯的指涉，但所有的人，包括導演，卻都變成二二八事件的受難者，連他都不敢眞正去面對。因此，雖然委託他拍攝的是民間製片廠，似乎不須爲國民黨掩蓋事實，但侯孝賢仍然採取非常曖昧寬柔的態度，而將國民黨與二二八之間的關係拉得非常疏遠，而且在許多手法上，似乎是在批判，但卻又將它指涉至大自然寧靜、包容及受苦受難的意涵，以及憂患而生生不息的精神。所以，在許多事情上，他一方面想表現人性的愚昧與殘酷，但一方面他又輕描淡寫地將人整個壓抑，而由自然表現出超越人情與歷史的寧靜，但是身爲特定歷史文化中的成員，導演是否能像山川海洋那樣的超越、客觀及寧靜呢？這是整部電影令人玩味的地方，而且也是這部電影在潛意識中無法完全克服的破綻、矛盾及困難，總是在寧靜的大自然畫面中凸顯出來，讓我們重新意會到一些現在已無法看到的血腥野蠻暴行，那就是已被排斥、扭曲及沈默化後的歷史。

隨著二二八紀念日的到來，也許我們應重新思考有關政治潛意識及文化詩學的問題，是不是在許多政治運動及文化活動中都已經接納，甚至內在化了許多已被曲解、抹除的陰影，而變得過度以壓抑或者狂歡、賭博、兇殺的事件，來舒暢情緒的累積，這是當我們從這部電影來思考台灣的政治、文化前景時，所不能忽略的。要用什麼方式，才能了解這些潛意識裡的問題，而讓號稱解嚴後的台灣，在種種學術分析及媒體炒作下，慢慢走出被檢查、破壞及扭曲的陰影，以發展出溝通的理性，這正是二二八來臨以前，我們應思考、企盼的。

國立中央圖書館出版品預行編目資料

回顧現代 : 後現代與後殖民論文集 =
Modernity in re-vision : reading
postmodern/postcolonial theories / 廖炳惠
著. -- 初版. -- 臺北市 : 麥田, 民83
面 ; 公分. -- (麥田人文 ; 3)
ISBN 957-708-196-7(平裝)

1. 文學 - 論文,講詞等

810.7 83007946

麥田出版有限公司

・郵撥／16008849　麥田出版有限公司
・地址／台北市新生南路 2 段 82 號 6 樓之 5
・電話／(02) 3965698（代表號）

麥田文學

1.想我眷村的兄弟們	朱天心／著	140 元
2.我的帝王生涯	蘇　童／著	150 元
3.相思子花	鄭清文／著	160 元
4.燃燒之後	鍾曉陽／著	180 元
5.薩伐旅	劉大任／著	130 元
6.美國・美國	張北海／著	140 元
7.下午茶話題	朱天文／朱天心／朱天衣／著	130 元
8.企鵝爸爸	小　野／著	130 元
9.綠色陷阱	葉兆言／著	130 元
10.逐鹿中街	王安憶／著	130 元
11.青春小鳥—王洛賓傳奇	吳淡如／著	130 元
12.我是你爸爸	王　朔／著	180 元
13.一個朋友在路上	蘇　童／著	150 元
14.後青春期症候群	朱　衣／著	130 元
15.初　旅	東　年／著	130 元
16.悲情布拉姆斯	雷　驤／著	130 元
17.少年之城	王宣一／著	130 元
18.殤逝的英雄	葉兆言／著	140 元
19.藍色玫瑰	林宜澐／著	140 元
20.家庭之旅	陳　黎／著	140 元
21.夢的攝影機	路寒袖／著	130 元
22.戲夢人生—侯孝賢電影分鏡劇本	侯孝賢／吳念眞／朱天文／著	150 元
23.離婚指南	蘇　童／著	140 元
24.走過蛻變的中國	劉大任／著	120 元
25.南方青春物語	童　雲／著	140 元
26.食妻時代	羅位育／著	140 元
27.眼耳鼻舌	許悔之／著	130 元
28.薛理陽大夫	張貴興／著	130 元
29.斷掌順娘	彭小妍／著	140 元
30.武則天	蘇　童／著	150 元

31.詩生活	侯吉諒／著	150 元
32.枕頭邊的音樂會	陳樂融／著	140 元
33.帶隻杯子出門	喻麗清／著	140 元
34.公開的情書	路寒袖／編	140 元
35.是誰在唱歌	林俊穎／著	130 元
36.光之留顏	羅任玲／著	130 元
37.滄桑男子	張　錯／著	140 元
38.活著	余　華／著	150 元
39.雁行千山	楊　明／著	130 元
40.X小姐／重新開始	姚一葦／著	130 元
41.不談愛情	池　莉／著	150 元
42.可愛的女人	小　野／著	140 元
43.威尼斯日記	阿　城／著	130 元
44.多桑：吳念眞電影劇本	吳念眞／著	150 元
45.紅房子酒店	葉兆言／著	140 元
46.十一擊	蘇　童／著	140 元
47.采集陽光與閒情	劉靜娟／著	140 元

企畫叢書

1.彈指乾坤——蓋茲微軟傳奇	陳正平／譯	300 元
2.歐洲大趨勢——未來的 10 個方向	李宛蓉／譯	250 元
3.創業家	陳輝吉／著	280 元
4.行銷大師法則——永恒不變 22 誡	蕭富峰／譯	200 元
5.談判大師手册——195 則攻防經典	劉麗眞／譯	320 元
6.打開成功的心門——10 個自然法則／掌握時間、規劃生活	劉麗眞／譯	250 元
7.組織的盛衰	呂美女・吳國禎／譯	280 元

運動家

1.亞洲巨炮呂明賜	呂明賜・陳錦輝／著	200 元
2.金臂人黃平洋	黃平洋・陳正益／著	200 元
3.火車涂鴻欽	涂鴻欽・羅吉甫／著	200 元
4.鬥魂林仲秋	林仲秋・黃麗華／著	200 元
5.東方超特急郭泰源	黃承富／著	160 元
6.笑遨職棒	賴山水／著	160 元
7.空中飛人——麥可・喬丹	唐　諾／譯	150 元
8.無法無天——查爾斯・巴克萊	陳逸群／譯	150 元
9.點石成金的手指——魔術強生	林志豪／譯	150 元

10.白色守護神——大鳥勃德　林志豪／譯　160 元
11.空中火力——大衛・羅賓遜　鄭初英／譯　150 元
12.郭李建夫阪神日記　黃承富／著　130 元
13.完美的籃球機器——天鉤賈霸　林志豪／譯　150 元
14.唐諾看ＮＢＡ　唐　諾／著　150 元
15.美式足球學習入門　陳國亮／著　130 元
16.信不信由你：籃球篇 1　林志豪／譯　130 元
17.信不信由你：籃球篇 2　林志豪／譯　130 元
18.棒球經　瘦菊子／著　130 元
19.諾蘭·萊恩——投手聖經　王希一／譯　150 元
20.棒球王子廖敏雄　廖敏雄・黃麗華／著　150 元
21.鷹雄——時報鷹球迷手冊　李　克・陳偉之／著　150 元
22.洛基林明佳　黃承富／著　130 元
23.永恆的飛人——麥可喬丹自述　唐　諾／譯　800 元
24.俠客出擊——歐尼爾自傳　林大容／譯　160 元
25.世界盃足球大賽　唐　諾／譯　220 元
26.葉國輝開講——棒球　葉國輝／著　150 元

Guide 新學習手冊

單元一／生涯之路

1.企畫一生　Elwood N. Chapman／著　文　林／譯　160 元
2.好的開始　Elwood N. Chapman／著　文　林／譯　160 元
3.相得益彰　Pamela J. Conrad／著　吳怡慧／譯　160 元
4.進退有據　Elwood N. Chapman／著　文　林／譯　160 元

單元二／個人成長

5.尋找標竿　Barbara J. Branam／著　廖誠麟／譯　160 元
6.自信自尊　Connie Palladino／著　文　林／譯　160 元
7.人生態度　Elwood N. Chapman／著　雷佩珍／譯　160 元
8.自我改善　Crisp Publications／編　文　林／譯　160 元

單元三／自我學習

9.創造力　Carol Kinsey Goman／著　文　林／譯　160 元
10.塑造風格　M. Kay dupont／著　吳怡慧／譯　160 元
11.全神貫注　Sam Horn／著　雷佩珍／譯　160 元
12.記憶力　Madelyn Burley／著　文　林／譯　160 元

單元四／溝通藝術

13.溝通力　Bert Decker／著　劉麗眞／譯　160 元
14.如何簡報　Claire Raines／著　雷佩珍／譯　160 元
15.怎樣傾聽　Diane Bone／著　吳怡慧／譯　160 元
16.溝通要領　Phillip E. Bozek／著　文　林／譯　160 元

單元五／人際關係

17.贏在人際間	Elwood V. Chapman／著	江李恩／譯	160 元
18.兩性夥伴	Simons & Weissman／著	吳怡慧／譯	160 元
19.批評的學問	Patti Hathaway／著	雷佩珍／譯	160 元
20.說服策略	William L. Nothstine／著	雷佩珍／譯	160 元

單元六／決策智慧

21.展現果斷力	Sam R. Lloyd／著	吳怡慧／譯	160 元
22.創意決策	H.B. Gelatt／著	王德瑾／譯	160 元
23.掌握風險	Harbert S. Kindler／著	雷佩珍／譯	160 元
24.怎樣解決問題	Sandy Pokras／著	吳怡慧／譯	160 元

單元七／領導激勵

25.領袖非天生	Heim & Chapman／著	劉麗眞／譯	160 元
26.激勵士氣	Twyla Dell／著	劉麗眞／譯	160 元
27.授權之道	Scott & Jaffe／著	蕭麗華／譯	160 元
28.建立團隊	Robert B. Maddux／著	文　林／譯	160 元

單元八／工作動力

29.企畫人	James R. Sherman／著	陳俐合／譯	160 元
30.自發向上	Kurt Hamks／著	文　林／譯	160 元
31.笑轉乾坤	Terry L. Paulson／著	劉麗眞／譯	160 元
32.追求共識	Carol Kinsey Goman／著	文　林／譯	160 元

單元九／應變挑戰

33.衝突管理	Herbert S. Kindler／著	劉麗眞／譯	160 元
34.潮流擋不住	Lynn Fossum／著	劉麗眞／譯	160 元
35.未雨綢繆	Scott & Jaffe／著	江李恩／譯	160 元
36.自我挑戰	Scott & Jaffe／著	林讓秀／譯	160 元

單元十／理財規劃

37.理出財運來	Allen Klosowski／著	劉麗眞／譯	160 元
38.認識財務報表	James O. Gill／著	王德瑾／譯	160 元
39.開創新事業	Charles L. Martin／著	王德瑾／譯	160 元
40.信心就是力量	Candace L. Mondello／著	文　林／譯	160 元

單元十一／身心調適

41.打擊倦勤	Lynn Tylczak／著	江李恩／譯	160 元
42.克服焦慮	Lynn Fossum／著	劉麗眞／譯	160 元
43.追求健康	Pick Griggs／著	江李恩／譯	160 元
44.活力再現	Beverly A. Potter／著	文　林／譯	160 元

單元十二／管理技能

45.管理挑戰	Crisp Publications／編	王雪芬／譯	160 元
46.談出成功	Robert B. Maddux／著	文　林／譯	160 元

47.會議的藝術	Marion E. Haynes／著	文　林／譯	160 元
48.時來運轉	Marion E. Haynes／著	劉麗眞／譯	160 元

大人物

1.李登輝的一千天	周玉蔻／著	250 元
2.蔣方良與蔣經國	周玉蔻／著	280 元
3.誰殺了章亞若	周玉蔻／著	150 元
4.甘迺迪之死(上)	伊斯曼／譯	300 元
5.甘迺迪之死(下)	伊斯曼／譯	300 元
6.毛澤東大傳(上)	文　林／譯	280 元
7.毛澤東大傳(下)	文　林／譯	280 元

麥田有聲書系

1.台灣諺語的管理智慧	鄧東濱／編著・講解	800 元

小說天地

1.大河戀	王祥芸・林淑琴／譯	180 元
2.中國北方來的情人	葉淑燕／譯	160 元
3.傑克少年	謝瑤玲／譯	140 元
11.芮尼克探案系列——寂寞芳心	譚　天／譯	180 元
12.芮尼克探案系列——狂斷人生	譚　天／譯	220 元
13.芮尼克探案系列——刀鋒邊緣	陳佩君／譯	240 元
14.芮尼克探案系列——迷蹤記	維　亞／譯	240 元
21.絕命追殺令	吳曉芬／譯	170 元

映象傳眞

1.少年吔，安啦！	吳淡如／著	150 元
2.母雞帶小鴨	丁牧群／著	150 元
3.無言的山丘	吳淡如／著	150 元
4.浮世戀曲	周　妮／著	130 元
5.小鬼當家 2：紐約迷途記	劉麗眞／譯	150 元
6.吸血鬼	謝瑤玲／譯	180 元
7.新樂園——感受眞性情	老　瓊／著	120 元
8.最後魔鬼英雄	謝瑤玲／譯	170 元

軍事叢書

1.身先士卒——史瓦茲柯夫將軍自傳（上）	譚　天／譯	280 元
2.身先士卒——史瓦茲柯夫將軍自傳（下）	譚　天／譯	280 元

3. 飛堡戰紀——100 轟炸大隊血戰史	譚　天／譯	320 元
4. 中途島之戰——難以置信的勝利	黃文範／譯	280 元
5. 刀鋒飛行——美國海軍試飛員實錄	伊斯曼／譯	280 元
6. 山本五十六——聯合艦隊司令長官	陳寶蓮／譯	280 元
7. 戰車指揮官——現代騎士	譚　天／譯	300 元
8. 最長的一日——1994 年 6 月 6 日	黃文範／譯	220 元
9. 奪橋遺恨——市場花園作戰	黃文範／譯	380 元
10.最後一役	黃文範／譯(編印中)	
11.希特勒征俄之役	鈕先鍾／譯	240 元
12.圖說偷襲珍珠港	林光餘／譯	280 元
13.少年布希的戰時歲月	林光餘／譯	280 元
14.鵬搏萬里——偉大的空戰	黃文範／譯	320 元

麥田人文

1. 小說中國——晚淸到當代的中文小說	王德威／著	320 元
2. 知識的考掘	王德威／譯	350 元
3. 回顧現代——後現代與後殖民論文集	廖炳惠／著	320 元

日本女性小說

1. 寒椿	陳寶蓮／譯	150 元
2. 人偶姊妹	陳寶蓮／譯	150 元

馮內果作品集

1. 第五號屠宰場	洛　夫／譯	160 元
2. 藍鬍子	陳佩君／譯	180 元
3. 自動鋼琴	陳佩君／譯	220 元
4. 槍手狄克	吳安蘭／譯	180 元
5. 金錢之河	譚　天／譯	160 元
6. 加拉巴哥群島	張佩傑／譯	220 元
7. 泰坦星的海妖	張佩傑／譯	220 元
8. 冠軍的早餐	王祥芸／譯	180 元
9. 貓的搖籃	謝瑤玲／譯	180 元
10.囚犯	吳怡慧／譯	200 元
11.夜母	謝瑤玲／譯	180 元
12.鬧劇	卓世盟／譯	160 元
13.歡迎到猴子籠來	謝瑤玲／譯	240 元
14.此心不移	劉麗眞／譯	160 元
15.聖棕樹節	陳佩君／譯	200 元
16.祝妳生日快樂	吳曉芬／譯	160 元

◉本書目所列書價如與該書版權頁不符，以版權頁定價爲準。

何永慶
95.10.20